–02–

明月不知归处

The moon does not know where to go

佩灵 / 著

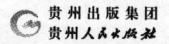

贵州出版集团
贵州人民出版社

图书在版编目（CIP）数据

明月不知归处 / 佩灵著. -- 贵阳 : 贵州人民出版社, 2016.9（2020.3重印）

ISBN 978-7-221-13437-0

Ⅰ.①明… Ⅱ.①佩… Ⅲ.①长篇小说－中国－当代
Ⅳ.①I247.5

中国版本图书馆CIP数据核字(2016)第192719号

明月不知归处

佩灵 著

出 版 人：	苏　桦
出版统筹：	陈继光
选题策划：	胡晨艳
责任编辑：	蒋　莉
流程编辑：	唐　博
特约编辑：	陈　思
装帧设计：	Insect
封面绘制：	凉　岛
出版发行：	贵州人民出版社（贵阳市观山湖区会展东路SOHO办公区A座 邮编：550081）
印　　刷：	三河市华东印刷有限公司
开　　本：	880×1230毫米 1/32
字　　数：	230千字
印　　张：	8
版　　次：	2016年11月第1版
印　　次：	2016年11月第1次印刷 2020年3月第2次印刷
书　　号：	ISBN 978-7-221-13437-0
定　　价：	42.00元

目录

The moon does not know where to go

楔子 001

第一章
多久了你都没变 003

第二章
我们成了熟悉的陌生人 043

第三章
我不是一定要你回来 063

第四章
如同悲伤被下载了两次 103

第五章
我祈祷永恒在你身上先发生 140

第六章
反正我还有一生为你浪费 175

第七章
所有错误从我这里落幕 193

第八章
听说爱情回来过 222

楔子

传说中,时光是可以静止的。

在某片花瓣舒卷的间隙,在某只飞鸟振翅的片刻,在当你见到他的那一瞬间——

他站立时从远方遥望过来的眼神,他路过时让落日涂抹霞光的微笑,都会将整个世界都凝固在你的瞳孔中心,然后渐渐放大,似迸裂的光芒照耀着整个世界。

从此,你再也看不到繁花落尽,枯叶飘零;看不到天宇苍茫,鸿鹄高飞;你只可以看到他和他的影子,他眉间的褶皱和他嘴角的弧度。

从此,你渐渐地相信,总还有一首情歌从未被唱起,总还有一双等待的手从未被牵过。

如同渡海的鲸鱼相信星球的另外一面有更清澈的海洋,而迁移的候鸟相信遥远的南方有温热的丛林。

你等待着，等着他带你在暴雨中穿越荆棘密布的沼泽，在狂风中扬帆去最遥远的海岸线。在你的期盼里，总有一天他会带你遨游星空，也会带你抵达宇宙的尽头。

在春去秋来的苍穹之下，在灯火不熄的城市之间，时光循序渐进着，将窗外枝头的芒果叶变黄了又染回翠绿，将跟随风暴席卷而来的雨水又化为天空乌云滚滚。

万物循环，流年老去。

只有某种思念是在心中静止的。

你知道这种静止，命中注定。

第一章

多久了你都没变

之前有那么一瞬间,她以为他们穿越回到了童年的时候。在谈话间好像都想要努力抓住已经飞逝过去的时光的影子。

但是他们没有成功,他们是警察和小偷。

在飞逝的流年过去之后,他们还是依然在这座光影错乱的城市里。

以她的狼狈不堪,对应着他的意气风发。

以一种陌生的表情对应着另一种陌生的表情。

"那你见到我了,我很好,再见。"

The moon does
not know
where to go

1.

4月25号那天，林明月在夜色下一路狂奔。

这里靠近深圳著名的东门商圈。街头的一处黑色的碑文说明这里的存在已经有三百年的历史，而这座年轻的城市却仅仅存在了三十年。

白天的时候，东门商业区永远都充斥着各种移动的物体——拖着大包的黑色垃圾袋过来进货的商贩，已经开到20码以下还是会经常发生碰撞的车辆，站在路边拿着广告牌子到处拉客的指甲店妇女。有穿着制服的治安协管员骑着车心不在焉地晃过来，有游客走累了就站在路边手里捧着酸辣粉吃得津津有味。

但在黑色的夜里，早前无比喧嚣的街道都沉寂了下来。头顶是葱郁的芒果树，有红色的出租车停在树下，在弥漫的夜雾里亮着白色的空车灯。

林明月穿着一双并不靠谱的高仿李宁、一条宽松的运动裤和一件灰色的背心，一路在夜色里疯狂地跑下去。在她的视线里，路面很脏，蓝色的塑料袋，关门的小吃店门口一堆一堆白色快餐盒，还有被人随手丢在地上的广告传单。如果视线放得更远一点，就可以看见大朵大朵的灰色乌云，簇拥在天空中，温柔地透着的天光。

大概十分钟后，她感觉到肺部像是有一团炙热的火炭在燃烧，她听到风拂过耳边的声音，呼呼地窜进耳郭，伴随着身体里渐渐放大的心跳声。她没有回头看，也没有放慢自己的脚步。身后越来越近的脚步声好像永远都摆脱不了——

"你给我站住！抓小偷……"

"抢东西啊，抢劫犯！抓住她！"

紧接着，心也跟着燃烧起来。

身体仿佛被注入了铅，慢慢地变得沉重。

旁边酒吧里跌跌撞撞地走出两个年轻人，没有仔细看路就撞到了狂奔的林明月身上。

"有冇（máo）搞错呀黎！未长眼呀？（有没有搞错！没长眼睛啊？）"其中一个带着广东口音，看上去不过十八九岁的小男生，满嘴的酒气，眼睛里含着杀气，一副神志不清的样子。

他伸出手推了林明月一把。

林明月跟跄了几下，身体迅速地朝地面倒下去，紧接着，她感觉到肩膀撞击到地面上的剧痛。

很快有人跑过来，蹲下去抓住她的头发拖拽，几乎是吼着："让你跑！还跑吗？敢偷老娘的东西！"

即使隔着头发，她依然可以感觉到水泥地面的坚硬和粗糙，对方死死拽住她的头发，有无数颗坚硬的沙粒贴着头皮摩擦过去。

像是要用砂纸去磨平一块木头。

林明月感觉到身体周围渐渐又多围拢了几个人，抓住她的那个女店主正用着接近尖叫的声音向周围的人反复解释地上躺着的人是个小偷，是个抢劫犯。

有帮忙追赶的人趁着乱，狠狠地踢过来一脚泄愤。

"你给我起来，装什么死！贱人！"又有人过来拉扯林明月。

有人掏出手机高高举起开始拍视频。

刚刚被踢过的肋骨，剧痛，仿佛整个身体都被点燃了，焚烧着，要将五脏六腑都化为灰烬。抓在头上的手又狠狠地拉扯了下，头皮像是要被撕裂了，女孩的头顺着力道向后仰去。

抬起头的瞬间，林明月刚好看到一道闪电划破天幕，白色的光闪耀一下，整片天空在那一瞬间都变得更清晰。

天空上每一朵摇摇欲坠的云，树梢上每一片沾满灰尘的叶子，围绕着她的每一张因愤怒而扭曲的脸，都因那道光，而变得无比清晰。

"贱货,偷了东西还想跑!你给我拿出来!"

"听见没有啊,手机呢?叫你拿出来!"

2.

苏荷说,生日的时候很想要一部iPhone。

林明月和苏荷租住在农民村的一个单间里,十平方米的房子没有窗,房间小得只能放下一张床垫和简易衣柜。洗手间倒是有一扇小小的窗户,但离窗户半米远的地方是另外一户公寓的窗口。对面的房间比她租的单间更大一些,窗户近得可以看清楚房间里放着四张上下铺的床位。时间长了林明月听到对面的男生聊天,于是便知道他们是附近的湘菜馆店里的服务生。

有时候,林明月走近窗口,就听见对面昏暗的灯光里光着膀子的打工仔向她吹声口哨,语气里带着轻浮的意味:"美女,一起出去吃夜宵啊?"紧接着是一堂哄笑。他们和她一样,看不见太多的未来也没有任何目标地消磨着光阴。

无聊到失控的人生。

天气热的时候,屋子里的空气仿佛都凝固成胶状物质,都黏在身上,感觉像是被包裹在蚕茧里的虫蛹,在一点点地发酵。苏荷在楼下的杂货店花十块钱买了台小小的电风扇,就放在床垫的旁边,整夜吹着温热的风,风扇叶子吱吱呀呀地发出怪叫声。

结果就更睡不着了。

没有电视机,晚上苏荷出门去网吧上网,林明月就开着灯看书。一些很杂乱的小说,武侠的,言情的,正版的书,盗版的书,从村子里的书店里租出来,一块钱一本算是很有性价比的娱乐方式。感觉到热得受不了的时候,她就去冲个凉。她在厕所的窗户上挂了一张帘子,平时都关着灯洗澡。但是隔壁宿舍时不时传来的笑声还是让她每天都有种被偷窥的感觉。

而且水管里的水，放出来也是温热的。

跟着苏荷来深圳的时候，林明月觉得自己不会后悔。于是，她在电话里拍着胸脯跟母亲保证："你放心吧，这里很多机会，等实习结束随便找个工作都有五千块。"

林明月的母亲黄红梅是没读过几年书的农村妇女，一辈子都没工作过。她在老公的工厂宿舍开了家小铺子，平日里靠着卖些油盐酱醋赚家用。听女儿这么一说，自然觉得林明月很了不起，就要出人头地了。于是她就到处宣传，女儿在深圳打工，前途大好。一段时间后，隔三岔五的，林明月的QQ里就有熟识的人蹦出来问：

"听说你在深圳发财了？"

"你现在在做什么啊？"

……

林明月慢慢地学会了隐身。

其实她什么都没做成。

在被学校推荐的一家黑中介骗掉最后一笔资金后，林明月和苏荷都没能进到工厂去实习。那怎么办呢？人总是要活下去的。

于是就去偷。

一开始是穷得快不行了，每天吃路边两块钱的炸土豆充饥，去保安不严密的小超市顺一些生活用品，后来开始在网吧里偷钱，再后来发展到在人多的街区寻找下手的目标。

林明月初中毕业，中考差了三十分进高中，在林明月所在的县城差不多要缴七千块的借读费才能进去。家里花不起那个钱，父亲暴跳如雷："女孩子读什么书，让她出去打工赚钱！"

黄红梅倒是看得更远一些，说："你去读职高吧，出来还能分配工作也好嫁人。"

于是林明月就去了，还认识了苏荷。

那个时候的林明月一点都不美，成日里穿着从表姐那里捡来的旧衣服，搭配着一双母亲丢掉的略略宽松的粗跟皮鞋，灰头土脸地出现在职高那一群花枝招展的女孩中间，很不搭调的样子。

但苏荷喜欢她。他对她的喜欢也是莫名其妙的。

他不是那种言情小说里长得最风光的男生，但却是对她最好的那一个。他带她去学校门口吃饭，会把拉面里所有的牛肉都挑到她的碗里。在放学以后，他会牵着她的手，告诉所有的朋友林明月是他的女朋友。

"因为你单纯啊，我不喜欢那种随便的女生。"苏荷是这么告诉她的。

其实林明月心里明白，每天站在校门口的那些漂亮的看上去很随便的女孩，大多是跟着更帅气风光的男生走了。而苏荷还不到170cm的个子有些矮矬，满脸的青春痘，家庭条件也不是很好。和林明月交往的时候，他有两件看不出来版型的大衣，翻来覆去地穿了一个冬天，有时候并肩走得太近，林明月都能闻到呢子大衣发霉的味道。

但有时候，林明月从学校门口经过，见到那些漂亮又不学好的女生为抢一个男朋友在大庭广众下死去活来地群殴，她会觉得自己是幸福和安稳的。

那时她不过十七岁的年纪。十七岁，不在乎金钱，和同样贫穷没有光彩的男生在一起，这是和电视剧里相似的情节。她很快就被自己感动了，于是就觉得幸福。

所以，临近毕业的时候，苏荷告诉她要带她去深圳，她当时想都没想，就对父母说学校安排实习，便提着一袋衣服搭着火车过来了。

到了深圳才发现，明明在四川还是春天微凉的季节，这里却已匆匆忙忙地进入炎夏。

其实很多事,和想象中,都不一样。

繁华奢侈的商业楼宇和潮湿闷热的村屋不一样。

满街的各种认识不认识的豪车和混淆着各种包子茶叶蛋煮玉米气味的巴士不一样。

灯火辉煌会所里的佳肴和路边十元一盒的快餐不一样。

林明月的青春,和其他人的青春,好像也是不一样的。

3.
绿色塑胶皮的电线勒得林明月的手有点发麻。

他们打过她一顿之后,就随手找了材料将她绑在店铺门口的电线杆上,绳子勒得死死的,手被结结实实反绑在后面。

时间长了,林明月身体浮出了一层细汗来,黏在衬衫和肌肤之间,似乎有无数只小蚂蚁慢慢地爬上指尖,然后是指关键,蔓延过手掌,密密麻麻地侵蚀所有的肌肤。

最后,细小的蚊虫密密麻麻地占领了背脊的领地,奇痒难忍,恨不能伸出手去挠上两把。

她隐约听到有人报警,但是警察还没有过来。那个发动群众力量抓住她的手机店老板娘还在打电话,颇为豪迈的语气,几乎是喊着说:"弟,姐刚刚盘货的时候抓了个偷苹果手机的,你得空过来看看。"是湖北口音。

接着又是大哥,再接着是什么阿姨。

至于三姑六婆都通知一遍吗?

林明月努力地抬起头,尝试着扭动胳膊摆脱血液不通畅带来的麻木感。

夜里,头顶是一片白晃晃的路灯,几只大大小小的蛾虫徒劳无功地悬浮在惨白的光晕附近。

靠近了,又飞得很远,再不甘心地飞回来……

死心塌地要拥抱那一团炽热的焰火。

突然，又一记响亮的耳光落在左脸上。

"还不老实？是不是想跑？"

火辣辣地疼。

林明月低下头始终没有说话。

有什么可说的？

你好，我是小偷，我只是想给男朋友偷一个生日礼物？

直到第一滴雨落在林明月的脸上。

然后是第二滴、第三滴……只是小半个片刻，头顶一整片黑色的天空轰然塌下。

雨水噼里啪啦地砸在地面上，飞溅起小小的泥花。有的砸在林明月的背上，衣服很快湿成了一片。

"喂，要不要给她弄把伞？"隐约听到有人在发问。

"警察要来了好喂？"浓重的湖北口音起先带着一点点疑虑，很快就释然了，"没事，反正也淋不死她。"

雨水的潮湿味道伴随着夏日里特有的热浪汹涌而来，她睁不开眼睛，就把脸埋进膝盖里躲避铺天盖地的雨水。

黑色的夜里，有晚归的人急急忙忙地跑过去，飞溅起的泥水拍打在她身上。

远处酒吧隐约传来嘈杂的音乐声。有清洁工人披着雨衣骑着绿色的三轮车过去，兜里的手机大声放着凤凰传奇的神曲。

又一个夜晚，是不是就要过去了？

因为所有的人，都行色匆匆，在光影错乱的世界里，沉默不语地路过，去到他们应该去的地方。

"你们就这样把她绑起来？"

突然冒出的声音很响，但又波澜不惊地听不出情绪。

"就是怕她跑掉啊，警察同志。"老板娘冒着雨一路小跑过来，手已经伸出来了，拿着一包烟递过去一根，"警察同志先抽根烟吧，辛苦了。"

"谢谢，我不抽烟。说说怎么回事吧。"很干脆的声音。

林明月被雨淋得有些眩晕。

总有一个时候，你会感觉到这种眩晕，仿佛眼前所有的一切都混淆成一团团凌乱的影子，有刺耳的声音在耳边回荡着却理解不出来意思，似鼓点般在身体里一下一下结结实实地敲打，像是从遥远的地方过来，渐渐近了渐渐放大……

在一片混淆中，一个影子在视网膜里清晰起来。

刚好是仰望的视觉，他撑伞站在黑色的苍穹之下，旁边门廊前的灯光刚好打亮了他半边脸廓，照亮了在亚热带地区日晒雨淋后的黝黑皮肤来，很坚毅的一张脸。

落进眼中的那张脸似曾相识——

嘴唇很薄，眼睛很大，睫毛浓密。

"你先把她松开，说吧，怎么回事？"那警察开口问道。

林明月突然觉得天旋地转，喘不过气来。

4.

林明月再睁开眼睛的时候，一团模糊的光亮在眼前来回浮动着。半晌以后，她终于看清楚了——是天花板上的日光灯。

耳边忽远忽近地传来一些低声说话的声音，却听不太清楚。门口高跟鞋很有节奏地哒哒敲打着地面，声音近了又渐渐变远。

林明月感觉到自己是躺着的，偏过头就见到白色的床单，鼻腔里可以嗅到一股洁净而刺鼻的消毒水味。

她就这么躺着，感觉到身上搭了一层东西，不知道是谁帮她盖好的被子，刚好到肩膀的位置。她用手把自己撑起来，才感觉到手腕被牵扯住，金属的冰凉感从皮肤上传递过来。

她揭开被子一看，是右手被手铐铐在床沿上。

要不要这么严重？

病床旁边椅子上那个警察正静静地望着自己，他声音里听不出情绪："你刚刚晕倒了，我送你过来检查。没什么大事，你醒了就跟我回去把事情交代清楚。"

林明月又躺了回去。

房间墙壁上方，空调机正呼呼地吐出冷气，几乎可以看到乳白色的烟雾温柔地弥漫进整个空间。

很冷。

"这么年轻学什么不好，学人偷东西？现在的小姑娘真了不起。"

再说什么，林明月就听不进去了，只感觉有什么抓着肺部，越拧越紧，紧到几乎感觉不到还有心跳。他走过来解开她的手铐，掀开被子："走吧，跟我回所里。"

他穿着警察的制服，灰色的袖扣规规矩矩地扣拢了，露出黑色略显粗糙的手背。他的手掌很宽大，手背上有一道浅浅的弯弯曲曲的伤疤。

他弯下腰，胸前挂着的牌子上，写着名字：夏临风。

"走啊！"他不温不火地催她，并没有抓住她的胳膊。她左胸下的心脏突然跳动一下，活过来了。

林明月犹豫地跟着他走了几步，看样子他不记得她了。

出了医院，雨已经停了。

空气里的热浪汹涌地扑面而来，带着城市里的各种气味，扑在林明月的脸上，一分钟前还冰冷的皮肤很快就感觉到烈火一样灼热，像是有谁在她面前燃烧火把。

她一直跟在他身后，毫无意识地行走着。不知道自己要去哪里，也不知道那里有什么。

平常这个时间,她应该在闷热的出租屋里,听着隔壁打工仔大声下流的笑话,盘算着几点去网吧找苏荷回家睡觉。

其实现在,真的无所谓要去哪里。

人生是注定的,哪怕前方是刀山火海,你躲得过吗?

盛夏的午后,阳光透过窗外的榕树,被分割成一道道深深浅浅的光线,附近不知道哪家在做饭,一阵一阵地飘来呛辣椒的味道。

十二岁的林明月住在小区里最高的那一层八楼,她经常走到阳台上,在明亮的光线下就看到对面五楼阳台上看书的夏临风。

他穿着校服,用一把椅子当桌子,看不出来是蹲着还是坐着,趴在光线里很认真地写作业。背部白蓝相间的校服,看起来是个斜着的大写的Z。

林明月家里的阳台上种着紫红色的蝴蝶兰,小朵小朵地簇拥成一排。小女孩蹲下来把身体藏在花盆的后面,拿面小镜子在阳光下反射光线。灼白的光点从夏临风的作业本上晃过去。他知道是她在捣鬼,抬起头来朝她做鬼脸,然后又低下头看书,有一种纹丝不动的淡漠感。

"喂!"她探出头去不甘心地朝他叫唤。

他又抬起头来,脸色严肃地做了个暂停的手势,张开嘴朝她比画着口型:我晚点陪你玩。

现在回想起来,他们之间似乎从来没有什么代沟,她不过十岁出头的年纪,他已是个子高大帅气的大哥哥。在父母的口里,夏临风是那种懂事听话,读书又认真的小孩,自己永远都比不上。很快,他考上了大学,是警察学院,然后离开了老家。

中途有一年,林明月听起父母在家里闲聊说夏临风回来了。她站在阳台上,在明亮的天光下,看见对面五楼那户人家模模糊糊晃出一个大男生的影子,远远地看过去还是那样的轮廓,薄薄的嘴唇，眼睛大大的，只是头发剪短了，蓝白色的校服也换成了黑色的T恤，人变得又黑又壮。等她想起来要拿镜子再晃他，他已经转头走进屋子里去。

从此，就没有再见过。

5.

夏临风回到所里，上了个厕所和同事打了几声招呼。拐出来看到林明月还坐在派出所大厅的接待处交代自己的手机号码和住址。

此时已是夜最深的时间。

大门口昏沉沉的路灯先是被门口的树枝分割成一道道清晰的光线，再从门口倾泻进来，融进屋子里那一片惨白的光之中。

屋内屋外，两个明暗交错的世界。

大厅外面就是马路，偶尔经过的车卷起热浪呼啸而过，两三辆电单车鸣着笛漫不经心地骑过去。车尾闪着蓝色的安全灯，像带着萤火的某种动物，一下一下地跳进了黑夜里。

不知道哪里来的风把大厅的木门吹得吱吱呀呀地晃。

然后就听到她哀求的声音："警察叔叔，你让我打个电话吧。"

桌子后面的庄狄龙抬起一张英气逼人的脸："谁是你叔叔？老实点！"见夏临风站在对面，顿时带着很惊讶的语气，"还以为你走了，带她进去吧。"

夏临风带她去大厅后面的审讯室。

其实不过是三层楼高的建筑围绕起来的一个地方，每个房间都隔得很小，放着两三张办公桌，也没有其他什么东西。

夏临风一路跟在林明月的身后，她不时回过头来用眼神打探他的神情。是很年轻的一个女孩子，脸上涂着咖啡色的眼影和腮红，还戴了假睫毛。

她用很多种颜色把自己真实的容貌都掩盖起来了。

但她看上去非常眼熟,他翻来覆去地想了很久也记不起在哪里见过。

就好像淘宝上的那些年轻的韩系女孩照片,每个人都是染过的头发,戴着美瞳和假睫毛,每张照片的表情都一样。

但他是不是在哪儿见过她?

走到二楼的走廊,头顶橘黄色的节能灯光落在他们身上。她走在他前面,因为太热她把头发扎得高高的,脖子上的皮肤文着一块蝴蝶形状的刺青,那线条文得极其粗糙,远远看上去就像是一块胎记。

她终于在光线下再次回过头来,很认真地看着他:"你说,我会被关多久?"她好像并不害怕他。

他没有说话,只拿出了警察对待阶级敌人的气势来,朝她挥挥手:"叫你走你就走。问那么多干吗?现在知道怕了?那当初干吗去了?"

二楼走廊的第三间。

夏临风走进去,把门关上。光线顿时暗了下来,林明月的心里突然沉了一下。再"啪"的一声,他把林明月刚才填好的资料丢在桌面上,冷冷地道:"坐吧。"

他要她交代自己的问题。她很简单地说了经过,然后把苏荷那部分隐藏掉。

"我真的是一个人,我是第一次,对不起对不起。"

林明月坐在凳子上,很坚硬的木凳,也没有背椅,坐着的时间长了,腰部隐隐作痛。

夏临风写完材料,抬起头来就见到一张愁眉苦脸的面孔,她坐在那里,两只手反复纠结在一起,也许是用力过猛,手指与手指之间勒出微微泛白的颜色来。

"跟我说对不起干吗,你应该对你父母说。"夏临风眉头皱起来,"先跟我去打个指纹。"

"我能先给我朋友打个电话吗?"

"取完指纹就让你打。"他站起来,走到饮水机前倒了杯水,又拿起她的材料和身份证,"你叫林明月?"

她心突然慌张起来,耳朵被滚烫的温度烧灼着,点点头。

"林明月,有个这么文艺的名字,怎么出来干这个。"他端着杯子喝了一口水,又低下头去在笔录上写写画画。最后,他把东西重重地丢到她的面前,很冷漠地说,"签字吧。"

他低头写字的样子,还是和从前一样,有一种纹丝不动的淡漠感。

她签完字,站起来和他去楼下取指纹。楼道里的地面刚刚被人拖过,湿漉漉的,散发着清洁剂的味道,反射着令人眩晕的光。

不知道会不会留下案底,如果通知了学校会不会就拿不到毕业证了。林明月皱着眉头痛苦地想到。

其实有那么一瞬间,她很希望眼前这个小警察可以突然停下来,望着她,用一种很诧异的语气说:"月月,你怎么在这里?"

小时候,在家属宿舍里,大人们起先叫她月月,后来她长大了才有人开始叫她林明月,但那时候他已经离开了老家去远方求学。

他一直没有记起她,也许一直都不记得,但这对现在的林明月来说是最好的。

其实谁能记住谁多久?

大多数人不过是大多数人脑海中慢慢模糊掉的胶片而已。

但是,他也许有时也会想起她的轮廓吧——很多年前,一个小姑娘站在更高更远的地方,用镜子朝他反射耀眼的光点,有一半的脸藏在花坛里,一副恶作剧得逞的表情。

因为她还记得。

6.

天就快要亮起来的时候,大厅里的日光灯,照得每一张脸都是惨白惨白的。有风韵犹存的妇女扯着一个男人进来报案,说是被他骗光了家里所有的积蓄。

妇女一开始是撕心裂肺地大骂,然后就坐在地上痛哭失声。她涂了很重的眼线,顺着眼泪在苍白浮肿的脸上流成一道肮脏黑色的印子。男人手足无措地站在一边,使劲解释不是借钱不还,只是做生意失败了,一旦有钱了一定立即还给她。

林明月走到一边,拨通了苏荷的号码。

通话记录里显示,他给她打了两个电话,然后,就没有再接着打了。

"在哪儿呢?"她在电话里问他。

"在家啊,你去哪里了还不回来?打电话你也不接。"电话里一种漫不经心的声音传出来。

"我在派出所。"林明月看了看周围。那女人还在哭,好烦。

"我可能暂时出不来了。"

"不严重吧?"苏荷的声音稍微提高了一点,又很紧张地低沉下去,"你说什么没有?"

"没有。"她顿了顿,有点难过,"这几天你照顾好自己。你回头送点钱过来给我。"

"知道了。"

有那么一瞬间,林明月听出了对面电话里的背景声音,是另一种嘈杂的喧嚣,混合着粗口和音乐声。

他是在网吧。

"你又在网吧打游戏!"莫名的愤怒,让林明月把声音提高了八度。

旁边狂哭的女人被这么一吓,立即停了下来。旁边夏临风走过来，静静地看着林明月，面无表情。

"行啦，我知道了。马上回去，明天来看你。我忙了，你乖。"苏荷飞快地讲完电话，然后挂掉。

失败又杂乱的世界。

这天的天气，好像比任何一天都闷热，几乎找不到一丝丝的风。每一寸的空气都含着饱满的热度，一点点逼进身体里，将五脏六腑都烧成了一团火。

"没事吧？跟他走吧。"夏临风指指另一个警察，是送她去办拘留所手续。

大厅里的时钟，指针移动到清晨六点。

走出大厅，街道门口零零散散地停着几辆警车。

林明月跟着庄狄龙慢慢朝警车走过去。

天色一点点亮起来了，路边的灯在混淆的光线中渐次熄灭下去，在迷雾中闭上了困倦的眼睛。临街，一辆巨大的巴士呼啸着经过，林明月马上就感觉到滚烫的尘埃带着柴油的气味扑打在脸上。

突然就听到他在身后喊她的名字。

她转过头去，看到夏临风站在门口的台阶上，大厅里白色的光线汹涌着溢出来，将他整个人都笼罩上一层淡淡的光。

然后她听到他对她说："我不会告诉家里人的，月月。"

他在看到她名字和身份证信息的时候就记起了她是谁。

她感到一阵鼻酸，但却看不清楚他的表情，只看到逆着光的那双明亮的眼睛。

里面有一种可以流动的悲伤情绪，像月光下安静的波澜起伏的湖泊。

实在抱歉在这样的情形下与你重逢啊，夏临风。

7.

两周以后,庄狄龙送醉酒闹事的男人到拘留所,还没下车就看到前段时间自己送进来的那个女孩子往外走着。她没打伞,还穿着进来那天穿着的T恤,一只袖子挽在胳膊上一只放了下来,很落魄的样子。她想要走到对街去,结果心不在焉地差点被飞驰的汽车撞到。

没想到夏临风还认识这种女孩子。

副驾驶位上的醉汉已经醒过来了,正忙着打电话通知朋友找关系。听口音是广东人,大着舌头每句话后面都加了一个"lɑ"音:"我不管的啦,你负责帮我找人的啦,谁知道这么倒霉我也没喝多少的啦……"

庄狄龙回过头,狂吼一声:"打完电话没,想再多被关几天是吧?"

那男人哆嗦了一下,马上收声了。

街道的两边,一排排浓密的芒果树,树枝连接着树枝,葱葱郁郁地延伸到路的尽头。还没到果子成熟的时间,就已经有人趁着夜幕躲在树下跳起来打芒果。庄狄龙教育完醉汉再回过头,就看见林明月的背影渐渐走远了,消失在树干的背后。

很单薄的背影。

林明月从拘留所走出来,朝着离自己最近的那个公交车站走去。

烟青色的天空下弥漫着薄薄的雨雾,被一阵风吹过去,有的地方空气都变得稀薄起来。赶上傍晚日落的时间,连绵的雨水淹没了昏黄的路灯,那些虚弱的光芒还不如刚刚在天幕下发白的光更显眼。

这个夏天已经下了无数场这样的雨,仿佛要颠覆整个世界。

公交车站旁边刚好是一所学校，挤着三三两两的女学生躲雨，笔直的黑发齐眉的刘海，隔着朦胧雨雾好像每张脸都是一样的。

其实苏荷知道自己出来的时间，短短的十五天，有多难计算。

来到深圳以后，他在慢慢地改变。从最初的嘘寒问暖到最后的漠不关心。一开始她还是有一些难过的。她有时去网吧找他，看到苏荷头也不回，忙着玩游戏，叫着游戏里某个女性角色老婆，像是一把刀子一样戳到自己心上，血淋淋的感觉。

后来，她居然渐渐习惯了。

他们晚上在村子里的快餐店吃十块钱一份的快餐，苏荷点了根烟掏出电话开始和游戏里的"老婆"聊天。

她听到他说："老婆你等我，十分钟就来哦。我给你搞了套新装备一会儿给你。"

林明月低着头，端起桌子上的可乐狠狠灌了一大口。冰凉的感觉从喉咙顺延滑落到肺部的位置，喝得太快几乎要呛出眼泪了。

有一次她提分手，他冲进厨房拿出一把刀疯狂地和她扭打在一起。

"要分手，我们大家一起死了算了。"苏荷恶狠狠地说。

她有些害怕，便渐渐妥协下来，麻木地待在他身边。只等实习期一过，混到毕业的时间，回学校拿到一份没有什么价值却又昂贵的毕业证书，也许世界就会好起来了。

如果再坚强一点，她可以离开苏荷。但想到未必就能做到，就好像新浪微博里那些无病呻吟的心灵鸡汤，每天重复麻木地转发着内容，要女孩做个内心强大的女人，要女孩独立起来，要女孩不怕痛。

其实都是狗屁。

痛楚和妥协，难道不是人生其中的一个部分吗？

她只是想挽留一段感情。

于是他说不分手，她就沉默。

于是他说生日想要一部iPhone，她就去偷去抢。

给完了他想要的，他是不是就会良心发现对自己再好一点？

两团明亮的萤火在大雨中慢慢逼近，是开着灯的巴士。车上没有几个人，林明月走上去投下两个硬币，"哐当哐当"很轻微的两声，车厢里的灯有一种昏黄的色调，让人昏昏欲睡。林明月找了个靠窗的位置坐下来，偏过头就能看见窗外大雨连绵黑色的夜，仿佛自己置身在一团光晕之中，缓慢路过被黑夜吞噬掉的世界。

"我为我将对你撒的谎先跟你道歉，当你发现黑白不是那么的分明……"隐约地，车厢里通过FM电波传来的歌声有着一种前所未有的孤独。

苏荷不在家，他出门的时候又忘记关灯。所以很轻易地，林明月就看见房间的地板上凌乱摊开几个吃过的盒饭，还有一次性水杯里泡着发胀的烟头，走进洗手间的时候，她看到盆子里的脏衣服已经满出来了。

对面公寓里传来粗俗的笑声，她微微拉开帘子看了一眼，马上引来一声阴阳怪气的问候："美女你回来啦？好久没见到你啦，要不要出去吃夜宵啊。"

有病啊！

手机充好电，再打开，陆陆续续弹出几条短信，耐着性子往下翻，这十五天想要联络林明月的大部分都是商场的打折广告，免抵押贷款之类的消息。最后一条是个以138开头的陌生号码，很简单的一句："等你出来，打我电话。有困难可以跟我说。风哥哥。"

风哥哥？

她很久以前叫他风哥哥。

那还是在多年前老家的工厂社区里。没有网络也没有太多肥皂剧的日子，夏天的夜晚社区里的家属在楼下开舞会。大家搬来几个大音响，在树梢上像模像样地缠绕上彩灯，跳交谊舞。总有那么几个文艺的中年人会带头走进舞池先跳。然后陆陆续续的，两边楼房里的人都慢慢走出来，互相打完招呼后再加入到舞池的中央。

林明月的父母去跳舞的时候，她大部分时间是抱着夏临风的大腿。他太高而她还没到长身体的时间，她就踮着脚，努力想要达到可以做他舞伴的水平线上："风哥哥，请我跳舞！"

她抬起头，刚好能看见夏临风胡子拉碴的下巴。

夏临风退后几步，朝她彬彬有礼地行了个礼，又一把将她举到肩膀上，伴随着女孩的惊呼声和费翔的歌声在舞池里旋转。林明月抬起头，感受到夏风拂过发丝和脸庞。

那时候的夜晚，天空还是很干净的，干净得连一片云都没有，只有数不清的明暗闪烁的繁星。

像你的眼睛。

8.
庄狄龙在外面办完事回到所里，见夏临风扑在办公桌上写着什么。

他走过去打招呼："干吗呢，还没下班？"

夏临风从桌子后面抬起头来："你不也没走吗？"

墙角的饮水机水滚开了，"啪"的一声，指示灯跳到了黄色。庄狄龙撕开一袋麦斯威尔特浓，朝他扬扬包装袋："你要吗？"

他摇摇头："你今晚值班啊？"

庄狄龙端着杯子朝角落里走去，天花板的灯光打下来落在他的背上，在地面上化成一摊深黑色的影子。

庄狄龙弯下腰接水，仿佛是不经意的语气："反正也不知去哪儿，又不用陪女朋友。"

夏临风突然从桌子上面直起身来，背和大腿僵直成一个直角，很惊慌地问:"几点了?"

"快八点了。"庄狄龙抬起手腕看了看自己的手表。

"完了完了。"夏临风慌慌张张地打开抽屉翻出调成静音的手机,"蓝蓝今天生日,说好晚上陪她吃饭。"

老款的诺基亚上显示有十三个未接来电。

"你死定了。"庄狄龙靠在桌子旁,摆出一个很酷的造型,手中的勺子漫不经心地在杯子里搅拌,"女朋友的生日都能忘,蓝蓝多好的一个女孩,怎么不飞了你啊。"

"我走了啊,你真不去吗?她请了你的啊。"啰唆完这句,夏临风仿佛没听到庄狄龙的调侃,拿起挂在椅子上的包,电话贴在耳朵上,几乎是飞奔着跑出去。远远地,还能听到他讲电话的声音:"宝贝儿对不起对不起,太忙……"

庄狄龙回答的那声"我忙啊……"被夏临风远远地抛在后头。

世界又安静下来,饮水机重新跳回了加热模式,很低声地发出烧水的嘶嘶声。庄狄龙低下头,试了试杯子里的水温,刚刚好的滚烫感。他喜欢在这种温度的时候把咖啡一口喝下去。在冰冷的空调房里,只有这团微小的温热会让整个胸膛都燃烧起来。裤袋里的手机突然疯狂地振动起来,掏出来一看是设好的备忘录提醒:蓝蓝的生日。

每年都会重新设置提醒一次,哪怕明明自己是记得的,也担心会忘记掉。

办公室门突然被人推开了,走进来几个巡逻结束的同事,跟他打招呼:"老庄,你还没走是在等着请我们吃饭啊?"

"马上就走啊,你们时间也差不多了吧,香蜜湖吃烤鱼?"庄狄龙把手机放回裤兜里,笑嘻嘻地回应道。望向窗外,雨不知道什么时候停下来的,天空中还有乌云翻滚,还可以看到若隐若现的银色月光,像水一样弥漫在云层之间。

夏临风站在饭店门口,看到蓝初雪众星捧月地坐在一群人中间,手里端着杯子,满脸通红。

坐在蓝初雪身边的人自觉让了个位置:"风哥来啦,怎么来这么晚,蓝蓝都生气了。"

很配合地,蓝初雪抛出一个白眼。看得出来她是细心打扮过的,刚烫的波浪长发,平时都是淡妆的脸画了个咖啡色的大烟熏,指甲也重新做了个颜色,贴着那种渐变的水钻。

夏临风每次都觉得那种指甲看着怪吓人的,但他只是一个小警察,不可以什么时候都对女朋友讲真话。

小警察在她身边坐下来,低声道歉:"对不起,在赶一个报告忘记时间了。"

蓝初雪把头扭到一边,不说话依然很生气的样子。

旁边有人起哄:"男朋友迟到,罚酒三杯。"

"三杯哪里够,至少得五杯。"

说着,旁边就有人递上满好的白酒,用啤酒杯装着。

这么狠!夏临风皱皱眉头,接过杯子来,硬着脖子一饮而尽。四周传来笑声和鼓掌声,很快就感觉到一股温热从胃部蔓延上来,路过脖子一直到耳根。手臂突然传来一阵强烈的刺痛感,不用看也知道是被蓝初雪狠狠地捏着。涂着粉红色唇膏的嘴凑到耳边,蓝初雪很低声地说:"工作重要这次就算了,再有下次看我怎么收拾你。"又抬起头来,"你们别闹了,他酒精过敏的。"

又引来新一轮的哄笑。

吃完饭,一群人又闹哄哄地往附近的KTV走,中途又有不少人加进来。夏临风慢吞吞地跟在蓝初雪身后,他不喜欢这么吵吵闹闹的活动。

雨停了很久,但路面还是湿漉漉的,空气中浮动着雨后特有的树木潮湿的气味。皮鞋底踩在泛水的地面上，溅起细小污浊的泥水来。

这不是特别繁华的一个片区，安静的马路上只有虚弱的路灯在发光。远远地听到汽车的声音，然后就感觉到从背后照过来的两束光越来越近了，世界也越来越亮堂。

蓝初雪就在这一片光芒下回过头，橘黄色的灯将她的整个脸庞都照得发亮，仿佛是不经意地提出来："上次我妈去看的那个盘，已经开始放盘了，算上折扣的话一平方米还不到五万。"

"嗯。"夏临风心不在焉地点点头，"但还是很贵啊。"

白色的宝马车按着喇叭从人群旁边呼啸过去。光亮又渐渐地远了，世界暗下来，但依然可以看得清蓝初雪缓缓一沉的脸色。

"你到底要不要和我结婚？"

又是这一句。

"结啊，我上次看龙岗的那套房子，你妈不是嫌远吗？关内的盘这么贵，我怎么买得起。"

她站在暗淡的光影下深吸一口气："人家结婚要彩礼要房要车还要欧洲豪华游，我就要求套房子可以住得离我妈近一点，有什么不对？"

"好好好，你都对，我也没说你不对。我也答应要买了，我一个小警察你再给我点时间。再说想离你妈近点，结婚以后我们先租在附近不就行了吗？"他走过去抓住女友的手，低声地安慰。

得到的回应是一个白眼。

手握住，被甩开，再握住，再甩开。

在嬉笑的人群中，没人注意到这场无声的争执。蓝初雪最后一次甩开他的手，抬着下颚朝前走去，灯影下她的睫毛又长又卷翘，盖住两汪深不见底的湖水。

夏临风停止了纠缠，走到一边掏出一包烟，点上深深地吸上一口。乳白色的烟雾在空中变换着各种形状缓缓向更远一点的空中蔓延，弥漫进黑色的夜里。

每次都是这样，女人平时能爱你爱到死去活来的，但一提到房子是不是都会发疯。

有人在房间里点了周杰伦和温岚的《屋顶》，唱男声的那个不错，轮到女声唱的时候就开始跑调。人一多，哪怕套房里有独立的洗手间也永远都是在排队的。有人喝高了，扶着墙壁面色发青地拍打着门。

快到十二点，服务生把蛋糕端出去准备插好蜡烛再端进来。下一首歌调整成《生日快乐》。蓝初雪洗完手顺手从背包里掏出手机来看时间，微信突然弹出来一条新消息。

老庄：妹子，生日快乐。

她想了想回过去：你怎么不来？

时间刚好十二点。外面的房间开始有人大声喊她的名字，音响里放出来的前奏已经是《生日快乐》的调子。

她放好手机，推门走出去，看到夏临风端着蛋糕站在KTV房间的中间。灯光被人调暗，只剩下他手中的蜡烛在微微发光，笼罩着看起来有些憔悴的脸。

"生日快乐。"夏临风对她说。

她走过去，低下头吹熄蜡烛。四下里有人鼓掌嬉闹。

蓝初雪再抬起头来，笼罩着他的光芒已经熄灭了，只有一旁电视机微微的光落在他的脸上，让一半的脸都藏在阴影的下面，在昏暗的色调下怎么都看不清楚表情。

袋子里的手机微微振动了一下，有新的消息：有他陪你就好。

很多时候，蓝初雪觉得老庄在躲着自己。

她和庄狄龙两家人是世交，从小青梅竹马一起到成年，几乎从来没有分开过。以至于她对老庄的了解，一个眼神一个动作都能猜出来对方的心思。

有那么几年，两边的家长很喜欢开玩笑，要将他们配对结娃娃亲。连她自己都觉得长大以后会嫁给庄狄龙，却转眼和对方的哥们谈起了恋爱。

真是莫名其妙的人生。

9.

林明月蹲在洗手间里洗衣服。房间突然就停电了，四下黑漆漆的一片。她站起来，在原地等了一会儿，瞳孔慢慢适应了黑暗的环境，隐约可以看到洗手间角落里的下水管轮廓。

这里属于本地人自己修建的民房，电路老旧，设计也不合理，电压稍微高一些就会烧掉某一栋楼的变电箱。

隔壁还在斗地主的男生传来几声咒骂，很快又点亮了蜡烛继续打牌。昏昏暗暗的光隔着帘子透过来，林明月借着光摸到手机。

已经过了十二点，苏荷还是没有打电话回来。她想了想，打了一个电话过去，没有人回应。

她只好在一片黑暗中摸索着换好衣服准备出门。

外面又开始下雨了。

没完没了地下雨。

走到大街上，行人已经不多，整座城市都仿佛一层雾气笼罩着，路边还有零星的店铺开着门，在朦胧的雨帘中透出光来。

一辆亮着待客灯的的士车在雨中缓缓开过来，突然明亮起来的雾灯光线让林明月的眼睛很不适应。她半眯着眼睛，将手掌搭在额头上挡住雨水，朝的士司机摇摇手，意思是不要车。

苏荷就在不远的网吧里。

往前走两百米，右转再走两百米，就是这座农民村里最大的一家网吧。网吧开在二楼的位置，玻璃窗户上贴着硕大的几个红色不干胶字体"光纤高速网2元/小时"。

雨水不停地浇下来，仿佛要淹没掉整个黑夜。等林明月跑到网吧时，浑身都湿透了。她还穿着塑料拖鞋，蹚着水鞋底就变得特别滑腻，一个趔趄差点摔倒在楼梯上。慢慢沿着网吧的台阶走过去，大门口堆着小山一样的白色快餐盒，隐约发散着腐臭的味道。推开门，强烈的冷气扑面而来，林明月抱着胳膊打了个冷战。

宽敞的房间里，密密麻麻地排满几百台电脑。苏荷最喜欢坐在网吧最后一排，靠过道的位置。

所以她很轻易地就找到了他。

苏荷还在打游戏，戴着耳机跟游戏里的人语音聊天。看到林明月走过去，他朝她看了一眼，朝她扬扬手中的空烟盒，又把注意力放在游戏上。

她只好又转头去门口的服务台帮他买烟，浸湿了的衣服贴在身体上，被冷气吹得直发抖。

"回家吗？"她问他。

"再等等。"他头也不回地说。

等了一会儿，苏荷丝毫没有要关掉游戏回家的意思。

林明月在旁边找了台空电脑，打开上网。QQ里没有几个人说话，一些无聊的群消息弹出来，都是很多天之前的记录。再打开微博，有几条转载别人的冷笑话被人转载了，还有几个僵尸粉不停地@自己发淘宝广告。

中途林明月起身去厕所，路过明晃晃的落地窗，窗外哗哗的暴雨打在窗户上。网吧过分明亮的灯光晃着眼睛，外面是一片混沌模糊的黑夜。

回到位置上的时候，苏荷已经退出了游戏，嘴唇上叼着一支烟，眼睛被烟雾熏得半眯起来，很兴奋地在和QQ里的人聊天。

林明月想了想，又重新打开QQ，找出苏荷的头像发了一句话过去：回家吗？两点了。

苏荷转过头来，一脸烦死了的表情："有话不会好好说啊。回，现在就回。满意了吧？"

他站起来，"啪"的一声关掉电脑，抄起外套，放在口袋里的打火机飞出来，划出一道弧线打到林明月的身上，再反弹出去落在地上。

苏荷很愤怒地向外面走去。

莫名其妙的愤怒。

林明月在原地站了一会儿，弯下腰把从飞到椅子下面的火机捡起来，才跟出去。

回到家，林明月伸手反复按了几下电灯开关，电还是没来。隔壁吵闹的人已经安静了，窗户里黑压压的一片。

林明月去洗手间换下潮湿的衣服，再在黑暗中躺下来。

"苏荷？"

"嗯……"旁边的人已经快要睡过去了。

"我们分手吧？"

说完这句，世界安静下来。林明月在黑暗中等待预料中暴怒的回应，但却没有人接着说话。只剩下身边那个人渐渐沉重起来的呼吸声，在狭小的空间里缓慢地回荡，渐渐放大。

听得出来，一定是很深的睡眠。

再一次——

在巨大的，无尽的黑暗中，仿佛永远都找不到出口的深渊。林明月感觉到一种暖暖的液体从眼角慢慢滑落下来，浸透到两鬓的头发里。

黑暗之下，是一大片潮湿得让人窒息的泥潭。

10.

和蓝初雪的母亲吃饭那天,夏临风没敢再迟到。

蓝初雪和她的母亲住在市中心一栋幽静的老式小区里,狭窄的街道,两旁种满枝繁叶茂的芒果树,枝叶连接着枝叶,有中年男人在树下跳起来打还是青色的芒果,旁边身材已经走形的女人拿着塑料袋挨个捡起来。一路走过去,被分割成碎片的阳光在地面上洒下各种形状的细小的光斑。

夏临风在超市里提了两瓶白酒和一袋子水果慢悠悠地朝着蓝初雪的家里走去。

蓝初雪是单亲家庭,早些年蓝初雪的父亲来深圳下海做生意,搭上了一个跟自己合伙的红颜知己。很快他就和蓝初雪的妈妈分开,抛弃妻女私奔了,走的时候卷走了家里所有的存款,只留下了现在这套在市中央,甚至算是靠近CDB的房产——当时的房产并不怎么值钱。

这套还写着蓝初雪父亲名字的房产这些年已变成蓝初雪母亲邱碧姿心中的一块大疙瘩。

"他要是哪天回来,也休想把房子要回去。"每次和夏临风吃饭,夏临风都要听邱碧姿在小酌之后反反复复地唠叨自己的血泪史,自己被老公抛弃了有多不容易,一个人拉扯大蓝初雪又有多不容易。

"小风啊。"邱碧姿喝了一口酒语重心长地说,"外面有多少能干的年轻人喜欢上蓝蓝都没能过我这一关。如果不是看你老实,我也不放心把蓝蓝交给你。你一定要争气,给蓝蓝舒适的生活。

"上次我在南山那边看的盘,价格已经很低了,你还是考虑一下。

"现在刚需依然是主力,房价只会越长越高的,我也是为你们年轻人考虑。"

"是的，阿姨。盘我一直在看，遇到合适的一定会定下来。"夏临风频频地点头回应。

夏临风翻来覆去的，都是这些能背得下来的台词。这顿饭比想象中还要漫长。

旁边的蓝初雪嘴角挂着微笑，时不时掏出手机来玩一下，连夏临风叫她名字都没有反应过来。

"你在干吗呢？"他微微皱起眉头。

"看朋友圈上的段子啊。"她扬扬手中的手机，"我念一个给你听啊。"

"等会儿吧。"酒足饭饱，邱碧姿出门打麻将去了，夏临风站起来收拾碗筷，"一会儿我们去看电影吧？我晚上要值班就不和你吃饭了。"

"好，我和朋友去逛街好了。"

夏临风端着盘子朝厨房里走了一段路，突然又停下来："别又乱买东西啊。"

蓝初雪朝他甩了个白眼："你管我？"

这个女人的消费态度是夏临风永远都无法理解的境界。在私人企业赚着几千块钱的工资，出门可以买一个月薪水的包回来。

"信用卡啊。"她很轻松地说，"你不知道有种东西叫信用卡吗？"

这完全不是想要过日子的态度。

夏临风把碗筷都收拾完了，在围裙上抹着手走出来，看到她还在捧着手机玩得津津有味的。他凑过去，猛地把手机抢过来，开玩笑似的："跟谁聊天呢，有没有漂亮小闺蜜？"

"烦死了！"蓝初雪猛地喊一声，很愤怒地把手机抢回来。

他被吓了一跳，站在沙发旁边半天说不出话。

蓝初雪见夏临风被自己吓到，又放软了语气："我在跟老庄说事呢,你突然凑过来吓我一跳。"说完又把手机递出去给夏临风看,微信界面上果然是有庄狄龙的头像,戴着墨镜,一副黑社会大哥的样子。

夏临风走到阳台上,推开茶色的玻璃窗,让光线汹涌着进来:"搞不懂这微信有什么好玩的,天天捧着手机不嫌眼睛累。"

"好啦好啦,我不玩了。"蓝初雪从沙发上走过来,抱住他的腰,"高兴了吧?我们去看电影。"

她白皙的脸被笼罩在天光下,泛出一层珍珠的光泽来,仿佛是这世界上最甜蜜灿烂的花朵,生动而又美好。

"你疯了。"五月的烈阳下,林明月对着苏荷一字一句地说。

"这有什么?不是很好的发财路子吗?"男孩站在阳光下,张扬着一脸的无所谓。

他从路边带回来一只小狗,打算把它腿弄折了再放到各种豪车下面,等到车辆启动的时候他们再冲出来要对方赔钱。

"东门好多傻子还有老外什么的,这比偷容易多了。"苏荷很有耐性地说服女友,"你乖,这个办法是我想了好久想出来的。"

林明月低头摸摸怀中的小狗,毛茸茸的脑袋抬起来,天真无邪地看着她。

"我宁愿去偷。"林明月很坚定地说道,"不行就是不行。"

"老子说行就行。"苏荷有些不耐烦地说,向前一步伸出手来,"把狗给我。"

"不给!"林明月抬高声音,"你有病啊!"

"你才有病。"苏荷冲过来和她扭打到一起,他抓住她的头发使劲向上撕扯,又往旁边的电杆上撞去。

林明月的头皮传来一阵剧痛,还是死死地抱住小狗不放手。

很久以前,在林明月的记忆里,苏荷其实是个很善良的人。那时候他们刚开始交往,他每天带早餐到学校放在她的桌子上。

学校里很多人谈恋爱,因为是职高,老师对于早恋也是睁只眼闭只眼懒得管。林明月每天听到最多的就是三班的班花和四班的校草在一起了,谁的男朋友被高年纪的学姐抢走了。只有他们还算稳定,苏荷在街边买了只仓鼠,关在笼子里偷偷地带到班上来给林明月玩:"我给它取了个名字叫猪头。"

上大课,林明月把苏荷的衣服盖在笼子上偷偷地揭开一点,白色的小家伙正蜷缩在角落打盹。

"好可爱啊,为什么叫猪头?"她好奇地问。

"因为长得像你啊。"男生坏坏地笑。

"你好讨厌啊。"林明月随手就拿起书朝男友扇过去。

"你们两个,要说话给我出去说。"讲台上的老师忍无可忍地丢了一根粉笔过来,砸得奇准,落在林明月的额头上。

女孩惊呼一声捂住额头,苏荷腾地站起朝着讲台上的老师狂吼:"你要干什么?!"

教室外的走廊上,阳光从走廊尽头的窗户流淌进来,在地面上撒下一层淡淡的金色。他们面对着墙壁罚站。苏荷伸出一只手来放在林明月的额头上:"还痛吗?"

林明月朝他递出一个温柔的笑,摇摇头。抬头望着尽头光源的地方,明亮的光闪耀着融化进空气中,很舒服的温暖。

当时的光,和现在不同。

2013年的夏天,林明月站在街头,额头上青紫了一大块,觉得涨涨的仿佛是谁把火钳烧红了贴在额头上。

"你这女人脑子不正常吧。"苏荷恶狠狠地吐了一口痰在地上,"你不是没事就喜欢分手吗?现在就给老子滚吧。"说完,他就走了。

11.

夏临风端着饭盒去食堂打饭,他来得晚了,饭堂里稀稀落落地坐着几个工作人员。

庄狄龙一个人坐在那儿低头啃鸡腿,他走过去坐到庄狄龙的对面:"他们没菜了,分给我点,我快饿死了。"

庄狄龙嘴巴里咬着鸡腿,把饭盒推到夏临风面前:"怎么这么晚啊?"

"来的时候堵车了。"夏临风接过庄狄龙的饭盒低头扒饭,突然又想起来,"那个微信好玩吗?你跟蓝蓝都在玩那个。"

"还行吧。大家都有,联络起来都方便。"对面的人闷闷地哼一声,抬起头,"上次你抓进去那个女孩子好像放出来了。"

"哪个女孩?"夏临风愣了一下,又心领神会地笑起来,"我每个月领不少妞进来的,哪位美女能让你记得那么清楚?"

"严肃点!"庄狄龙翻了个白眼,"那个偷人家手机的,你好像认识的那个。叫林什么来着?叫林明月吧。"

夏临风手里的筷子突然悬在半空,旁边的桌面上保洁工人正挨个收拾不锈钢餐具,"哐当哐当"的声音在偌大空旷的空间里回响。

"她啊……出来了?"然后就没再说什么。仿佛是电影放到一半,全场都突然沉默下来。

"哐当……哐当……"手推车慢慢经过两人身边,淡灰色的影子路过桌面。

不知道哪里来的风,把桌面上的纸巾吹起来又跌下去。

庄狄龙突然把筷子放在桌子上,站起来:"吃完没,走吧要迟到了。"

夏临风跟在老友的身边,慢慢地往前走。

当时她走在前面,脖子上露出一块刺青来。偶尔回过头,带着有些疑惑的表情，大地色眼影下藏着的眼神，更像是一片变幻莫测的海洋。

当时她远远地藏在对面的阳台上，穿着藏蓝色的裙子，在花丛中露出两只滴溜溜乱转的大眼睛。

夏临风的脑海里反复回放现在和从前的情景，仿佛是把时间错开交差轮流放映的电影，只不过电影中的角色是同样的一个演员，却带着不同的表情。

他好像一直都记得她，也忘不掉。

念高一那会儿，她刚刚进初中，和他在同一所学校。她剪了一个假小子的短发，人变得黑黑瘦瘦的，不太爱说话。有时候他早上出门去学校，就看见她驼着背在自行车上慢慢地往前骑。于是，他就加快速度赶上去和她打招呼，林明月听到他的声音会回过头来，朝他咧嘴大笑："风哥哥，比比谁最先到学校啊。"然后风一样地跑了，把夏临风的"注意安全"四个字远远地抛在脑后。

在脑海里，记得最清晰的就是她无数次飞奔在他前面的背影，瘦削单薄的影子，穿着各种明显不合适她、略微宽大的衣服，身体因为骑车太快微微地向前驼着。在不同的季节里，总有同样的阳光浮动在她的身上，将短短的发丝边缘晒出一层淡淡的金色。

头顶是无尽的黑色苍穹，她在岸边奔跑，黑色的海浪一波接着一波地掀起，追在她的身后，每一次仿佛都要淹没全部的世界。岸边还有其他人，面目模糊仿佛又似曾相识。她一路狂奔，朝他们求救，却发不出任何声音来。

再回过头，黑浪掩盖住了天空……

耳边传来手机单调的铃声，微微睁开眼睛，黑色的天空已经消失了，房间里透着刺眼的光亮。

她睡觉的时候没有关灯？

林明月从床上撑起来，仿佛刚才那场梦境已经耗尽了周身所有的力气，有种虚脱的感觉。手机放在枕头靠墙壁一点的位置，她摸出来按下通话键："哪位？"

电话那端沉默了一下，仿佛能听见对方伴随着起伏的胸腔发出的细微呼吸声。

"谁啊？"林明月捂住发烫的额头又问了一句。

那边的声音终于响起来，低沉又略带嘶哑："是月月吗？"

夏临风？

他发来的短信，她随后就删掉了。那么长的时间没见，见到了又是在那么特别的情况下。好像是同一个世界的两个人，在不同的时间朝着不同的方向出走了，再相逢已是不一样的世界。

林明月心里颇为有些道不同不相为谋的悲壮感。

"嗯。"她低声地应道。

"你在哪儿呢？有时间吗，我想请你吃个饭。"

"不用了吧。"林明月把手机挪开看了下时间，是早上的九点二十五分。她足足睡了一个晚上？再把电话贴近耳朵，很夸张的语气，"现在才早上啊。"

"我们中午吃饭也行啊。"他有些坚决地说，"就中午吧，我带你去吃川菜。你给我地址。"

语气里好像没有半点可以商量的余地。

林明月想了一下，报了个地址，约好十一点在那里等他。挂掉电话再躺下来，怎么都睡不着了。翻了个身，面朝着墙壁。这是一间很久都没有粉刷过的房子，白色的墙面上被之前租过的人用圆珠笔写写画画的，各种颜色大小和字体的痕迹。

"王丽华，我爱你到永远。"

"男人都是坏蛋。"

后面还有人用不同颜色的笔跟帖："女人也好不到哪里去。"

无聊死了。

12.
　　林明月起床去洗手间洗了把脸，从柜子里拖出红色的编织袋翻了件黄色的吊带衫出来，套在身上。感觉太暴露了，又脱下来换了件绿色的T恤。想化妆，结果发现化妆包不知道去哪儿了，于是又急匆匆地跑到路边的小店里买了支万能的拉线笔，再把粗粗的眼线画上去。
　　她约夏临风在农民村村口的地方等，结果出来得早了，也没什么事做，就去旁边的便利店买了瓶最便宜的矿泉水，蹲在阴凉一些的地方消磨时间。
　　远远地，她看到戴着墨镜的苏荷在路上走。他好像很喜欢那副墨镜，晚上出门的时候都会挂在脸上，她一直担心他会因为看不清楚不小心撞到杆子上去。
　　林明月站起来，转身又往便利店走去。玻璃门上反射出苏荷的影子，走在苏荷旁边的一个女孩突然靠过来抓住他的手。苏荷扭过头去，搂住了她的肩膀。
　　很甜蜜的模样。
　　贱人！
　　有那么一瞬间，林明月心里烧成了一团，仿佛身体里有一头巨大的猛兽，咆哮着要冲出身体，吞掉眼前这两个贱人。
　　她最终按捺不住，转身走到苏荷面前："她是谁？"
　　2013年的夏天，林明月站在自己男友和另外一个女孩面前，略略抬头望着个头高出自己许多的苏荷。
　　明晃晃的晨光打在她苍白的脸上，女孩额头上一团乌青还没有散去。她身体因为愤怒而颤抖，在刺眼的光线下像是随时都要晕厥掉。

苏荷脸色微微一变，又沉着下来："关你什么事？"

那女孩留着齐眉的刘海，因戴了美瞳，眼睛在阳光下反射出蓝色的光，像是白内障。"你朋友啊？"她转过头问苏荷。

"嗯，普通朋友。她叫林明月。"苏荷挠挠后脑勺，"这位是云儿。"

游戏里那个女孩的名字。

"她是谁？"林明月再重复问了一次，她感觉到自己的声音微微发抖。

"我女朋友，云儿。"

"什么？"林明月慢慢地吐出两个字。

"你不是饿了吗？我带你吃点东西。"苏荷转过头扯开话题，拉着云儿的手就要离开。

"那我们走了啊。"年轻的小姑娘朝林明月挥手，"再见。"

直到两个人走出了几米，林明月才从愤怒中缓过神来："姓苏的！你给我站住！"

林明月看到苏荷放开那个女孩的手，低声说了几句，又转身朝她大步走过来。

"你闹够了吗？"他站在林明月面前，小声地训斥她，"不是说分手了吗，怎么还缠着我？"

原来他说分手是真的。

"我跟你没什么好说的现在，你快点搬走，房子我还要住，别骚扰我。"语气中带着一种厌恶，像是吃饭的时候在菜里发现了一只蟑螂。

林明月感觉到自己快要爆炸掉。但这种感觉却并非源于吃醋或者背叛，而是在心中充满的被愚弄的愤怒感。

她可以冲上去，狠狠扇苏荷两个耳光。

但她没把握能打赢他。而苏荷平时揍她的时候，从来没有手软过。

他打她，她不敢还手，因为会挨得更重。

他已经叫她滚，但她还死皮赖脸地留在出租屋里睡觉。因为她不知道还有什么地方可去。

懦弱算不算是一种病呢？

很久以后，如果她的病好起来，也许会很恨现在的自己。当初怎么会这样，当初怎么不能再勇敢一点，当初为什么不杀了他喝光他的血？

2013年夏天的上沙村，人来人往的马路。有黑色的车慢慢地经过，旁边有一些两元店也在门口卖煮玉米之类的东西，重复单调地播放着录音。空气中浮动着尘埃和食物的复杂气味。

直到牵着手的两个人走远了，消失在视线里，林明月才慢吞吞地蹲下来。

旁边有人路过，侧头看她。"这人怎么了？"隐约听到的疑问，又带着好奇心地八卦。

"别看啦，小姑娘哭哭闹闹很常见，这有什么好看的？"这个是不八卦的一类。

林明月忍了一会儿，慢慢感觉到阳光把后脑勺的一小块皮肤晒得有些发烫。

她终于把脸埋进膝盖里，默默地哭起来。

"别哭了。"阳光融化在耳边，林明月低着头突然听到耳边传来这么一句，头顶的手突然递过来一张洁白的纸巾，"你知道从小到大我最怕你哭。"

她上次见到他的第一眼，也是这个视觉。

仿佛是注定，从她的视线里看去，永远都是仰望着他。

夏临风穿着蓝色的牛仔裤，黑色的T恤刚好勾勒出结实的肌肉，高高的鼻梁上挂着墨镜，仿佛所有的阳光都洒在了他的身上。

林明月站起来，接过纸巾默默地擦眼泪。

"怎么了？"夏临风有点茫然地问她。

女孩深吸几口气，直到感觉到自己可以发出声来了："没事。你别管。"

"说真的，到底怎么了？"他轻轻地碰了碰她的胳膊，"约你吃个饭怎么就哭了？"

即使只有一秒钟的触碰，林明月也感觉到他的手指是冰凉的，像是被淋足了雨水，透着湿漉漉的寒意。路边有电动车无所忌惮地飞驰过去，她飞快地侧开身体避开。

"我说了，没事！不用警官您来管！"她一字一句地放慢了语速。

"我没管你啊。脾气还是这么躁？"语气还是那么温和。

"随便你吧。"林明月转身就要走，突然又想起来回过头，"你找我如果是想说教的话，不必了，我现在就是这么烂，改不了。"

她站在阳光下，像是充满了气的一只气球，不小心戳一下，就会四分五裂地爆开，炸成小块小块的碎片。

莫名愤怒的样子。

"姑奶奶，求求你别哭了。"十八岁的夏临风跟在十二岁的林明月身后，"我请你吃冰激凌好不好？"

"走开！"有些口齿不清的哭腔，"你赔给我！"

"好好，我重新写封信给你，我赔给你。"

四川小镇，从南到北来回不过四五条马路的距离。

少年夏临风推着自行车孙子一样地跟在小姑娘后面："对不起嘛，我也不是故意的。"

"你明明就是故意的！"林明月像只被戳破的气球一样跳起来，还红着眼睛，"我等了好久才等到回信，你竟然给我弄丢了！"

"你不是都看完了吗，我写给你就是啊。你要多少？我写十封够不够？"

"你又不是我的笔友！"还是不依不饶的。

"那个笔友有什么好，就会跟你抒情说今天看到的夕阳有多美好……谁没写过几篇作文啊，他有我这么帅吗？"他故意逗她。

她突然停顿在夕阳下，推着自行车回头看着他，突然就涨红了脸："长得帅又不能当饭吃。"

当时她站在清澈的天光下，因流泪，脸上浮出一层晶莹的光来。

"月月，我只是想见你和你说几句话。"2013年，夏临风突然伸手拉住她，在荒乱的马路上，五根手指都死死扣在她的手腕上，凉得像是在水里浸过，"别走。"

突然所有的情绪，都被堵在了身体里，再也说不出一句话来——

我是不是每次都会被你看到自己最糗，最丢脸的一瞬间。

这么多年后，当你遇到我的时候，我一定又让你失望了。

林明月望着他的脸，觉得他眉眼之间已经多出了很多岁月的痕迹来。人还是那样的人，但神色已经不同了。之前有那么一瞬间，她以为他们穿越回到了童年的时候。在谈话间好像都想要努力抓住已经飞逝的时光的影子。

但是他们没有成功，他们是警察和小偷。

在飞逝的流年过去之后，他们还是依然在这座光影错乱的城市里。

以她的狼狈不堪，对应着他的意气风发。

以一种陌生的表情对应着另一种陌生的表情。

"那你见到我了，我很好，再见。"

天空像是有谁不小心打翻了墨汁，之前还是广阔碧蓝的天空转眼就黑压压地沉了下来。天边巨大的黑云一朵连着一朵，将太阳严严实实地挡在身后，再看不到一丝的光。
　　她在黑沉沉的苍穹之下离开，再也没有回头。

第二章

我们成了熟悉的陌生人

　　都走过了这么长的一段流年,连起初的眉目都渐渐变得不清晰。
　　从青梅竹马熬成了警匪对立的陌生人。
　　仿佛从同一棵树干里生长出的,从同样的一个起点慢慢地发出新鲜的枝丫,到最后你长到了云端而我陷进了淤泥。
　　而现在,我只希望,后来的我们各不相干,生死由命。

The moon does
not know
where to go

1.

就是一瞬间的事，头顶的乌云又迅速散去了。藏在云层后的阳光仿佛是等待了好久，终于找到了机会毫不留情地汹涌出来。

庄狄龙被商场的玻璃门反射的光刺得有些眼睛疼。他看了看表，蓝初雪已经迟到了十五分钟。这里是深圳著名的海岸城，刚才下着雨，她打电话说最近有电影上映想看，他就来了。

庄狄龙觉得自己从来都无法拒绝蓝初雪这样的姑娘。

她有时候说："哥，带我去吃饭。"他就认真地掏出手机去大众点评上找好评如潮的饭馆。有时候她又会说："哥，我的乳液快用完了，你什么时候去香港。"然后他就放下手里的事，屁颠屁颠地排两个小时队陪她过关去屯门兼职做水客。

直到有天她突然说："你要不要给我介绍个男朋友啊？"他就把自己的好兄弟夏临风介绍给她。

从小到大，都是她要什么，他都尽力地给。他们的父母早些年私交甚好，于是连带着他们也更像是关系亲密的兄妹。那这算不算是尽到了做青梅竹马的本分？

想到这里，心里反而涌出一种莫名的酸楚感。

二楼的广场上突然呼啦啦地围拢了很多人，庄狄龙凑过去看，人群的中间两个浓妆的洋模特正摆着各种姿势，让一个拿着长镜头的老头拍广告。围观的人群纷纷掏出手机来，有很多人拍好照低着头忙着发朋友圈。

庄狄龙站那边看了会儿，觉得没意思又往回走。

转过头去就看到站在不远处意味深长地望着他的蓝初雪，很休闲的样子，红色的帆布鞋配热裤，上身是灰色的小背心。

"怎么不再多看会儿啊。"她笑嘻嘻地说。

"看什么看，没意思。"庄狄龙走上去，用手挠挠头皮，伸手拿走蓝初雪手里的购物袋。

"祖宗啊，你又买什么了？给我拎吧。"

"有打折啊今天。"她无所谓地耸耸肩。

"这么能花钱，真是个败家娘们。"说着，他又抬起手腕看时间，"还有半个小时开场，票买好了。"

看的是《超凡蜘蛛侠》，女人吵着要看的电影情节居然也不算无聊。

2.

电影散场的时候，垂直电梯挤满了人，前胸贴着后背地挤进去，庄狄龙才发现蓝初雪几乎整个背部都贴在自己的前面。旁边有几个打扮时髦的年轻人在大声讲话，广东话里夹着流利的英语，像是这座城市里随处可见的本地孩子，暑假从国外回来探亲，脸上写着四个大字——老子有钱。

感觉几乎有唾沫飞溅到脸上，庄狄龙眉头皱起来，刚要放声抗议，电梯突然剧烈地晃动几下，莹白色的灯光"啪"的一下，熄灭了。

眼前一片黑暗，周围有胆小的女生尖叫起来，随后是大人怀里抱着的婴儿哇哇地大哭。"快点按紧急按钮啦，叫人来开门。"还有人清醒地发出指令，靠近电梯按钮的人借着手机的光按下了紧急按钮。刺耳的响铃"丁零零……"疯狂地尖叫起来。

庄狄龙感觉到电梯里的空气渐渐变得稀薄，电梯故障后连抽风机都不再工作了。

"老庄……"他听到蓝初雪在黑暗中喊他的名字。

"我在这里，别怕。"借着微弱的光，庄狄龙一把抓住蓝初雪的手，抬高声音，"我在这里。"

她的手心滚烫，在他的手掌里微微地发抖。

电梯的灯飞快地点亮了，照亮每一张紧张又焦虑的脸。

悬着的心刚刚放下来，就听到头顶发出奇怪的声音，像是机械碰撞在一起，紧接着电梯飞快地往下掉去。

刚刚平息下来的女生又开始尖叫起来，震耳欲聋，几乎要刺破鼓膜。

蓝初雪在电梯下滑的瞬间转过头看了庄狄龙一眼，惨白的光线下，是一张毫无血色的脸。他飞快地放开她的手。

四周开始有人大叫，蓝初雪感觉到被庄狄龙握住的手突然松开了，突然又被人从身后紧紧抱住，在一片混乱嘈杂的世界里，耳边还有一个清晰的声音——

"别怕，蓝蓝，别怕，我在这里。"

蓝初雪想了想，死死抓住他的胳膊。

"我不怕。"

在这个疯狂坠落的世界里，下一秒，是停顿或毁灭都来不及思考。

耳朵边他因紧张而急促的呼吸，却变成这个世界最清晰的声音，每一个字都敲打在自己的心里。

前一分钟还冷气十足的商场，再打开门就是热浪滚滚的停车场。

蓝初雪和庄狄龙从故障的电梯里爬出来，灰头土脸地步行去拿车。

头顶有巨大的排气扇在呼啦啦地打转。

微小的节能灯挂在纵横交错的排气管之间稀松而遥远，黑暗贪婪地吞噬着微弱闪烁的荧光。

车停在稍远一点的位置上。

没什么人，隔壁的车道偶尔有明亮的光照耀过来，带着呼啸的风声，在黑暗的世界里飞快地晃过去了。

明暗交错。

"蓝蓝？"他突然叫她，好像是随意地提起，"你等会儿去哪里？"

"我去临风那边。"蓝初雪拍拍手里的购物袋，"我买了衣服给他。"

"哦。"又沉默下去，连呼吸都听得见的沉默。

远处的拐角突然照出的炽热光束，打在脸上闪得人睁不开眼睛。

蓝初雪躲避着光束移开眼睛，刚好看到旁边的庄狄龙，没有一句话却又好像有很多话想要说的样子。

然后就沉默一路，只听到鞋底摩擦地面发出吱吱的声音，两个人并不是一致的步调。

鲜红色的福特就停在靠近出口的位置。庄狄龙带着蓝初雪走过去，两个人都上了车了，他才回过头说了句："安全带。"不知道蓝初雪是没有听到，还是听到了没有动作。

庄狄龙突然俯过身来，从旁边拉过安全带帮她系上。

蓝初雪低下头，两人离得太近，他出门前刮过的胡须水的味道就在鼻尖缠绕。

汽车在无限曲折幽暗的地下停车场移动。

从一个弯到另一个弯。

从一层的黑暗到另一层的黑暗。

蓝初雪觉得有些热，伸手打开空调，侧过脸，在混浊的光晕里就看见庄狄龙那双有些抑郁的眼神。

那种眼神，不知道是难过还是忧伤。

然后听到汽车发动机的呼啸声，眼前突然闪出白炽的光，世界明晃晃成一片。

他们到地面了。

脱离了那片昏暗的世界，茶色车窗外的阳光，被过滤后很温柔地笼罩进来。收音机里，沙哑的电波带来鼻音厚重的法语歌声，甜蜜而宁静的调子。

但他的眼神，依然有些抑郁。

3.

蓝初雪坐在沙发上等夏临风做饭，翡翠台在放娱乐新闻，某个小明星被拍到出轨了，站在镜头前诚恳地向公众道歉。

我又不是你的老婆，跟我道歉干吗？无聊。

又再换一个台，结果是抗战连续剧，手撕鬼子。

更无聊了。

夏临风围着围裙从厨房里走出来，两只手在围裙上蹭蹭擦掉油污："宝贝，你袋子里是什么？"

"衣服啊，给你买的。"

夏临风拿出来一看，蓝绿相间的条纹T恤。

"你好像从来没给我买过这种风格啊。"夏临风仔细研究了下，"尺码也不是我的。"又弯下腰来刮了刮蓝初雪的鼻子，"不过算你乖，我穿不了，别浪费，明天拿去所里给老庄试试，他穿这个码。"

蓝初雪站起来给自己倒了杯冰水，面无表情地低下头看杯子。白色的马克杯用得久了，杯子的边沿已经有些微微发黄。她和夏临风一起去宜家买的一对，其中一个已经打碎了。

"随便你啊。"

"嗯，饿了吗？就能吃了啊。"夏临风转身朝厨房里走去，刚刚把火拧到最小的位置，就听到身后有气无力的声音："我不饿，你先吃你的吧。"

"又怎么了？前几天不是一直吵着想吃红烧肉？"

"就是没胃口。"

"多少吃一点，回头到下午你又饿了。"夏临风端着米饭走出来。

蓝初雪躺在沙发上，面朝里，用枕头捂住头，瓮声瓮气的："你烦不烦啊，我这么大了还能不知道饿啊。"

不用看脸都知道是一副不耐烦的表情。

通往阳台的客厅落地玻璃，一大半用遮光布挡起来了，还有一小半漏进了温柔的阳光。

夏临风就站在这一小片阳光里，耳边传来电视机里的台词，听不清楚也毫无意义。楼下的宠物店传来几声狗叫。有车被堵在了外面的马路上，疯狂地按喇叭。

她躺在那里，抱住枕头的胳膊露出小块雪白雪白的肌肤，静止不动的样子。

他走过去，把米饭放在茶几上，又将几乎没有被喝过的水杯拿走，倒掉，又满上热水。

"你不要喝凉的，对胃不好。"

回过头，她依然没有说话。

乳白色的雾气从杯口弥漫到眼前，模糊了落尽视网膜的光线，模糊到这个世界都看不清。

他想问点什么，始终没有问出口。

其实并不是多么高深的问题，没有复杂的字眼，也没有难以理解的语法，堵在喉咙里，好像是一句永远都不可以说出来的咒语——

那件衣服，本来就是买给老庄的吧？

那咒语要是脱口而出，世界就会天翻地覆地改变。而我们就不再是我们。

但是现在，我们还是我们吗？

4.

走廊里没有开空调,林明月在坚硬的木椅子上坐了很久,感觉身体里每一块骨头每一处肌肉都要渗出汗来。她站起来,朝挂着风扇的那个墙角走过去。旁边马上有人飞快地坐在她原来的位置上。

这个地方的风扇马力不够,而且噪音太大,吹在耳边像是有无数只蚊子在惨叫。不过还是舒服多了。

吵吵闹闹的走廊挤满了找工作的人,不少是刚从学校里出来没多久的毕业生,面带菜色,消瘦又营养不良的样子。而且无论男女他们都有奇怪的发色,和快要刺瞎眼睛的刘海。他们坐在凳子上像得了病一样疯狂抖着腿,无名指和中指夹着燃烧的烟头,用眼角打量着彼此,一副高贵冷艳的表情。

早前工工整整摆放在门口的招聘启事不知道什么时候被人碰掉了,红底黑字的招牌残破不堪地躺在地上,大家都在上面毫不在乎地踩来踩去,隐约还可以看清楚一些字:

正规单位,包吃住,待遇优渥。

两个小时前,林明月拖着编织袋在路边走着,然后就看到中介门口竖立着的招聘牌子,几个字很吸引人:无须押金。

然后她就进来了。

其实要离开一个人,并不是多艰难的事。

她在出租屋里收拾了不到一个小时,没几件衣服要带走,重要的东西不外乎是身份证和成色可疑的实习推荐书,她没有多少现金,因为苏荷说要把钱都存起来以后买房子。

她连储蓄卡的密码都没有。

当她彻底一无所有,也就不再惧怕去任何地方。

面试的房间里一排坐着三个面试官,表情严肃,眼神犀利,不知道的还以为他们是要选特工。

林明月将临时填好的简历表交上去,编造了一些工作经验,她本人看上去也很老实的样子。

三个人轮流问了一些不着边的问题,最后一个男人点点头,看上去还比较满意。他在表格上画了几下,又还给林明月:"出门右转找人事部给你安排宿舍,明天就要上班。"

所以,就这样?

普工,林明月第一次听说这个职业。她毕业这么久以后找到的第一份工作,突然发现没有想象中那么困难。

就好像她刚刚经历了人生中第一次分手,好像也没有情歌里唱过的,那样痛。

宿舍在靠近工业区四周的老式楼房里。过道一边是白色的墙壁和金属色的防盗门,一边是重新抹过水泥的矮墙。

有人洗过衣服,就晾在过道的上方,一路走过去,经过了各种颜色的衣服裤子,红色的秋裤,没有拧干就把水滴到路人头顶的袜子。不知道是谁的大花内裤用衣架撑起来晾在铁丝上,感觉是可以装下两个人穿的尺码。

更远的地方,是一片被楼宇围绕起来四方形的天空。

林明月的宿舍在靠楼梯的第二间。狭小的房间里挤着四张上下铺的单人床,柜子上摆着一些牙刷水缸之类的东西。因不透风,屋子里弥漫着说不清的腐臭味。

隔壁床位里伸出一张发青的脸,是个中年女人,脸色黄得像是尊蜡像,头发乱糟糟地顶在头上。她很冷漠地看了林明月一眼,又扯过被子把脸埋了进去。

房间天花板上吊着的风扇死气沉沉地转动,吱吱呀呀地吹出微小的风,像是轻薄又锋利的纸片唰唰地刮过肌肤。林明月感觉到有些发冷,床上的被子不知道多久没有换洗过,目测还算干净但盖在身上透着一股子的霉味。

"记得明天早上八点钟要报到哦。"领她到宿舍的那个女人匆匆说了一句,丢了一张A4的纸张给她,就匆匆忙忙地离开了。《入工须知&员工手册》,林明月看了一眼手里的单子,就丢到了一边。

林明月把自己包在发霉的被子里微微发抖,浑身都在痛,从胳膊上的肌肉到手指末端的关节,四肢百骸都仿佛被浸泡在冰凉的醋水里,又冷又酸。

手机振动了下。

她低头掏出来看,是一串没有存起来的号码,但即使不存起来她也知道是夏临风发来的信息。

"月月,不管怎样,我希望你可以好好的。有困难告诉我,风哥哥一定会帮你。"

几乎可以想到他语重心长的样子,好像他就是这个世界上唯一的救世主。

林明月想了想,飞快打了几个字回复过去,然后关上手机,又拉上被子。

后来隐约觉得宿舍里陆陆续续地回来几个人,说说笑笑,依稀中听到有好奇的声音:"新来的?"

"一来就睡觉啊。"这是另外一个女生的声音。

"你管人家啊……"有些轻浮的笑声。

再说什么就没听见了。

像是奄奄一息的鱼被搁浅在深不见底的黑色淤泥里,不能发声,也无法动弹。

"你管人家啊……"

那你管我干吗?

都走过了这么长的一段流年,连起初的眉目都渐渐变得不清晰。

从青梅竹马熬成了警匪对立的陌生人。

仿佛从同一棵树干里生长出的，从同样的一个起点慢慢地发出新鲜的枝丫，到最后你长到了云端而我陷进了淤泥。

而现在，我只希望，后来的我们各不相干，生死由命。

5.

夏临风把自己的二手捷达车开到派出所门口，在车里换好制服才下来。旁边是片区的便民窗口，午休过后办事处还没开门就有不少人在门口排队，围着不大的地方绕了两个圈。

黄色的支线巴士拉着满满一车的人呼啸着奔过去，扬起一片污浊的灰尘。夏临风一边捂住鼻子，一边往所里走，突然想起送完蓝蓝回家的时候把手机丢在车里了，又折回去拿出来。

老款的诺基亚，在老旧的显示屏上，连新短信提示的LOGO都设计得无比粗糙。

"我不是每次都要你来救。"——月月。

有点眼熟的牛皮纸购物袋"啪"的一声摔在桌子上，老庄从桌子前抬起头来，看见夏临风笑嘻嘻的脸。

"蓝蓝买给你的，让我带给你。"

"哟，妹子怎么这么客气。"老庄连忙从桌子后面站起来，看都没看一眼就把纸袋收到桌子下面。

窗户上灰色的遮光帘被拉得最高的位置上卷起，有光肆无忌惮地落进来，照得屋子里的每一块玻璃都在反光。

有执勤的车轰隆隆地开进院子。

"她也就随手的事。"夏临风向外看了一眼，朝他挥挥手，"车回来了我还有事，你写你的报告吧。"又随手帮他拉下窗帘，"这么写，不嫌伤眼睛啊。"

"嗯，谢谢啊。"老庄又埋下头去，继续工作。突然又想起什么来,"我朋友在前海有套房子出手,他股市着急补仓所以价格还可以,你要不要去看看?"

"你帮我约个时间吧。"夏临风已经走到了门口,因背对着他,说话的声音听起来就特别模糊。

片刻后,庄狄龙撩起灰色的帘子,看到年轻的警察坐进警车的副驾驶位上,可能是嫌弃窗外光线耀眼,就翻下了遮光板。

看不清楚表情。

开足了的冷气呼呼地从头顶的出风口翻滚出来,墙角的几株植物被吹得摇摇晃晃的,跟用电不要钱一样。老庄觉得有点冷,就在一片凌乱的桌面上翻空调遥控器。

没有。

再翻抽屉。

还是没有。

邪门了,是不是掉到桌子下了?

老庄蹲下来,歪着脑袋朝地上寻着,然后就看到刚才漫不经心就丢到地上的牛皮纸袋。

他抓过来,翻出来一看,蓝白色的T恤,是自己平时穿的牌子,尺码也刚好是自己的尺寸。

他想起当时她站在昏暗的光线中,转过头对他拍拍手里的袋子:"我买了衣服给他。"她对他露出一个无谓的笑容,落尽眼里是被放慢的一个镜头,她的眼尾皱在一起,嘴角上扬,像一朵在黑夜里绽放的花。每一丝由嘴角带动起的笑纹,向上微微卷翘的睫毛都在视线里缓慢地颤抖。

蓝蓝……

"衣服看着还喜欢吧。"夏临风的声音突然响起。老庄转过头,好友正站在门边,侧靠着门框,语气带着笑意,但他站在一片刺眼的光里却看不出微笑的表情。

"你不是跟车走了吗？"老庄问他。

"空调遥控器，我当手机拿错了。"夏临风晃晃手里白色的遥控器，"啪"的一声丢在桌子上，"走了！你小心吹感冒啊。"

就是这样，多年的老友。男人和男人之间，在为彼此出生入死，两肋插刀之间，也预先埋好的心机。

像是两个要为爱而决斗的战士，拿着利剑，掌握到彼此的节奏，你进我退地试探、躲闪，必须要战斗却不能选择伤害对方。

但，到最后你要什么？你想争取什么？你的目的是什么？

对你最重要的，又是什么？

是我们的友情，还是和她的爱情？

6.

林明月上完夜班，在清晨的风里昏昏沉沉地往食堂走。

空旷的建筑周围，有不知道从哪个角落传来的广播在放着模糊不清的英文歌，穿插着电流的声音，混在风里像失控的蚊子一样在耳边疯狂尖叫。

难受死了。

路上还有两三个下班的同事，都穿着蓝色的制服，手里端着饭盒朝食堂的方向走去。抬头看去，头顶那污浊的一片灰霾，分不清云和天空。

秋天要到了吧。

稀饭和茶叶蛋，还可以选一些小炒菜，并不是特别好的伙食，但也能将就。

"听说其他地方已经罢工两天了。"有人端着饭盒坐在隔壁的桌子前。

"真的吗？会不会真的闹出事来啊？"是个唯恐天下不乱的声音。

"你傻了哈，越闹越有戏，不闹什么时候才给你加钱咯。"带着重重口音的普通话。

林明月默默低下头喝稀饭。

嘴里突然咬到什么奇怪的东西，她吐出来摊在手上，已经不太完整但还是能看出来是蟑螂。

她捂住嘴巴，感觉到一阵恶心，突然从座位上站起来。旁边聊得正嗨的几个人被她吓了一跳，都愣住了。

"做什么啊，疯疯癫癫的。"有人小声地说。

林明月好像没有听到这一句，从饭桌前冲到打饭的窗口前，摊开手："你看看，这是什么？"

脸上带着高原红的大妈探出头来看了一眼，很无谓地说："是什么？"

"你们饭里有蟑螂好吗！"她的声音突然提高了几度，"你说是什么！"

窗口里有几个戴着白色厨师帽的人轻轻笑起来，交头接耳地小声地讨论。

"哎哟我的大妹子！"那胖大妈突然喊起来，语气里带着嘲讽的调子，跟唱戏一样，"这里是员工食堂，你要不要去楼上的经理区吃饭啊。"

又一阵小规模的哄笑声传来。

"不管怎样，你这样很不卫生吧！"林明月大声地跟她辩驳。

"你闹什么闹，你可以不在这里吃啊。"旁边走过来一个管理员模样的中年男人，背着手站在她面前，像个村干部一样，"你哪个部门哪个组的？把工号给我。吃饭时间不要闹事打搅别人。"

然后听到一些声音，仿佛就凑在耳边，很小声的。

"就是有病咯，这么娇贵还打什么工。"

"真金贵，又没吃出病。"

"她怎么不能说啦,上次我也吃坏肚子了,还去医务室挂了两天水!"旁边突然传来响亮的一句。

林明月转过头,是个穿工装的男生,头发规规矩矩地剪成了半寸,眼睛小小的戴着眼镜,手里拿着一个不锈钢饭盒。

"你们怎么不讲道理?"他继续大声地说道,把挂在脖子上的工作证拿到中年男人的面前晃晃,"我是三部5组的,吴思洋。你看清楚,你闹到哪里我都不怕你。"他的脖子都红了起来。

"出去出去。"中年男人朝他们挥挥手,好像找不到其他台词可讲,"要闹都出去闹,不要在这里影响其他人。"

林明月端着饭盒往外走,她突然停在淡黄色的餐厅门口,转头说:"喂,谢谢你啊。"

"不客气,我叫吴思洋。"小眼睛的男生朝她笑了一下,"时间久了你就习惯了,这里有很多不公平的。"

"没事,就是觉得太脏了。"林明月耸耸肩,"我回宿舍了,再见。"

"再见。"他朝她挥挥手。

7.

天上的灰霾好像散去了一点,透出了一些混浊的光。未知的广播还在反复地播放,每天早上同样一盒录音带,却永远不知道是谁的声音。

林明月低着头走进宿舍,刚到楼下,就听到头顶有什么砸断的声音,"啪"的一声巨响,短促而慌张。

她回过头。

隔着两米的距离,灰色的水泥地面上,一摊暗红色的血迹。

楼里陆陆续续地有人尖叫着跑出来,有反应快的人拿出手机打电话。

不知道谁的女高音，力气特别充足："快点叫人来！有人自杀了！"

林明月在原地站了一会儿，感觉到额头被一小块阴影罩住。再抬头看去，二楼的玻璃隔板上，躺着一个人，一动不动的。更远的视野里，是一片灰色的天空，混浊得看不清一片云彩。

"哎呀，怎么想不开的，是谁啊？"

"那女的不是三部的吗，她男朋友是……"

"好可怕，还活着吗？"

……

大约是这样零零碎碎的感叹，在一次突发的事件之后，所有藏在悲剧后面的声音都变成闲言碎语，一片片地散播在空气中。

直到旁边的吴思洋拉扯她的袖子，林明月才缓过神来。

"你没事吧？吓着了？"他还端着饭盒，看样子是还没走到目的地就跑过来围观的人。

很快，120的急救队到了，穿着白大褂的医生从二楼的围栏上翻过去，小心翼翼地移到那个女生身边，蹲下来摸了摸脖子，又翻了翻眼皮，站起来朝其他人摇摇头。

没救了？

"我没事，谢谢。"

林明月回过头看了看吴思洋，朝他摆了摆手。

"她是我同事，昨天还说年底回老家结婚呢。这么年轻就想不开，真可惜。"吴思洋低下头来，眼眶红红的，有些难过地说。

"那你想开些，别太难过。"林明月一时间也想不到什么话来安慰他。

"我叫吴思洋，你叫什么？"他再次介绍自己。

他们在那个女孩的身体上盖住一块雨布，林明月感觉到头顶的光线立刻又多了一点阴影，仿佛也投在心里。

"林明月。"围观的人越来越多,她开始朝楼梯里走,又转身朝吴思洋挥手,"再见。"

"再见。"他看起来还是很难过的样子。

阴暗的楼梯间,有人急急忙忙地上上下下,一个突发的悲剧绷紧了所有人的神经。

有认识的人开始哭泣,另一些人在一旁低声安慰。

林明月站在拐角阴影的地方,沉默了一会儿,转身扶住墙壁疯狂地呕吐起来。

夜的颜色好像变得更深,遮挡住天空中所有的星云,没有一丝的光亮。那个女孩,穿着蓝色的工装睁开眼睛看着她。

暗红色的血迹,冰凉而黏稠,蔓延流淌,浸过整个世界。

那一瞬间,心脏疯狂地跳起来,猛烈地拍打在肋骨上。

一下、两下、三下……仿佛下一秒就要从身体里血肉模糊地爆开。

耳边却突然传来嬉笑声,睁开眼,是同宿舍的女生回来了。

林明月看了看时间,她睡了整整一天。

8.

整整一个月过去,和林明月同宿舍的同事换过了好几批。大多是匆匆过来工作一个来月就嫌太辛苦要辞职的。

相比之下,她倒成了宿舍里的老人。

林明月满头大汗地从床上坐起来,靠在墙壁上,不知道是出汗太多还是被梦惊吓的,背上一阵阵地发凉。

"喂,醒啦。"和她搭话的是更年轻的一个女孩,叫小易,刚十六岁初中毕业就从农村老家出来工作。

"嗯。吃饭了吗?"林明月缓了缓神,站起来穿鞋子,"你下班啦。"

"还没吃，等会儿有朋友接。"小易朝林明月笑了笑，她抹了墨绿色的眼影，也刷了睫毛，又突然很熟络地问她，"你还没吃饭吧，等会儿一起？"

"不用了，谢谢。"林明月摇摇头，"我晚班。"

"去啦。吃完饭回来还来得及的。"女孩不依不饶地拉住她，"我叫我哥送你回来就是。保管不会迟到。"

那个女孩穿着蓝色的工装睁开眼睛看着她。

暗红色的血迹，冰凉而黏稠，蔓延流淌，浸过整个世界。

"去不去？"小易的声音再次把林明月从梦境中拉回来，"不然你就请假好了。从来也没见过你请假。我们吃完饭还有下半场。"

"那你什么时候见她出去玩过的啦！白费这个劲儿。"旁边另一个人搭腔了，是林明月的老乡姗姐。

"没关系，我去啊。"林明月突然说道，又转头对旁人说，"姗姐，麻烦你帮我请个事假。"

"没问题。"对方很欣慰地挥挥手，"出去放松下也好。"

林明月换了件普通的长袖T恤和小易走到宿舍大门口。

正是傍晚的时候，工业区附近一向繁华，临街的小铺大多开着，卖便宜的日用品或者女生饰品。

四周有铺子大声地放着网络歌曲，那种声音是有节奏的，配合着粗鲁直白的歌词。门口有老人推着车炒栗子，被烧焦的糖味一阵阵随着风飘过来。

也有的风带着树叶的声音经过耳边，一片枯黄的叶子落在脚边的水泥地面上，啪，很清脆的一声，听得很清晰。

一切会好起来的。

但愿如此。

9.

吴思洋在外面打包了几份饺子,拎着往宿舍走。

早上出事的是他的同事,一起上班的伙伴都没有什么心情吃饭。一些心理脆弱的女孩子就一直待在宿舍哭了快一天。

他自告奋勇地出来帮大家买饭。

越是社会底层的人,越会用最朴实的方式表达自己的悲伤。

吴思洋来自贵州山区,读了两年大学后家里再也负担不起他的学费,于是就停学出来打工凑学费。这里和他之前念大学的时候没有什么区别,都是住着集体宿舍,四周都是差不多年纪的人,做着和这个年纪一样疯狂的事。

即使在黄昏,大片的灰霾遮挡住的世界也很难感觉到和白天有什么不同。

都是一样混淆不清的天空。

旁边的小吃店将蒸饺的笼子摞起来快一人高,热腾腾地向外喷着蒸汽。吴思洋走过去,飘来的气体在眼镜片上蒙上一层白雾。

就在这一片模糊的视野中看到了林明月。那姑娘穿着黑色的长袖T恤和朋友站在门口,手里抓着一个洗得发白的帆布挎包,看起来是在等什么人。

他想起早上的时候,在自杀的现场看到她的样子。所有人都在因为这事而失控的时候,她还面无表情地站在一片混浊的晨光里,面色苍白却又那么沉稳。

她应该也会难过吧?但是她很坚强。

吴思洋突然感觉到心跳快了几下,像是有把小锤子贴在衬衫下面疯狂地敲打。

他加快几步走过去,想跟她打声招呼,没注意看路就撞到路边小店支出来的小矮桌上。

实木的桌子角撞得人钻心地疼,他弯下去揉腿,抬头就见到一辆黑色的小车停到她们面前。旁边那个化过妆的女孩很开心地拉开车前门,又回头说了句什么。她这才慢吞吞地坐进去。

她低头钻进汽车的时候,露出了脖子后面一块青色的刺青。

看上去像是胎记。

第三章

我不是一定要你回来

我不怕你不在我身边。
　怕只怕,当我就要习惯在心里给你留出一小块地方的时候,你永远都不会再回来。
　就像年幼时的我们的一样,你突然就这样远去。
　也就像预定了音乐,却突然离场的舞伴,留自己一个人站在耀眼的光下。没有可以握住的手心,也没有可以扶住的肩膀。
　而我就要把心里的那个位置再次给你,那你会不会离开?

The moon does
not know
where to go

1.

夏临风躺在床上,起先还开了卧室里一盏小台灯,手里捧着迪恩·孔茨的《谋杀先生》,胡乱翻了几页,就再也看不进去了。突然的头风发作,两边的太阳穴好像被人从里面用锤子一下一下地敲打,床头那盏橘黄色的灯更是刺得眼睛生疼。

他又勉强撑起来关掉灯,再躺回黑暗中。

刚好就看到窗外的夜空,黑压压的一片,没有星辰。

但世界还是有光。

是窗户外的马路上有车疯狂地按着喇叭,飞驰而过。那些明亮的车灯融化进夜色,最后摇摇晃晃地照进了屋子,淡成一种蜜糖的色调。

夏临风翻了个身,把被子拉到头顶,枕头旁边的手机却突然疯狂地响起来。

尖锐的声音,像把匕首刺破了黑暗的暮色,最后锋利的刀尖抵在他的太阳穴上。

手机上来电显示"蓝蓝"。

不是晚上要见客户吗?

夏临风晃了晃脑袋,企图甩掉头痛带来的不适感,然后按下通话键。

那边是另外一个世界,巨大的音乐声,有听不清是男是女的尖叫声,然后就听见随着电波传递过来的蓝初雪飘忽不定的声音:"宝贝儿,在干吗?过来接我。"

像是喝醉了。

"你在哪儿?"夏临风在黑暗中按住眉心,两边的太阳穴还在疯狂地跳动。

蓝初雪飞快地报了个地址,是个量贩KTV的名字。隐约还听到旁边有人大叫："蓝蓝快点过来喝酒，这才几轮啊！"

"知道啦！"是蓝初雪回话的声音，可能是手机拿远了一些，声音就显得特别遥远。

"蓝蓝？"夏临风对着手机喊道。

"一个小时后过来接我哈亲爱的，拜拜。"声音突然又变得近了，仿佛是凑在耳边喊，然后挂掉了。

男人在黑暗中慢慢坐起来，借着窗外蜜糖色的光找到了地板上的拖鞋，隐约听到一边电话里传来微弱忙音，尖锐而短促的音调，一声接着一声。

每一声都仿佛让整个空间都变得更加寂寞。

头顶上五光十色的灯球闪着光缓慢旋转，偶尔有红色的、蓝色的、黄色的光扫过眼睛，将这个世界扭曲成更为绚烂诡异的色调。几乎所有的女生嘴里都叼着烟，手里拿着酒杯到处找人拼酒，幼稚地摆出一副老娘就比你们更爷们的傻逼样子。有男人喝得满脸通红，偷偷从包里摸出一整片白色的解酒药来吞下去。

林明月端着杯兑过果汁的威士忌坐在角落，没有跟人搭讪也没有嬉笑。隔壁那个女孩和男生玩疯了被推倒在沙发上狂笑，说着她听不太懂的广东话，一双腿胡乱地蹬到她的胳膊上。那个画着浓妆的女孩子面无表情地看了她一眼，也没有说对不起。

这个世界里挤满了各种体温，却没有了知觉。

一起来的小易姑娘早就不知道去哪里了。

林明月坐了一会儿觉得有些无聊，拿起包从沙发上站起来，出门的时候谁都没有发现她。

KTV走廊蜿蜒曲折，头顶仿佛有金色的光照得每一块地砖都闪闪发亮，撕心裂肺的歌声隔着每一扇金色的门朦朦胧胧地传递过来，笼罩在四周，空气中蔓延着一种浓厚而黏稠的香气。

林明月觉得有些眩晕,她在门外站了一会儿,还是分不清楚是向左还是向右才是出口。

她向右边转了几个弯,好像又回到了原地。

有抱着酒桶的服务员从身边匆匆走过去,她开口叫了一声"请问……"不知道是自己声音太小,还是被旁边刚巧从打开的门里传来的歌声掩盖住,那穿着暗红色制服的服务生并没有回过头就擦肩而过。

仿佛是空气一样,存在却永远不被人看见。

走廊的另外一边,走过来一群人。满脸通红的女孩子背着包搀扶着步伐蹒跚的同伴,其中一个男人喝大了弯着腰捂嘴要吐,像是派对散场要离开的样子。

林明月低下头,漫不经心地跟着他们走出去。

出口原来藏在拐角的位置,从发光的台阶小心翼翼地走下去,突然豁然开朗地看到了大门。

旁边突然有人拍了一下她的肩膀:"你怎么在这里?"

林明月转过头,就看到苏荷那张油头粉面的脸,因为酒精过敏,额头上的青春痘都浮了出来。

这么久不见,看上去还是那么恶心。

"我怎么不能在这里?"林明月淡淡地回了一句,转身就要离开。

"别走啊,这么久没见到了。"男人的手从后面伸过来,搭在她肩膀上,"咱们聊聊天嘛。"

满口酒气的嘴巴凑上来,喷着恶臭。

"谁想跟你聊天。"林明月大叫了一声,往旁边退了一步,"你别烦我。"

"没烦你啊。"他东倒西歪地追上来,"老朋友见面谈谈心嘛,你敢说你一点都不想我?"

有一瞬间，林明月突然想扇自己一个耳光——怎能和这人渣在一起混了好几年？

霓虹灯流动着五光十色的光线，在一片凌乱的夜色中来回晃着人的眼睛。男女拉拉扯扯的戏码每天都在这里固定上演毫无新意，旁边有穿浅蓝色制服的保安走过来，看了看没事又离开了。

林明月站在离大门稍远一点的位置，看到夏临风走了过来。

空气中凌乱错落的激光一下下扫过了他的脸。

红色的光，蓝色的光，紫色的光，飞快而凌乱，像在空中会发光的虫子。

他走过来，只搭过一只手死死捏住苏荷的肩膀："这位小姐让你别烦她，你应该说什么？"手下再一用力，就听到苏荷杀猪般地尖叫起来，一只腿跪了下去，"你应该说：'不好意思，再见，您走好。'"

和记忆中一样，永远波澜不惊的淡漠表情。

苏荷走的时候酒大概醒了一半，看上去很愤怒而且还有些沮丧，嘴巴里絮絮叨叨一些不太敢让人听到的脏话。

没人再愿意搭理他。

"谢谢你。"在人来人往喧嚣的街边，她站在离他一米远的位置上，低声地说。

他仿佛没有听到她说什么，朝她点点头："月月，你怎么在这里？"又小小地往前靠近一步，眼神里充满了关切，"你没事吧？那人是谁？"

"不相干的人。"林明月做出一个无所谓的手势，"我走了啊。最近的地铁站在哪里？"

"你要回家吗？"夏临风抬起手腕看看表，已经凌晨十二点，又四周望望，"这个时候没地铁了。你等等我，我送你回去吧。"

黑夜里的目光，被淹没在霓虹的光下。因在夜里，眼神就有些深不见底。

夏临风掏出手机来又打了个电话，蓝初雪那边还是空旷的忙音，没有听到？她没有告诉自己具体的房间号码，只叫他到了以后给她打个电话。他连着打了好几个，她都没有接到。手机电池已经耗尽了，屏幕闪烁了几下，飞快地暗下去了。再按住开机键，就没了反应。

头顶的灯光扫过眼皮，有细碎的光线刺进眼里。

夏临风在灯影下抬起头来，看看旁边的林明月，她喝过酒，因过敏脸上泛起一块块深浅不一的红色的斑来。

"你酒精过敏了，我们先走吧。"他朝林明月招招手，"我的车停在那边，你在这里等我。"

林明月默默地点点头。

这里是南山区的中心地段，一块仿佛永远都不会沉寂的乐园。

有夜归的车开着炙热的灯从遥远的另一端飞过来，带着巨大的光和温热的风，擦着面孔呼啸而过。隐约听到节奏强烈的重金属隐约从车里传来，还没听出旋律，又飘远了。

夏临风那辆破旧的捷达车慢慢停到林明月面前，他伸出一个头："上车。"

林明月走过去的时候，他伸手帮她推开车门："你回哪里？"

她想了想告诉他一个地址。

"找到工作了？"他一边发动车，一边很高兴地问她。

"嗯。"很低的一声回答。

放在CD里面的碟沙沙地旋转放出歌声，是陈奕迅的老歌。

带着沙哑的深情男声在唱：唯愿在剩余光线面前，留下两眼为见你一面……

他不再说话，只是专注地开车离开，车厢里暗暗的，只有车头暗黄色的灯光照出一小片的地方，地面上单调的白色虚线永无止境地朝前延伸，仿佛永远没有尽头。

为什么好像每一次当她需要的时候，他都在？

2.

蓝初雪捂着胃走出KTV，仿佛有一团滚烫炭火贴着胃黏膜在燃烧。

临走前酒已经喝光，几个喝高了的贱人就用辣椒兑水做赌玩骰子。她手气不好，喝了快一整杯的辣椒水。从KTV房间出来才想起要掏出电话，整整十三个未接来电都是夏临风的。再打过去，对方已关机。

有人商量着拼车回家，不知谁讲了个冷笑话惹得一群人轰然大笑起来。旁边的男客户喝醉了，弯下腰剧烈地呕吐起来，恶心的污渍飞溅起来溅到蓝初雪的鞋子上，她飞快地往旁边退开几步，转头就看见门外夏临风那辆墨绿色的捷达车。

被路灯照亮的黑夜之下，一个年轻的女孩拉开墨绿色的车门。隔着车身，只能看到她穿着质地普通的T恤，马尾整整齐齐地扎在脑后。她低下头，就只露出一半光洁的额头。

头顶上方吊着的彩色灯球，被突如其来的风吹得摇摇晃晃的，连地面上人的影子都跟着晃动起来。蓝初雪甩开同伴飞快地走出去，还没来得及喊出一声"喂"，墨绿色的捷达车排气管就发出巨大的声响，飞快地开走了。

在蓝初雪的视线里，飞驰而过的车里，夏临风把头转过另外一边有说有笑的样子。

再抬起头来，这样的天气，有灰霾沉沉地压在头顶，混淆的天空中，没有月光，甚至连云都难得看见。后背被人猛烈地拍打了一下，蓝初雪猛然回过头，是喝醉的那个男客户。对方半眯着眼，意味深长地看着她:"蓝小姐,我送你回家?"

那团炭火还在贴着腹腔燃烧,越燃越烈,仿佛下一秒就能将身体烧出一个血肉模糊的洞来。

"怎么样?我叫车送你回去吧。"耳边是暧昧惹人厌恶的低语声。

身体里的内脏仿佛都缩成了紧紧的一团,巨大的疼痛感从腹部的位置蔓延至整片背部。蓝初雪慢慢地蹲在了地上,用两只手用力地按住胃无力地摇头。

"她怎么了?"

"是喝高了吧?"

"要不要送她去医院?"

"你感觉怎样?不舒服吗?要不要在附近开个房间让你休息下?"

在暧昧贪婪的目光下,模糊的夜色下,凌乱交错的灯影之下,隐约听到的,是各种充满疑惑的声音,抽丝剥茧的情绪,在混淆的灰霾中蔓延氤氲。

那团火,炙热地、肆无忌惮地,烧进了心里。

庄狄龙那晚值班,出完一个警后再回到办公室,已经凌晨一点半。办公室橘色的灯让人感觉昏昏沉沉的,他走出来站在大门口抽烟。

一阵风吹过来,手心间橘红色的火苗虚弱地晃动几下,熄灭了下去。

再点就怎么都打不燃,他只好叼着一支没点着的烟站在那里吹风。

黑色的zippo捏在手心有种沉甸甸的分量,是蓝初雪去香港给他买回来的。他用了快五年,都没有换过。点火口的边缘位置经常被火机盖子敲打着,已经被磨出了一层光亮的金属原色来。传说中,zippo的绝妙之处是如果你点燃了它,它就永远不会熄灭。但现在看,传说依旧不是事实。

总有坏掉的一天。

如同他和蓝初雪的关系。

原本是坐在跷跷板的两端的玩伴,突然有一天他想要朝她靠得更近,于是离开原来位置的那一边就高高地飞起来,而另一边则沉甸甸地压了下去,垂直地压在了心口,也堵住了心跳——

于是一切都变得沉重起来,沉重到几乎无法呼吸。

烟没抽成,再折返回去,正巧看到桌子上的私人手机在一边疯狂地振动一边闪着光。

一个不认识的号码。

接起来就听到一个带着东北口音的女声:"喂,你是蓝初雪的朋友吗?"

压在心口上的石头瞬间被提得高高的,连同心一起被悬挂起来。

"是的,她怎么了?"庄狄龙突然觉得嗓子干干的。

"她胃出血在医院,现在要办住院,你过来交押金吧。她的社保卡能找到也带上。"对方又飞快地报了一个医院名字,是南山一家三甲医院。

黑暗中,心上那块石头突然飞快地落下来,带着风的呼啸声,仿佛是最激烈的一次撞击,刚巧在最柔软的地方撞出个血肉模糊的坑来。

庄狄龙在原地站了好一会儿,拿出手机来按了个快捷拨号。夏临风的手机传来已经关机的提示音。

拿在手里没有点燃的烟又塞回到嘴里,然后他弯下腰来心浮气躁地找打火机。拉开一个抽屉,乱七八糟地翻了一下,没有找到,又拉开下一个。

还是没有。

"啪"的一声，抽屉又重重地关回去。

办公室突然有出完警的同事走进来，就看到嘴里叼着支烟到处找东西的庄狄龙。

"老庄，找不到打火机啊？"红色的一次性打火机飞过来砸在桌子上，"刚才出门带走了，不好意思哈。"

"嗯。"男人低下头点上烟，深深吸一口就往外走。突然想起来，"把你的车钥匙给我，我出去办点事。"

"你没开车来？"

"送去修了。"

"哦。"

车钥匙"唰"的一下飞过来，老庄伸手接住了，朝人挥挥手："帮我请个事假，谢了。"

3.

好像突然就从夏天跳进了冬天，中途还有那么一小段时光模糊的温度，每个人都在混浊的空气中呼吸着，带着同样混浊不清的情绪。突然推开的大门，晚风带着潮湿的夜露扑面而来，感觉到每一丝冰冷的空气都贴在温热的肌肤上滚动。

是在黑暗里，用自己的体温慢慢化开的，流动在脸上的一片潮湿的沼泽。

蓝初雪从小就有胃病。

记忆中，同行已经是一种习惯，他每天早上站在楼道下等上学出门的她。

是在和现在一样满世界金黄的秋天的清晨，头顶有金色的光从遥远的地方慢慢移动到鞋尖,旁边有户人家做好了早餐,隐约闻到煮沸的牛奶和水煮鸡蛋的味道。

吃好了早饭出门的少男少女,穿着同样蓝白色的校服,骑着自行车呼呼地从面前飞过去。然后就听到楼上蓝初雪母亲响亮的嗓门:"你记得要快点把药喝了啊。"

"知道啦。"紧接着听到防盗门"砰"的一声关上了,有运动鞋拍打在台阶上的声音,活蹦乱跳地从身后慢慢靠近。

他故意没有转过身,只凭着听觉感应到她慢慢走近自己身后。

然后如意料中一样,她的手使劲地拍打在他的肩膀上,"啪"的一声。

"走啦走啦,发什么呆你。"很清脆的声音。

于是,他让她坐在自己的自行车后座,摇摇晃晃地在清晨的微风里一路踩着脚踏板飞过去。金色的光被头顶密密麻麻的枯叶分割成支离破碎的光斑,落在飞驰的车轮的前方。

走出小路,就是繁华的大马路。

庄狄龙慢慢地把车靠到一棵树下。

蓝初雪从后座跳下来,从书包里掏出装着黑色药汁的玻璃瓶,拧开盖子就要往树荫下的泥土里倒。

"喂?"他在旁边提醒她,"先喝点,能喝多少喝多少。"

她这才愁眉苦脸地勉强喝下几口,然后将剩余的药汁都倒进土地里。

"每天都喝这个,没有胃病都搞出胃病来了。"

他听到她的抱怨,又转身将靠在树边的自行车推出来:"医生开药肯定为了你好,喝一点总比什么都不喝要好啊。"

"知道啦,好啰唆跟我妈一样。"

只等了一小会儿,庄狄龙感觉到车后座突然沉了一下,她扶住他的肩膀跳了上去,又拍拍他的肩膀:"走啊你。"

他的嘴角浮动出一丝笑意，用力地蹬着车，慢慢地朝前移动过去。

有风声在耳边呼啸，隐约听到她在身后说着什么，却又听不清楚。

直到很久以后，仿佛都还记得这样的感觉。

他感觉到她的手用力抓在他的肩膀上，她的发丝被风吹起来拂过他的脖子，她那模糊在风里的只言片语，都在秋日里清晨的某一段时光下被暗藏。

在他记忆里的细枝末节里，像是在流沙退去后残留在石缝之间的沙金，永世都闪耀着璀璨的光。

但是时间一下就晃过去了，就像头顶的一夜之间就枯萎了的树叶。当你还以为夏天不会再离开的时候，成片成片的枯黄色就已经在风中翻滚，从头顶的位置蔓延至遥远灰暗的夜空。

庄狄龙一路踩着油门在凌晨通往南山的滨海大道上狂奔。

眼前是被路灯照出一层橘黄色的水泥路面，飞快地向后退去。寂静的夜，耳朵里能听清楚每一辆在路上的车里怒哮的引擎，还有贴着车窗呼啸而过的夜风。

后视镜里偶尔闪出的一两道刺眼的远光灯的光芒，几乎让人失明。

但是蓝初雪——

现在，我从并不遥远的地方赶过来。在我漫长流动的时光沙漏中，有那么多的瞬间都为你而凝固。

希望你还在。

脸颊贴着纹路有些粗糙的枕套，盖在身上的被子太薄，时间长了感觉身体被头顶的冷气吹成一条僵硬的冰棍。

旁边有急诊留医的病人，即使在半夜也能招来一群发型凌乱的亲戚朋友围坐在一起聊天。

旁边有人睡不好,抬起头来狠狠地骂一句,那些人的声音自觉低下去片刻。但很快又忘记自己是在医院,不知道谁在说什么,一个带着口音的女声大笑起来。

断断续续的,尖锐的笑声,像是一支支毒箭,奇准无比地朝着耳膜刺射过来。

快烦死了。

蓝初雪躺在昏暗的光下,侧着头,一只手吊着点滴,另外一只手玩手机。

在半夜的朋友圈只有几个不熟的朋友转发段子,一条条地翻过去,却找不到笑点在哪里。再点进好友列表,老庄已经很久没有更新朋友圈了。最后一条的内容还是很久以前转发她推荐的一首音乐——Travis Tritt的 *Drift Off To Dream*。

他很认真听这首歌,转发的时候将里面的歌词提了出来:It might take hours or it might take years, But this is the song you will hear……

手机在手心渐渐发烫,巨大的触摸屏幕上弹出电量的警告,还有不到20%的电量。旁边那群人好像是说累了,不知道什么时候已经散去。

旁边病床上,有守夜的人伏在旁边沉沉睡去。隐约传来一两声低微的鼻鼾,让寂静的夜显得更寂静。

冷气被人关小了,蓝初雪放下手机,就这么昏昏沉沉地睡过去。

她联络不到夏临风,就把庄狄龙的电话给值班护士。她知道此时的他正在前来看她的路上。

从小到大,她需要的时候,他一定会来。

4.

"你就住在这里吗？"夏临风将车停靠在路边，歪着头从车窗里看出去。

看上去是一条热闹繁华的小街道，在深圳处处可见。

零星的还有一些商铺点着灯，但大部分已经拉上了银灰色的卷帘门，于是就暴露出被贴得乱七八糟各种颜色的不干胶小广告。

这里比深圳大部分地方都要可疑，在夏临风的视线里，白色的纸巾，蓝色的塑料袋，各种质地轻盈的生活垃圾，随着一阵风飞快地朝前翻滚过去。

路边有流浪的小狗，毛发肮脏几乎看不出颜色，只有倔强天真的眼神在夜色里是清晰的。它们先是蹲在路边，好奇地张望着墨绿色的捷达车，很快又失去了兴趣，低头摇尾一路嗅过去，寻找可以果腹的食物。

"嗯，这边进去就是我租的房子了。"林明月指指右边小区的大门。门前挂着巨大的灯泡，将一小块水泥砖地面照得透亮。

夏临风扭头看了一下，算是一个精致的小型社区。

她推推车门，好像打不开。

她转过头来看了他一眼："门怎么打不开呢？"

"哦。"他反应过来，伸手打开车锁，"我忘了。"

她朝他微微笑了一下，说了声谢谢，然后转头开门出去。突然听到他在身后叫她的声音："月月……"

她在耀眼的夜灯下回过头来："怎么了？"

"以后有事，记得随时找我。"车里开着黄昏色的夜灯，在他的脸上照出一种温暖的色调。是在归家的寒冷夜里，可以触手可及的那种温暖。

"嗯。"她朝他点点头，"我走了啊。你快回去吧。"又挥挥,"再见。"

林明月低头朝大门的方向走过去。

头顶明亮的光线打在脸上,几乎要睁不开眼睛。

大门前,守夜的门卫拿着报纸,抬头瞄了她一眼,打开入口的人行通道放她进来。

"你不是住这里的吧?你上几栋?"保安站起来问她。

林明月低下头没有说话,只朝着里面快速走几步,转到一个外面看不到的地方停下来。

"喂,问你找谁呢?"保安飞快地追上来,站在离林明月两米远的地方,一脸警惕。

隐约听到大门前汽车启动的声音,带着风在夜里绝尘而去。

她站在最阴暗的地方,拧成一团的心才慢慢放松下来。渐渐漫出一种潮湿的酸楚,从心脏的位置一直蔓延到眼眶。

"你到底找谁?这里是私家花园,不住这里就出去啊。"对面的人语气突然不客气起来。

"哦,我走错了。不好意思。"她飞快地说了一句,又朝大门走去。

"有病啊?"隐约听到身后传来这么一句。

她不能再在他眼里狼狈地活着,她无法让他把自己送去环境更加破败的工业区,哪怕再多一次,她高傲脆弱的自尊也承受不起。

即便已经知道现实残酷的样子,也要拿起美丽的面具遮挡住千疮百孔的伤。

虚伪到连自己都有些瞧不起自己了。

从小区走出去,是不太熟悉的街道。

林明月有一两次和单位的同事逛到过这里,坐了大概三站公交车,在时间更早一些的时候,这里是颇为热闹的一段夜市。而现在，只能靠着记忆摸索回去的路。

路边流浪的小狗还没有散去，大约是冷了，有几只蜷缩在屋檐下靠成一团互相取暖。见到陌生的人靠近，警惕地抬起头来竖起耳朵，瞪大眼，用天真而警觉的眼神怔怔地看着林明月。

再往外面走，终于看到了挂在头顶蓝色的路牌，几个白色的箭头大致指明了左转右转的方向。因旁边就是居民所住的高楼，不知道谁家的衣衫被风刮落下来，挂在路牌上，因时间过长，布料上的印花模糊不清地泛出一层黄来。

耳朵突然听到有陌生的声音。

"小妹子，这么晚一个人出来，要不要去吃夜宵啊。"

林明月扭过头，看到几个流里流气的人靠过来，都留着染成金黄色的爆炸头，像是东方神起早些年出来跑江湖的样子。耳朵上打着耳洞，其中一个人嘴唇都在反光，近了才看清楚是唇环。

她低下头，装作没有听到一样往前走。

但他们不愿意放过她，在身后哄笑着，追赶上来："妹子，叫你呢。陪我们大哥吃夜宵去。"

林明月看了他们一眼，实在分不出来这群奇形怪状的人里面，谁才是老大。

"你们认错人了吧，我不认识你们。"

"现在不就认识了。"头发竖起来的黄毛走上前来，把手搭在她的肩膀上，"走啊，哥请你吃火锅。"

"你有病啊！"林明月甩开他的手，"谁认识你了，谁要跟你去吃夜宵了？"

又一阵轰然大笑。

他们围着她，像是追捕夜色中脆弱的猎物，并不急于一招致命，而是要先欣赏她慌忙逃窜的样子。

甩开手，又再搭上来。再甩开，再搭上来。

有人按捺不住，冲上来摸了一把她的脸，引来同伴赞赏的笑声。

她急急忙忙地朝有光的地方跑，他们却拉住她的手，按住她的肩膀："别急啊，都说带你去吃夜宵了。"

远处有亮着灯的出租车渐渐靠近，慢下来，司机朝车外好奇地看了一眼，又飞快地走了。

看上去像是一群在打闹的小年轻。

混乱中，有人抱住了她的腰。

混合着各种味道的体味钻进鼻腔里，恶心得半死。

她开始大叫，但是得到的是更加猖獗的回应。

从身体的深处涌动出巨大的恐惧，无法看见或者被触摸。

像是在黑色的海啸席卷而来的那一瞬间，所有的知觉都被冻结，毫无意义。

黑暗中，蔓延出一片更深的黑暗，和恐惧中，蔓延出一片更深的恐惧一样，都毫无意义。

隐约间听到有刹车的声音，有人远远地跑过来。

林明月抱着胳膊蹲在地上，抬起头，眼前亮了一些，是车灯的光。

在白色的车灯光线下，隐约照出一个人的轮廓。因逆着光，面目就模糊成一片。

"警察，都给我站住！"

那群小流氓很快树倒猢狲撒地四下里跑开了，连多余的虚张声势都没有。

耳边听到他的声音："月月？月月没事了，不怕，不怕……"胳膊搂住了她的肩膀，在秋夜里荡漾着一种淡淡的温暖。

夏临风开车迷路又绕回了原来的地方，远远地看到有人闹事，就冲了过来。

林明月低下头，把脸埋进膝盖里，不说话。

九岁的林明月，从学校回家的路上遇到了醉汉。

记忆中，是一种接近恶臭的酒味，面色通红的男人站在僻静的小路中央，用更加通红的眼睛死死盯着她，对她怪笑："小妹妹，我请你吃糖。"

然后贴着脏兮兮的创可贴的手就伸过来了，像两把巨大的钳子夹住林明月的脑袋："小妹妹长得好乖。"

喷着恶臭的嘴凑过来。

林明月惊恐地闭上眼睛，恐惧就像黑色的巨浪，瞬息间蔓延而来，盖过了整个世界。

"你不要欺负她！"夏临风十四岁，已经有一米七多的个头，青春期，嘴唇上已经发出绒绒的胡须。

几乎是冲上去，他拿着书包朝醉汉的头砸下去："坏蛋！打死你！离她远点！"

"有病啊！"醉汉愣了一下，转而愤怒起来一把推开夏临风，"你别跟我动手动脚小子！知道老子是谁？"

少年踉跄了几步，跌倒在地上。一旁的林明月终于从震惊中缓过神来，哇哇大哭："风哥哥……"

附近有路人听到声音，朝这边看过来。

"两个有病的娃儿。呸！"男人看了看四周，恶狠狠地朝地上吐了口痰，走了。

"月月不怕，风哥哥在。"少年从地上爬起来，蹲在小女孩身边，"不怕，坏蛋走了。"

那时候，你惊慌的脸在阳光下显得更惊慌，抱着我的手臂因为紧张而微微地发抖。

冰凉的夜风在身边毫无方向地流窜，把头发吹得乱糟糟的。远处隐约传来几声流浪狗的叫声，像是乐章开了个头，很快头顶几户人家的阳台上也传来一声声的犬吠声。很快在夜色里蔓延开来。

他在原地站了一会儿，把外套脱下来盖在她的身上。

片刻后，夏临风终于在她身边蹲了下来，用一只手搂住她的肩膀，很低声地说："没事了，真的没事了，我在这里。"

林明月抬起头，在路灯和月色下看着他的脸，是一种温柔而又坚定的眼神。

记忆里——

"月月不怕，风哥哥在。"少年赶走了宿醉的酒鬼，从地上爬起来，蹲在小女孩身边，"不怕，坏蛋走了。"十四岁的少年在夜色里拥抱着九岁的林明月。

时光在脑海之间错乱交替，寂静中林明月感觉到有一种液体从身体里缓慢地浸透，从心底的位置，一格一格地蓄满，直到将整颗心脏都淹没。最后带着自己的体温，从眼眶的位置，猛烈地涌动出来。

她突然侧过身死死地抱住他，把脸埋在他结实的肩膀上，她感觉到自己肺部的位置，在一点点地拧紧，然后是剧烈地跌宕起伏，仿佛连呼吸都无法控制。

夏临风身体僵硬了一下，慢慢地把手从肩膀的位置挪动到她的背部，轻轻拍打："月月，不怕，坏人都跑了……"

就这样在夜色和微风里拥抱，就像曾经青涩到不问世事的我们那样。

林明月憋住呼吸，片刻以后终于在黑暗里，慢慢哭出声来。

5.

天亮的时候，有温暖明亮的光落在眼皮上。

于是蓝初雪就醒了过来。

还是在同样的病房,所有的一切仿佛都被照得更明亮而宁静。手背上的针不知道什么时候被拔掉了,贴着白色的胶布。胃还一阵阵地难受着。

她看了看伏在床边沉睡的老庄,大概很久没有理发了,黑色的发丝固执地直立起来,乱成一团。蓝初雪皱皱眉头,伸手想要把乱掉的头发给抚平。

他却突然抬起头来,看到她醒了,身体腾地弹起来,噼里啪啦地说了一大堆:"你醒啦?我给你办好入院手续了。饿不饿?不过饿了也没法吃东西,医生不让进食。想不想喝水?"

"嗯。"蓝初雪轻轻点点头,"我想喝水。"

"那你躺好,我去给你倒水啊。"他站起来,弯腰把她扶回床上躺着,又小心翼翼地拉好被子,"医生说你胃出血,这几天都不能碰吃的。只能喝粥,喝水也要小心。"

蓝初雪没有再说话。

庄狄龙走在医院走廊外面的水房,取了个一次性杯子倒满滚烫的热水,想了想又倒出去一半,加满冷水。

再用嘴唇试试温度,不烫不冷,刚刚合适。

清晨的医院仿佛是最繁忙的时段,有交班的护士和医生在走廊里互相打着招呼,手里拿着用塑料袋裹好的早餐急匆匆地往自己的科室里走去。

庄狄龙站在人来人往的地方掏出手机给夏临风打了个电话,终于接通了,耳机里传来对方没睡醒的声音:"这么早是要请我饮茶呀?"

"你搞什么!"庄狄龙大声吼了一句,招惹来四周的一些被惊吓到的目光。他又转过头对着窗户,"你昨晚干吗去了,电话也打不通。"

"没干吗呀,手机没电了。"还是一种漫不经心的语调,"到底怎么了?"突然语气又激动起来,"不是所里找我有事吧?"

"所里没事!"透过面前的玻璃,老庄看到自己的眉头都皱到了一起,"蓝蓝病了,现在住院。"

"什么?"声音又高了个八度。

"胃出血,在医院,你快来吧。"突然想起来,他又补充了一句,"她的医保卡,你知道在哪里吗?记得带过来啊。"

"好好好,你把地址给我,伯母不在深圳出去跟团旅游了,我先过来拿门钥匙。"电话里的声音变得焦急起来,"她没事吧?我昨晚去接她,没接到人,以为她自己回去了。"

"暂时没事了。"捏在手心的水杯温度渐渐降下去了,"我不跟你说了,你赶紧过来吧。"

话音刚落下,电话那端就挂断了。

庄狄龙低头看看杯子里的水,又转头走回水房重新添了一点热水进去。

中途一个带着婴儿的年轻妈妈走进来,抱着哭闹的孩子,拥挤在狭小的空间里。

原本空气不流通的水房,呼吸就变得更加沉闷了。

打开红色标记的水龙头,热气腾腾的水流进杯子里,温热的温度,又渐渐回到手心。这才满意地关掉饮水机。

庄狄龙端着打好的水小心翼翼地走回病房,刚好碰到护士在给蓝初雪挂点滴。

他走过去把杯子放在桌子上:"怎么又挂水?昨晚不是才挂过了。"

得到护士一个白眼:"你也知道是昨晚,今天的药是今天的。医生开的药,有问题等会儿查房的时候找医生去。"

视线里那张苍白的脸皱成一团。他走过去揉揉她的头发:

"乖,就一下,跟蚂蚁咬一样,不疼的。"

秋天清晨明媚的阳光,从病房一侧的窗户照进来的时候,落在她脸上有一种清澈的色调。像是在风里微微颤抖盛开的第一朵花,即使脆弱却依旧绽放得美好。

他的手掌拍在她的脑袋上,很清晰地感觉到她的颤抖,尖锐的针刺破皮肤,流畅地进入了血管。暗红色的血液飞快地倒流进透明的管子里,再慢慢地流动回去。

他在她身边坐下来,用好像是小时候的语气安慰她:"用点药,总比什么药都不用好得快啊。"

她躺回床上,仿佛再没力气说话的样子。

庄狄龙默默地坐了一会儿,找不到话说。又站起来,打算走出去找个地方抽烟。突然感觉到身后的衣服突然被人扯住,病床上一个虚弱的声音漂移过来:"不准抽那么多烟,陪我!"

阳光在窗外宁静地闪耀,将右边的肩膀晒得暖暖的。

烟瘾犯起来像蚂蚁一样在心脏上乱爬,他深吸了一口气,又坐回到清澈的天光下。一只手撑着床沿,用另一只手去帮她拉好被子:"嗯,我哪儿都不去。"

"那以后也不准走。"

老庄在原地愣了一下,终于俯下身去吻了吻她的额头:"以后也不走。"

我哪里都不去。

6.

后来的一天,单位动员全体员工给前几日出事的女同事举办追悼会。

从早上开始,广播里就轮流播放着悲伤的曲子。但也不知道是谁的脑子有病选出来的早些年港台流行的情歌。

早饭过后,所有人在聚集在操场上,穿着灰蓝色的工装,仿佛每个背影都差不多一样的,密密麻麻地排成一片。

配着刘德华的歌声,好像突然回到了几年前的学校。

林明月漫不经心地站在人群中听台上的领导讲话,结果还是跑了题,变成心理治疗大会。大意是会满足大家合理的需求,有什么要求或者困难都可以找工会之类的场面话。

站的时间长了,感觉脚酸酸麻麻的,就在人群里蹲下来听。天气很好,有灰霾散尽后的一种清澈。仿佛冬天还没有来,就已经跳到了春暖花开的季节。

手机振动了下,掏出来就看到夏临风的短信:"你没事了吧?"

她嘴角浮动出一丝笑意,手指飞舞着飞快地打字回过去:"正在听领导废话。"

"哦,那你还好吗?"

你还好吗?简单而又广义的一个问句。

可以解释成很多种意思。

也可以有很多种答案。

林明月暂时还想不出来哪一个句子才是最合适的回答。

只是片刻后,突然就起风了,刚刚还碧蓝的天空翻滚着混浊的灰霾,渐渐合拢成一团巨大的乌云,凝固在苍茫的天空上。

挡住了光。

要下雨了吗?

很快就散会了。

林明月站起来,随着人群慢慢往厂房的方向走去。

"林明月,又看到你了。"身后突然有人叫住她。

她在混浊的秋风里回过头,有凌乱的发丝吹到脸上,又用手拨开头发。视线里是那个戴着眼镜,看上去文质彬彬的男生。

她想了半天才记起他的名字:"你是吴思洋吧?"

好像听到了有什么拍打在玻璃上的声音，夏临风抬眼就看见黄豆大的雨滴噼里啪啦地砸在玻璃窗上，飞溅出小团小团水花的形状。视线里车窗外的世界很快混淆成了一片。

天空中蔓延着灰黑色的云雾遮挡住光。

雨很快下得更大了，像是有人戳破了天上的一个水泡，雨水稀里哗啦地落下来，眼前是白茫茫的一片。

在混淆的世界里，隐约看到车外惊慌失措的行人，有准备的人撑开各种颜色的雨伞在风里艰难地行走。有的人没有准备，就把手里的东西顶在头顶，弯着腰在雨水里慌忙逃窜。

打着双闪灯在医院的停车场离出口更远的地方找到一个位置，停好车后突然想起来自己没有带伞。

于是就这样静静坐在车里，等待雨势更小一点的时机可以飞快地冲出去。

隔着封闭的车窗，整个世界突然宁静下来，只有雨水的声音，急促短暂地在耳边回响。拍打在鼓膜上，像是听到了天空的心跳。

茶色的玻璃外，透进温柔的白茫茫的光，将视线里的一切都扭曲成另外一种色调，淡黄色的大楼，在风雨中疯狂摇晃的树，湿润漆黑的地面……

等了一会儿，看看天色，雨没有要小下去的样子。

夏临风想了想，猛地推开车门。

雨水夹杂着秋季潮湿的气味席卷而来，扑打在面上，鼻尖仿佛缠绕着一种在路边腐烂的枯叶的味道。冲淡了先前车里足足的冷气，夏临风感到一股莫名其妙的松弛感。

但冰冷的雨水拍在脸上，很快就睁不开眼睛。男人关好车门，用手掌挡在额头上方企图看清楚眼前的路。他弯下腰朝住院部的方向奔跑过去，大部分的雨水都淋在了背部，很快就感觉到后背冰凉成一片。

耳边只有哗啦啦的雨水声，盖住了这个世界所有其他的声音。

下过雨的路，行走起来就变得特别艰难。

他低着头几乎是冲进住院部大楼，跨过大门，就被大厅里的中央空调吹得打了个激灵。又抱着胳膊战战兢兢地钻进电梯里，找到消化内科的病区，按照庄狄龙给的房号一间一间找过去。

在走廊尽头的病房。

门虚掩着，夏临风走到门口就听到里面有说话的声音。带着浓郁的方言，飞快的语速交谈，像是从电脑里蹦出来的一个个音节，听不明白却又诡异的声调。

传递到耳朵里，说不清的难受。

他伸手推开门，说话的是靠着外面门边的病床上一个脸色蜡黄，四十多岁的病人。见夏临风走进来，面色愣了一下，发现不是自己认识的人，面色又冷了下去。

床位被淡绿色的帘子隔开了。

隔着光，被无限扩散的灰色影子淡淡地浮动在帘子上。

他走过去，撩开最里面那个床位的帘子，就看见了庄狄龙和蓝初雪。

窗外有雨，唰唰地飞落下来，画出无数道晶莹剔透的光线，似无数支飞来的箭，在窗外树枝间摇晃着笔直着刺射下去。

厚重潮湿的雨意笼罩着遥远的天空，但在更近一点的视线范围里，夏临风看到老庄坐在靠着床头的凳子上。他的手里捧着杯子，正在用吸管给蓝初雪喂水喝。病床上的女孩苍白到近乎透明的脸色，微微低着头，睫毛看起来就像扇子一样浓密。他们的手掌和手背重叠在杯子上，用吸管慢慢地将液体吸进嘴里。

"一次不要喝太多，润润口就可以了。"他温柔地提醒她，宠溺的眼神仿佛能漫出水来。

夏临风在旁边站了一会儿。

"蓝蓝。"他向前走了一步,低声喊道。

只是很小的一个声音,却打断了这个房间里所有的剧情。病床前的两个人抬起头来,朝他投出蓦然的视线。

夏临风感觉到空间里突然出现小片刻的寂静,像是被掐断了时间线,将所有的细节都凝固在某一个瞬间。

但窗外还有树梢被风雨拍打摇晃的影子,抖动着所剩无几的光落进屋子里。

被掐断的时间,又迅速地鲜活了过来。

"你怎么才来?"庄狄龙直起身子,把水杯放在桌子上朝他走过来。

"下雨,堵车。"夏临风笑了笑,走到蓝初雪的病床跟前,弯下腰拍拍她的脑袋,故作轻松的语调,"小朋友,还乱喝酒吗?"

蓝初雪没有说话,把身体侧到另外一边,拉上被子把整个人都埋住,只留下还在输液的那只手搭在床沿上。

她的手背没有什么肉,薄薄的一层皮肤贴在手骨上,突兀地显露出掌骨的形状,贴着纵横交错的白色胶布。

庄狄龙朝他笑了笑:"你来了我就功成身退了啊。我走了啊,赶着还车。"说完就回头找自己放在凳子上的包。

夏临风朝他点点头,老庄走过去的时候,他突然按住老庄的肩膀,用一种慢节奏的语调:"谢了啊,兄弟。"

老庄停下脚步,在阴郁的光影下静静看向对方,又突然笑起来:"蓝蓝是我妹子,你谢我干吗?"

还没等夏临风接下话,老庄就用手掌拍拍他的手背:"走了。别送。"就拿着包飞快地走出去了。

回过头,蓝初雪躺在那里维持着同一个姿势,一动不动。

窗外的风吹进来,一层一层地覆盖在她的身上。露在被子外面的亚麻色的头发,被风掀开了露出光洁雪白的侧脸来。

夏临风走过去,坐在老庄刚才坐的位置上。沉默了半晌,他才试探着喊出她的名字:"蓝蓝?"

　　"别闹了。"还是很低的一声,但饱含着情绪,带着丰满的内疚感,小心翼翼地试探。

　　躺在床上的人,仿佛还是没有声息。只有在雪白的被单下,微微伴随着呼吸急迫起伏的身体还能证明她是醒着的。

　　他没有再说话,傻傻地坐在凳子上。窗外又一阵剧烈的风吹过来,又带起背部一阵潮湿的寒意。有零星的雨水飘进来,落在夏临风的脖子上,凉丝丝的。

　　他站起来,把窗户关好,又在隔壁空着的床位上拿起条看起来还算干净的床单,裹在身上。再坐回去,他看到她的身体藏在被单下微微地颤抖。

　　"宝贝?"夏临风有些惊慌地伸手去揭开她的被单,然后看到一张泪流满面的脸。

　　"对不起对不起。"他弯下腰去,帮她把脸上的眼泪抹掉,"是我的错,我没有接到你。但是我真的来接你了,你没有接电话,我的手机也没电了。我找了一圈不知道你在哪里,后来碰到一个朋友……"

　　仿佛是在讷讷自语地解释给自己听,语调慌张而匆忙,仿佛每一个字节都迫不及待地从喉咙蹦出来。

　　是我不好,是我的错,请你原谅我。

　　她不再流泪,睁开眼睛看着他的脸,半晌才问出一句话来。

　　夏临风刚好站起来打算去倒水,伴着风摩擦过窗户之间缝隙的声音,他匆忙回过头来,仿佛隐约听到一句:"其实,你现在来不来都一样了。"

　　他俯下身来,轻轻吻了一下她的额头。

　　对不起。

7.

这场雨,直到中午的时候才渐渐停下来。

吴思洋坐在宿舍大门口的门卫室,等了一会儿还是没有看到林明月走出来。

他抬头看了看挂在正前方的挂钟,已经十二点零一分了。

其实只是一分钟的时间,仿佛像一个小时那么漫长。

上午的时候遇到她,就约她中午出来吃饭。十二点钟在宿舍门口碰头。她只是跟他点了个头,很冷静地说了声:"好啊。"然后就走开了。

也不知道有没有真的听到自己在说什么。

又坐了一会儿,他终于看到林明月不慢不紧地走出来。

当时的世界有风,将她的马尾吹散在脑后,不知道是哪里的光,投递过来在发色上照出一层黝黑的光亮来。

吴思洋猛地一下站起来,突然又意识到自己不能表现得太过急切。他站在原地扯了扯衣角,又拍了拍已经穿得发皱的裤子,这才走出去。

林明月穿着黑色的运动裤和花色简单的T恤。不比生活里其他那些花枝招展的姑娘。她们喜欢质地轻盈的雪纺,或者和韩国电视剧里那些女生一样穿蕾丝边的衬衫。而她好像一直都是这样的打扮,长裤和T恤,无论在什么时候上下两件轮流换着穿。

反倒有一种简单干净的感觉。

女孩面色淡然地走过来说:"走吧?"

走到他身边,几乎矮了他一个肩膀。但波澜不惊的,一点都不紧张的模样。反倒让内心战战兢兢的吴思洋觉得自己很没出息。

男孩吸了口气,感觉自己在用一种平静的语气说:"来啦,那走吧。"

然后就在车水马龙的路上，两个人，一前一后，以一种均匀的速度在路边模糊的光线下行走，在冰凉的风里沉默。

三三两两的女孩子，下班后挽着手从旁边路过。附近小摊上，烤红薯和炒板栗的香气散发出来，在空气里漂浮着。

"你老家哪里的？"吴思洋忍不住没话找话，回过头发现她正在玩手机。

"四川。"林明月低头看手机，头也没有抬起来就回答道。

又是片刻的沉寂。吴思洋想了想，又刻意放慢了步子，等她赶上自己走路的速度。

"你呢？"她终于和他并肩走在一起，抬起头来问他。

"我是贵州人。"他高兴地回答道，算是找到一个话题了，"你也很能吃辣椒吧。"

"一般般啊。"她又低下头去看手机。大概是没休息好，额头上长着几颗红红的青春痘。

终于走到附近一家湘菜馆停下来。

"我们吃这个吧，你说呢？"

旁边的人抬起头来看了一眼招牌。

"好啊，我随便吃什么都可以。"

吴思洋感觉到有些气馁，她的态度有些冷冰冰的，是不是讨厌自己？但很快又找到了慰藉自己的借口，第一次和自己出去吃饭，保持住距离说明她不是那种很随便的女生。

走进去，才发现是那种装修很粗糙的湘菜馆兼快餐店。

硬木的桌子和凳子，配着墙壁上贴着淡绿色竹子图案的墙纸，因年代久远，颜色变得深深浅浅的；又因浸过水，壁纸某些地方鼓起泡来。

吴思洋也从来没来过这里，只听一些生活更随意的朋友提起过这个饭店。有的人过生日的时候，还在这里请客吃饭。

对平时只吃食堂的他来说，已经足够体面的地方了。

坐下来的时候，面色菜黄的服务生走过来，"啪"的一声两套包着塑料薄膜的餐具就甩在面前。

吴思洋把菜牌拿在手里，仿佛是无意地随口一句："在跟你男朋友发短信啊？"

她抬起头来朝他笑了一下："不是，是小时候的好朋友重新联络上了。"又把手机放在桌子上，"不好意思一直看手机，你点菜吧，我随便吃什么都可以。"

包裹着一层油腻腻的塑料薄膜的菜牌伸到眼前："先看看你喜欢吃什么。Lady First！"

"啊？"她听不明白，有些茫然地望着他。

"不好意思，女士优先——"吴思洋有些脸红，原本想卖弄一下自己的英语，对方却听不懂。

"没关系啊，我不太会点菜，你推荐几个给我就行。"菜牌又推回到身边。林明月又低头看了下手机，没有新的信息提示。

午饭时间。饭店里坐满了成群结队来吃饭的人。空气中混杂着饭菜的香味和香烟呛鼻的味道，乌烟瘴气的。

对面的吴思洋招手叫过来一个面色病恹恹的服务生点菜。

头顶的灯光垂直地落下来，在桌面上照下两个人的影子。她突然感应到什么，抬头看过去，就看见对面的吴思洋在饭店的光亮下笑意吟吟地看着她。

她只好重新低下头，仿佛就能躲避过对方投射过来的刺眼的目光。他的眼神像一条绷紧了的线，飞过来，胡乱地往自己身上缠绕，绕成一团乱麻。

林明月的注意力又回到旁边的手机上。

老款的手机一直很安静。

她怀疑是坏掉了，并且永远都不会再响起来。

8.

夏临风安顿好蓝初雪以后，就开车去她家拿医保卡。

其实是通往哪里的路呢？头顶是连绵不绝的乌云，铺盖过整片整片的天空。不太记得夏天已经过去多久了，冬天又需要多久才会到来。

而现在，连记忆都是模糊的。

在记忆里，明明是曾经发誓要彼此照顾互相依赖的人，一转眼像是换上了另一副面具。

蓝初雪和自己，这些在两人之间来回酝酿着的来历不明的情绪，温暖的表情变得冷淡，甜蜜变得苦涩，亲密变成陌生。

就是这些阴晴不定的情愫，在彼此相对的时光里，成了一把把锋利的刀。每一刀都在彼此之间恶狠狠地割下去，毫不留情，直到最后所有人的表情都血肉模糊，面目全非。

邱碧姿一周前参团去了东南亚五国旅行，不在家。

夏临风站在蓝初雪的家门口，掏出钥匙。门廊的感应灯坏掉了，无论是跺脚还是拍掌都没有反应。于是，他掏出钥匙借着手机里微弱的光线找钥匙孔。

刚好看到一条错过的信息。

月月："你在干吗？"

再一看时间，差不多是一个多小时以前发的了。于是就没有急着回复。

钥匙轻轻扭动一圈，门很容易就打开了。

推门进去，客厅里的水晶吊灯一夜没有关，但吊灯同一边的位置几个灯泡刚好是坏掉的。于是照得整个屋子一半光明一半灰暗。

茶几上凌乱地摆放着前几天她自己一个人吃过的碗筷，感觉已经发臭了。

他在屋子中间明暗不均的光线里站了一会儿,才朝右手边的房间走过去。

蓝初雪说医保卡应该放在她床头柜的抽屉里。

抽屉里凌乱地放着一些东西。缠绕成一团的耳机线,很久没有用过的唇膏,蓝色的港澳通行证,图案模糊变色老旧的银行卡。

夏临风仔细翻找了下,把蓝初雪的iPad和充电器都找了出来,但还是没有找到最需要的那一样。

倒是在抽屉的底部翻出一本粉红色的小相册,拿在手中沉甸甸的。于是打开,想看医保卡会不会夹带在相册中间。

他翻开第一页,就是年轻的庄狄龙和蓝初雪贴在一起的两张脸,都笑着,露着雪白的牙齿,眼神温暖地微笑。

照片的下方,用蓝色墨水的钢笔龙飞凤舞地写着标题"蓝蓝和庄庄"。应该是写上去很久了,墨水的颜色变成很淡很淡的天蓝色的,而在字迹的边缘部分,泛出一层岁月独有的锈铁色来。

夏临风在床上坐下来,借着床头橘黄色的读书灯,一页一页地翻过去。

他们小时候站在花坛上拍下的黑白照片。

他们去幼儿园拍下的集体照片。

他们在十来岁的时候一起去灯会,牵着各自母亲的手留下的合影。

一边翻阅一边在心底默默地数过去,一共三十页的相册。翻完了,他们微笑,牵手,互相依靠在一起。仿佛彼此之间,没有任何的间隙,他们见证了彼此之间最美好的时光。

夏临风突然明白了,他和蓝初雪之间那些莫名的情绪的来源。

因为没人知道,要如何用恋爱这两三年微不足道的时间去掩盖过他们几十年?

其实类似这样的情况，夏临风事先在脑海里反复预演了成千上万次。像是有第六感的先知，为已有预感会发生的噩耗做好准备。

而在当那一刻真正降临的时候，他没有在瞬间变得剧烈的心跳，没有在下一次吸收氧气时就跌宕起伏的呼吸，更没有突然被眼前的画面刺到鲜血淋漓的心。

世界仿佛虚无成一片，心脏的位置仿佛形成了在宇宙的中心最巨大空洞的漩涡，毫不留情地吸收了所有的感知和温度。

其实早就知道的——不是吗？他比他更合适陪伴在她的身边。

但是他不要放手，而一切仿佛都还没开始发生。那还有什么好悲伤？

9.

接近下午一点钟的时候，拥挤在湘菜馆里的食客渐渐散去。有穿着几乎看不出颜色的制服的清洁大妈慢吞吞地收拾着旁边的餐桌。林明月低下头来扒饭，就听见对面的男生滔滔不绝地讲自己的十年规划。

要先去学校完成学业。

然后想办法考到某个著名教授的研究生。

毕业以后一定要先考公务员，外资企业也可以考虑考虑。

要把在农村种地的父母接到城里来，让他们过上夏天有空调冬天有暖气的生活。

但她却听得渐渐走起神来，只觉得在耳边的声音越来越澎湃激昂，最后从两个人的聊天变成他一个人的演讲。

林明月把胳膊半撑在桌子上，眼神漫无目地在空气中飘移。

饭店门口站着一个吸烟的小工，另外一个更老的服务生懒洋洋地蹲在旁边，费力地仰头说话。更远一点的地方有人在用扫帚扫地，带起一层薄薄的尘埃在光线里浮动起来。

手里拿着电话，又确认了一次。

怎么还不回复自己的短信？

是没带手机吗？还是在忙着上班？他会不会出事了？

心底突然空荡荡的，好像被人伸手借去了心脏一小块的部件，再也没有还回来过。

缺少了零件支撑的心还可以跳动，但也渐渐变得不再稳固。每跳动一下，都感觉到患得患失的情绪暗埋在呼吸之间摇摇欲坠。

"林明月？"对面突然有一只手伸到眼前晃了晃，"你在想什么？"吴思洋好奇地问。

"啊？没什么啊。"她把身体坐立起来，拨顺从额头滑落下来的发丝。

"那你觉得怎么样？"

"啊？"她是真的走神了，完全不知道吴思洋的话题发展到哪一个部分，"都挺好的啊。"

"是吗？"对面的男孩高兴地坐直身体，"那我帮你先报名了。学费你可以分学期交，也可以一次性交完。"

"等等。"她突然打断他，"你在说什么？"

"自考啊，学工商管理。国家承认学历的。"对面的人突然变得有些气馁了，"你不是说挺好的吗。"

"是挺好啊。"林明月心虚地低下头，喝了口水，"也得让我先看看学校资料，多了解了解啊。"

她感觉到对面的人心满意足地笑起来，是真正满足的笑容。这才是从象牙塔里出来的孩子，仿佛从来没有被乌烟瘴气的世俗污染过，透着岁月的青涩感觉。

但即使年纪相仿，她也感觉到自己在飞快地老了。在内心最表浅的某一块地方，悄然无声地爬满了皱纹，带着被时光风干的褶皱，有一下没一下地跳动。

而先前被拿走一块的地方将会变得更加空洞，缝隙会越来越大，总有那么一天会突然"砰"的一声，坍塌下去，摔得粉身碎骨，再也拼凑不起来。

她记得不久前，他还站在夜色下，搂抱住她的肩膀说："不怕了，我在这里。"

其实我并不害怕你不在我身边。

就好像在童年时，你忙着补课而我要独自放学回家的路上，我可以勇敢地唱着歌把所有恐惧通通驱赶走。

就好像在夏日里，你认真做习题而我偷偷蹲在更远一点的阳台上偷看你，只是看着你都会那么心满意足。

我不怕你不在我身边。

怕只怕，当我就要习惯在心里给你留出一小块地方的时候，你永远都不会再回来。

就像年幼时的我们一样，你突然就这样远去。

也像预定了音乐，却突然离场的舞伴，留自己一个人站在耀眼的光下。没有可以握住的手心，也没有可以扶住的肩膀。

而我就要把心里的那个位置再次给你，那你会不会离开？

夏临风站在蓝初雪家的厨房里洗碗。

乱七八糟的厨房隐约可以看出过去几天房间主人生活的痕迹。速冻饺子的包装袋塞在垃圾桶里，同样在垃圾桶里的KFC红色包装盒露出一个角来。

水池里的碗筷放了几天，都油腻腻的，于是倒了不少洗洁精。

正对着厨房的窗户，有一半的玻璃窗没有关上。从窗户看出去，世界是灰茫茫的一片，在更远的天空上，闪烁着航行灯的飞机划过天空，飞进更深的云层里。

正走着神，手下一打滑，白瓷的碗"啪"的一声滑落到地上，满地的支离破碎。他蹲下去用手把大片的碎瓷片捡起来，食指的皮肤突然刺痛一下，殷红的血珠子就滚了出来。

站起来打开水龙头把受伤的手指放在水流下冲洗，冰凉的自来水哗哗地从手指尖冲刷过去，在细小的伤口上撩拨出一种细小的刺痛的感觉。

在眼神的余光里，放在旁边的手机屏幕又飞快地亮了一下，迅速熄灭下去。

他用餐巾纸擦干手，走过去看。

月月："你怎么了？？？"

四个字和三个问号，夏临风突然感觉到她的情绪。仿佛林明月就站在眼前，带着迷惑又焦急的目光："你到底怎么了？"

说话！

10.

放学后，林明月坐在阳台的小板凳上写作业，借着天空的光，据大人说这样对小孩的视力有好处。黄红梅在房间另外一端的厨房里洗碗，隐约听到碗筷叠撞在一起的清脆声音，还有她嘴里絮絮叨叨出来的一些话语。

因隔得太远，所以也听不清楚在说什么。

但大约可以猜出来。

自从父亲从车间工人转做销售以后，就长时间在外地出差。林明月也开始长时间听到从黄红梅嘴里连串连串地蹦出来的句子。

例如"龟儿子又不管家里"，又例如"×你妈的什么都要老娘去做"……生硬粗糙，带着血淋淋的愤怒，还有巨大的哀怨，时间长了都化成她愤怒的嘶吼，从身体里爆发出来。

极端的厌恶，厌恶到令人想撕碎这具粗俗的肉体。

林明月做了几个选择题，就再也做不下去作业。心烦意乱地放下笔，用手捂住耳朵，想等到那个女人感觉到累了，就会自动闭嘴。

过了一会儿，一朵云被风吹散了，露出剧烈的光。女孩把脸埋低到有小片阴影中，看到对面五楼阳台上开着的玻璃门。

刚好在可以看到的视觉。

夏临风低着头跪在客厅的地板上。旁边是满脸通红的夏伯伯，不知道嘴里在说什么，手里的竹条在手里晃动几下，狠狠地抽在他的身上。

他还是低着头，一声不吭的样子。因光线不好，林明月看不清他的表情。

女孩一下从凳子上弹起来，埋在阴影下的脸，突然暴露在剧烈的光里，因阳光刺眼有些睁不开眼睛。即使隔着两栋楼宇之间的距离，她仿佛都可以听到竹条刺破空气的声音。

一下，又一下。他的身体微微地晃动，头始终没有抬起来，也没有挣扎。

林明月转身跑向大门。厨房里，黄红梅还在絮絮叨叨地洗碗，突然听到女儿走动的声音，走出来看的时候正好看到女孩飞快地跑出去，淡黄色的木门"啪"的一声关上了。

年幼的林明月疯狂地朝楼下跑去，粉红色的塑料拖鞋飞快地拍打在水泥石阶上，以一种固定的节奏越来越远。

夏临风跪在地板上，家里新铺了地胶，是眼下时兴的木头花纹。

他化学考试失控，只有不到八十分的成绩。卷子拿回家，刚放进父亲手里不一会儿，竹条就呼呼地招呼了过来。

落在皮肤上，像烙下一道道沾过辣椒的烙铁，火辣辣地疼。

旁边的男人大约是打得累了，叉着腰站在旁边喘气。

"你错没有？"

夏临风想了想："我错了。"很呆板的答案。而且接下来父亲一定会问自己错在哪儿了。然后他会回答，自己错在了什么地方，下次一定不会了。

好像早就记得滚瓜烂熟的剧本，照着演下去，对方就会心满意足地结束掉闹剧。

如果可以依靠肤浅的言语和冷漠的暴力去控制一个比自己更弱势的人，是不是就可以掩盖住他们失意的，无法称心如意的人生。

门突然被敲开了，是楼下的保安，低声交谈了几句，父亲又折回来拿起衣服跑出去。

半个小时后，父亲又气喘呼呼地跑回来，嘴里破口大骂。

夏临风听了半天，就明白了。父亲的自行车又被人弄坏了。

"不知道哪个狗娘养的手贱，谁的车都不扎，把我的轮胎都给卸掉！"很愤怒的语气，男人又看了夏临风一眼，"你还不快去做作业？这周的练习册你都做完了吗？"

男孩拎着书包走出去，站在阳台上，向对面看去。之前林明月还坐着的位置，空荡荡的，不知道跑哪里去了。

他转头看看客厅，男人蹲在电视柜前翻箱倒柜地找修自行车的工具。

他在阳光下坐下来，摊开洁白的习题本，用手中黑色的墨水笔一个字一个字地写下去。

等了一会儿，再抬起头，对面的女孩又坐在之前的位置上。面色通红通红的，仿佛是跑过了一段很长的路，气血都涌到了脸上。

她的眼神从阳台的花坛缝隙中穿透出来，闪动着光亮。

如果目光是可以有声音的，大约是能听到这样的台词。

"谢了啊，妹子。"

"嗯，不客气的哈。"

11.

"没怎么啊,刚才没看到短信。你在干吗?"

林明月才回过神来。

大门口红色的防滑毯不知道被谁抽走了,露出白色的地砖。地面还是湿的,被来来去去无数的脚步带着黑色的污水踩踏进来。

林明月盯着手机上的短信发呆。直到身后走过几个同事,说说笑笑地从她身边撞过去,脚下一个趔趄几乎要摔倒在地上。

她这才想起来自己要赶着去上班。

其实无论任何答案,都会像这条短信,需要耗尽时光来等待,从最初的期待到最后的烦躁不安,最终在你要放弃的时候,才姗姗来迟地出现在你的手机上。

这样想着,仿佛之前所有的等待都变得值得。

"你昨晚把外套给我了,我得找时间还给你。"

林明月往前走了几步,就听到有伙伴从身边跑过去跟她打着招呼:"你快点啊,要迟到了。"

大门口的打卡机闪着绿色的灯,手指放上去,"滴"的一声,然后是个冷漠的电子女音:"谢谢。"

电话突然在手心振动了一下。

"不急的,最近比较忙,忙完再找你。"

比较忙?

心突然就这样沉下去了,仿佛有一个无限的黑洞,就这样沉沉地坠落,半天也听不到一丁点儿回响。

消失的空虚感,如同黑暗的潮汐总会席卷回来。

林明月站在繁杂空旷的车间里,耳边是机械轰隆隆的,带着固定频率的声音。

他站在夜色中,脱下外套披在她的肩上,他蹲下来,认真地看着她，用手抱住她的肩膀。她伏在他的身上，闻到他胡须水干净的味道，感觉到他的手掌一下一下拍在身上，充满温暖的力量。

无数个色彩鲜明的画面，在脑海里电光石火地闪过。

好像从前一样。

几件换洗的衣服，蓝初雪的电脑和手机充电器，牙刷牙膏还有放在洗手间柜子里旅行装的洗漱用品，通通都塞进一个黑色的旅行袋里。

窗户没有关紧，被风吹得吱吱呀呀地乱叫。

夏临风在下面一层的抽屉里找到了蓝初雪的社保卡，放进了自己的钱包。又把那本相册重新放到了抽屉的底部，好像从来都没有看到过一样。

因为悲伤代表着脆弱，是不可以随便承认的，于是就只好假装没有在悲伤。正如同藏在面无表情的脸孔下暗涌的情绪，愤怒的心，都统统可以假装没有。

咦？其实都没不好的事发生啊，你看我们依然在一起，和最初一样一样。

在阴霾的午后，某颗歇斯底里的心只能在沉默中慢慢地发紧，像拧得过紧的发条，无限挤压着齿轮与齿轮之间的缝隙，几乎要爆炸。

第四章

如同悲伤被下载了两次

在潮湿漆黑的夜里生长，在忍受中等待。在暗无天日的每一天里，也在吞噬这巨大痛楚的沉默中，期待着你能带给我的美好。

这些美好，如同偷偷放进对方挎包里的那封情书，又如同在多年后的某天，手脚笨拙地缝好的纽扣——

都像是在春天埋进泥土的一粒种子，会在沉默中经过漫长等待，等到突然的某一天嫩绿的新芽从黑暗中破土而出，在无限的空间里疯长起来。

再然后，先前在泥土里忍受黑暗中的潮湿，昆虫的啃食和暗无天日的等待都变得值得。

我怀抱着希望，就要再次破土而出，然而我却并不害怕。

The moon does
not know
where to go

1.

"有喜欢的女仔啦？喜欢就去追啊。"在吴思洋旁边工作的男生，一听口音就知道是广东人。

"怎么追啊？都不知道人家有没有那个意思。"吴思洋懊恼地挠挠后脑勺。

"要追了才知道人家有没有那个意思的啦。你不试试永远都不知道的啦。"

一种爱情专家的语气，更像是一个包治百病的神态，气定神闲地坐在路边的算命先生，每个眼神，每种神态都在讲着同一个意思——你听我的绝对没错啦。

"女孩子都害羞，你学历又高，这么优秀，她没道理不喜欢你吧？"

你这么优秀，她没道理不喜欢你吧？

这是一句充满了无限可能性的话——前面半句是肯定的，附带着后面半句的疑惑感也变得很轻。

但是他没有想到过这样的学历高，其实只局限于这个平均学历还不到初中毕业的狭小的世界。

"嗯，上次一起吃饭，她还答应要和我一起上夜校。"

"那就对啦，不喜欢你干吗要答应和你一起啊？"

温热的胸膛下，自信心在无限膨胀，一切期望都变得触手可及。

仿佛在乌云与乌云之间的缝隙里透出的光，让人觉得可以伸手一拉，就能哗哗地撕开乌黑的天空，让光明落尽。

所以……

那——就追追看咯？

有人出去时关上了宿舍的门,也没开风扇,整间屋子闷得像个蒸笼。皮肤和衣服的布料之间浮起一层薄汗,黏黏的难受死了。

林明月起身去拉开房门,阳光从门缝里迸裂进来,也夹带着清新的风。

看了看时间,差不多到去上班的时间了,今天她夜班。

她转身去拿脸盆和毛巾打水,放在床边的手机突然响起来,是吴思洋的电话。

"出来啊。"开头就是这样没头没脑的一句。

"啊?"

"你在宿舍吗?走到外面阳台上来啊。"

"干吗要我走出去?"

"你走出来就知道了。"

"等等啊,搞什么啊你。"林明月挂掉电话,推门走出去顺手还带上了脸盆。

宿舍门外是一条长长的阳台,走出来一眼就可以望见宿舍楼下一块小小的广场。

吴思洋就站在广场的中央。

看得出来他穿了新的T恤,黑色圆领的款式,胸口是一个巨大的骷髅头。

还看得出来他还修过了头发,之前蔓延到下巴的鬓角修短了显得精神了很多。

这个焕然一新的男生捧着一大束玫瑰花,像偶像剧中的男主角一样站在那里,脚下是用点燃的蜡烛摆出的一颗巨大的心形。

每当风吹过,就有几只蜡烛熄灭下去。

几分钟过去蜡烛灭了差不多一半。

莫名的喜感。

"林明月,做我女朋友啊!"男主角抬起头硬着脖子朝她喊,脸涨得通红通红。

路过的人都驻足下来，在旁边起哄。

"哇，好浪漫！"

"谁知道女主角是哪个啊？"

"搞得这么大？求婚啊。"

"喂，人家是在向你表白啊。挺有诚意的嘛。"旁边有认识的人路过，声音带着嬉笑看热闹的语调，在身后拍拍她的肩膀。

附近看热闹的人越积越多，开始有人朝着阳台上的林明月指指点点。

"答应他啊！"人群中有好事的男生吼了一声，有人开始跟着高喊"在一起"。

起先是零星没有节奏的声音，因为后来的加入者而渐渐变成一种有节奏的口号。

"在一起！""在一起！"

像是有谁朝着湖心用力地投掷了一块石头，连带着整个湖面都更加热闹起来。

得不到回应的吴思洋站在球场的中央，一直保持着一种仰望的姿势，越来越通红的脸，在光线下开始反射出一层油腻的光。

"你快点答应啊。"身边看热闹的人着急地催促。

一声声的催促，如来去自由的风，带着温热感清晰地刮过耳边。

答应你妹啊！这是谁给他出的馊主意？

林明月低下头，尴尬到连再看这个世界一眼的勇气都没有。

2.

十三岁的林明月决定要向夏临风表白的时候，她在学校门口的小卖部买了一沓粉红色的信笺纸。

那种印成粉色带着金粉的信笺，放到阳光下就会闪耀着光。

甚至直到今天都还记得信笺的一角印着一群展翅的蝴蝶，栩栩如生的样子，像随时都要飞离那粉色的世界。

这是人生的第一封情书，抽空在某个午休的时候，无数次确定了父母在卧室沉沉睡去之后，她才小心翼翼地在桌子前坐下来。

捏着黑色水笔的手指，因为用力指关节微微发白。就这样，每一笔落下去，都无比的谨慎，像是在缔造一份神圣的契约——

每一个字都源自瞬息万变的内心，在时光中经过了漫长的挣扎，在殷红的血液中经过了严苛的磨砺，也经过了无数次的欲言又止，最后终于在黑色的笔尖喷薄而出。

每一个字，都是同一个意思：我喜欢你。我想我真的很喜欢你。

准备用来表白的情书，被装进一个干净的白色信封。

没什么分量，落在手心却是沉甸甸的。

那个华丽绚烂的炎夏，浮云在天空透着流光，她手心握住情书，信笺上淡淡的香水味，缠绕在鼻尖的是夏日的芬芳。

后来一天，高中部的男生们在放学后约到操场打篮球。

明明只是几个人的事，因为有夏临风的加入，总会演变成一场盛大的集体活动，站在场边为他加油的女生能组成好几支啦啦队。

"加油啊偶像！"

"好帅啊！"

"打球都这么帅，他到底有没有女朋友啊！"

每一次运球，每一个投篮的动作都能引起场边阵阵的尖叫。

有的人注定就是一颗闪耀的太阳，每次登场都带着让人无法抗拒的光明。

"咦，你怎么还没走？"中场休息，夏临风擦着汗水跑下场。旁边有人递过来一瓶冰冻的可乐，他仰着头咕嘟咕嘟一饮而尽。

"爸妈今天去亲戚家喝喜酒了。"林明月坐在球场边的石墩上，用手臂环绕着双腿。

女孩一边仰头望着他，一边感觉到夕阳带着暖意一点点从脸上退去。

"哦，那你等下，打完球就带你去吃面。"夏临风伸过手拍拍她的脑袋，"你帮我看着点包啊。"

"知道啦，快去吧。"林明月歪头躲开他再次拍过来的手掌，"别拍脑袋啦，我又不是小朋友。"

"在我眼里，你就是啊。"他朝她笑着挥挥手，又转身跑步上场。四周传来女生们加油的声音——

一群花痴！

林明月转头看了看旁边，篮球队的男生们都把包随意丢在地上，堆成一堆。洗得发白的帆布包就在最外面的位置，安静地躺在那里。

再看看场上的夏临风，几乎是很快进入了状态，他弯下腰快速运球，大滴的汗水顺着发鬓线流下来，闪耀着零星的光芒。

林明月慢慢走到挎包旁边，弯下腰拉开最外面一层的拉链，以极快的速度将信封塞进去。

再回头去看场上，那个健壮年轻的身影，奋力向上一跳，成功扣篮。

四周响起一阵阵巨大的欢呼声。

是的，有的人注定是一颗太阳，永生都带着强烈耀眼的光。

而在你身边的小小的我，就是隐匿在宇宙中的一粒微小星辰，我的光芒源于反射着你的光芒，而我在宇宙中的旅程源于你巨大的引力。

所以当你再次拉开包，看到我的书信那一刻——

你终将会看到，在浩瀚无边的宇宙里，微小的我是如何抗拒着恒星致命的炙热，奋不顾身为你而来。

就是这种奋不顾身的情绪，在2013年的今天，像是被人突然掰开了水库的阀门，依然会排山倒海地涌进心里。

夏临风，我——是不是一直都没有忘记你？

3.

驼色的外套，晾干后皱巴巴地挂在衣架上。

第二颗黑色的纽扣松动了，挂在衣服上，有风吹过去就无精打采地轻晃。于是，林明月找来针线把衣服上的纽扣都重新再缝紧了一遍。

"哎哟，这么贤惠，在给男朋友缝衣服啊？"耳边有人戏谑地笑她。

自从吴思洋在宿舍楼下闹上那么一出后，几乎周围所有人都认定她是吴思洋的女友了。

林明月笑了笑，并没有回话。

把晾干的衣服用力抖开，再平平整整地叠好，用手边能找到的，最得体的袋子装起来。

我完全可以想象出你再穿上这件外套的时候，用手一颗一颗地扣上外套的纽扣，每一颗都比之前更加结实。

这是我躲藏在自己小小的世界里，以自己的方式为你而表达的情感。

就像多年前夏日的傍晚，十三岁的我蹲在球场边偷偷塞进了你挎包外层口袋的那封情书。在你眼里也许是一种微不足道的渺小，却像是承载着我的整个世界的巨轮，日复一日地停驻在我的心底，最终压出了一道无法愈合的疤痕来。

十月一过，气温就骤然地凉了，接近黄昏就要再加上一件薄薄的外套。天空像沙漠里那一望无际的黄土，混浊得很。如果有风一吹，楼外树梢上的黄叶就哗啦啦地飞起来，飞向更高更远的地方，到处都是。

十三岁的林明月站在阳台上晾衣服，客厅里更年期的黄红梅照例在骂骂咧咧，嘴里问候着不知道是谁的各种生殖器官——反正从来不懂得她的怨气是从何而来的。

对面房间的灯亮着，林明月偷偷地看过去——他回到家从挎包里拿出书和作业本认认真真地在茶几上做起功课来，头顶的灯将他的影子投递到墙壁上，像一只在沉默中匍匐的巨鸟。

并没有拉开最外面的那层口袋啊，她有一些淡淡的失望，心里一直绷着的那根弦却又微微地松弛下来。

"林明月！晾个衣服要这么久吗？！"

女孩惊了一跳，不小心碰到身边的什么东西，放在架子上的几个铁丝衣架纠缠在一起，稀里哗啦接连从高处掉落到地上。

客厅里骂骂咧咧的声音忽地停顿了一下。

完蛋了。

林明月来不及细想，就听到刚刚安静下来的声音又突然爆发出来："林明月，说你几句，你敢跟我发脾气？！"

"我不是……"

话还没有讲完，披头散发的妇女已经冲到了面前。

"啪"的一下，随手抄起的铁丝衣架结结实实地落到大腿外侧。

"你现在会造反了是不是？"

"我没有啊，妈……"

"你还顶嘴是不是？你凭什么发脾气？你狗都不如的东西。"

下一鞭落在背部，抽得琵琶骨火辣辣地疼。

"老子这么辛苦把你养大，生你还不如生条狗！"

有时候会觉得是噩梦，下一秒当你睁开眼睛这场梦境就会渐渐淡去。

但衣架抽在身体上的疼痛感是真实的。

这种巨大的痛感，像火焰从皮肤末梢神经快速地蔓延到全身，覆盖了皮肤上每一个毛孔，焚烧着身体里的每一个细胞，最后在喉咙中就要满了出来。

林明月蹲在地上抱成一团，耳边划过铁丝划破空气的声音，最后啪啪啪地落在身上，一下都没落空。

"我没有发脾气啊。"虚弱到，没有被这个世界听见的声音，"我真的没有啊……妈……"

从阳台栅栏之间的缝隙望过去，隔着一段距离和蒙眬的泪眼。

他不在原来的位置上，也不在客厅里。

你在哪里呢？

救我啊，风哥哥。

"我从来不打她的脸呀。"有一次黄红梅这样扬扬得意地对亲戚说道，"我知道女孩子是不能打脸的呀。我都打肉多看不到的地方。"

像是随意地在讨论一些生活上的小技巧，菜市场最近哪家的菜更新鲜，哪个摊档的猪肉没被注过水。

"哎呀，女儿不比儿子，还是少打一些好。"年长的亲戚善意地劝道。

"是不比儿子好啊，要是是个儿子我就省心多了呀。"更年期的妇女完全没听懂别人在说什么，随口就接下去，"我也是赶上时候运气不好，再多生一个她爸工作就没了。"

林明月坐在旁边的小板凳上，面无表情地写作业。

"不是因为你，弟弟早就生出来了。"

"我当初去照B超人家说你是儿子，结果生出来是个女儿啊。"

"我的命就是苦，生你下来，你奶奶一看你是女娃第二天就回去了，月子都没人照顾。"

反反复复地，就是这些话，日复一日在自己的世界里腐烂，发酵，味道也浓郁起来，以至于完全能够分辨其中隐藏着的厌恶的味道——

你为什么是女儿？你真是个没用的东西。

"你怎么不背那个挎包了？"林明月骑着车慢慢跟在夏临风的身后，看着他背上崭新的灰色双肩包，包的右下角还印着黄色的Nike标志。

"什么？"路边有蓝色的卡车鸣着刺耳的笛声轰轰烈烈地飞驰而过，骑车跑在前面的夏临风没有听清她的话。

"我说——"林明月停顿了一下，声音提高了一个调子，"你怎么不背之前的挎包了？"

据说这是这座小镇里最繁华的Mall，从省城来的大地产商投资修建的。在九十年代末的小城镇，高楼上一整面的荧绿色反光玻璃的高楼足以吸引全市人的目光。每次林明月经过的时候，抬起头来，一眼望过去就看到了暗绿色的玻璃幕墙上有天空的投影，像一汪幽暗的巨大海洋。

夏临风就在这一片海洋下停下来，白云像巨大的银鱼游过，有天光浮动在他的脸庞，将少年的表情映照得飘忽不定，他转头望向她："洗了啊。"

洗了？林明月突然从自行车上跳下来，大腿隔夜的伤痕像被一块炭火贴着一样疼："洗了啊？"

"嗯，昨天晚上我妈顺手就给我洗掉了。"夏临风挠挠后脑勺，"背了好久有点脏。"又看了女孩一眼，"你问这个干吗？"

所以你是没看到我写给你的信咯？都洗掉了？

暮色渐沉，头顶反射着天光的玻璃幕墙也渐渐暗淡下来。

当你理所当然地拥有了世界全部光明的时候，我却在等待你拆开那封用尽我所有勇气写下的情书。

而等待又让时间变得那样漫长，像深海延伸进了黑夜，摸不到尽头。

现在巨大失望就在这片海底深处的沟壑之间流淌，快速而又悄无声息地蔓延了整个世界。

所以，你真的没有看到我写给你的信？

"你在想什么啊？"男孩伸手拍拍林明月脑袋，"我妈说你昨晚又挨打了？"

"嗯……"林明月低下头。

"昨天我出去了，回来才听我妈在讲。你妈也真是……"声音渐渐低下去，像是不知道再说些什么才好，"等你长大了，他们就不会再打你了吧。"

"嗯。"她抬起头来笑笑，"没事，我早习惯了。"

真的，已经很习惯了——

在潮湿漆黑的夜里生长，在忍受中等待。在暗无天日的每一天里，也在吞噬这巨大痛楚的沉默中，期待着你能带给我的美好。

这些美好，如同偷偷放进对方挎包里的那封情书，又如同在多年后的某天，手脚笨拙地缝好的纽扣——

都像是在春天埋进泥土的一粒种子，会在沉默中经过漫长等待，等到突然的某一天嫩绿的新芽从黑暗中破土而出，在无限的空间里疯长起来。

再然后，先前在泥土里忍受黑暗中的潮湿、昆虫的啃食和暗无天日的等待都变得值得。

我怀抱着希望，就要再次破土而出，然而我却并不害怕。

4.

去夏临风的单位要先坐四十分钟地铁，步行两条街，再转一次公交车，大约坐半个钟就能抵达。

已经是很远的距离了。

在老家，就是从一个镇子到另外一个镇子那样的远。

而小镇上有的人一辈子都没走出过那么远，一个镇子和另一个镇子，更像是两个平行的却又各不相干的世界。一个地方发生了大新闻，如果没有上电视的话，要过很久很久以后才会在另一个镇子上传开。就是这样闭塞的环境，经济发展缓慢，也渐渐被世界遗忘。于是也就有更多的年轻人背上行囊去到更广阔的地方。

还没下车，就能看到远处街边的芒果树，一棵连接着另一棵，连绵不绝延伸到模糊不清的天际线。

而背景却是灰色的天空，浅浅的云层被风吹过，像一层薄纱覆盖在苍穹之下，说不清是凉爽还是炎热的那种天气，靠近海边的城市，被风抚摸过的皮肤总是黏黏的。

出发之前她发过信息问他有没有上班，只得到一个简短的回答："上。"

大约是在忙，于是就没聊下去。

林明月走到了一问才知道他午饭过后就去出警了，具体什么时候能回来不知道。

于是，她就坐在大厅那一排蓝色的椅子上等。

并不是派出所最繁忙的时段，大厅里偶尔进出一些来办事的人，低着头不言不语行色匆匆地走过去，远没有自己上次来的时候那样热闹。

等了一会儿觉得口渴了，她就去旁边饮水机接水喝。

林明月端着一次性水杯往回走，一不小心就撞上了人，杯子里大半的水都泼到对方的制服上。

林明月结结实实地吓了一大跳。

"对不起对不起，我没看到你走过来。"她连忙向对方道歉，抬头一看是个和夏临风差不多年纪，面目俊朗的警察。

"没事的，下次走路看着点哈。"对方连带着摆手，自己掏出纸巾来擦拭身上的水迹，抬起头来无意地望了她一眼，挑了挑眉头，"小姑娘，你是来办事的？"

"算是吧。"林明月点点头，"我是来找人的。"

"找谁呢？我帮你问问。"庄狄龙转过身把揉成了一坨的纸巾轻轻巧巧地投进了远处的垃圾桶，再转回来望着林明月。

她在脑后扎了个简简单单的马尾，应该是流了不少的汗，鬓角湿漉漉地贴在脸上，在黝黑的皮肤上泛出一层油光来。

其实就是那种很普通的样子，在这座移民城市里，随处可见从全国各地远道而来的女孩子，质朴单纯又不打眼。

和蓝初雪完全是两种类型。

所以——她和夏临风是什么关系？

还没等到对方回答，就听到身后停好车走进来的夏临风诧异的语调："月月，你怎么到这里来了？"

"我来还你衣服啊。"林明月见到夏临风，脸上一亮，连忙走过去拿起袋子，转身递给他，"之前一直要加班，今天放假才有时间来找你。"

大厅里的白炽灯，将整个空间都照得透亮透亮。

所有的细微表情，在这样的光线下，都可以被无限放大。

嘴角的一丝惊喜，或眼角的一缕疑惑。

仿佛被放在了放大镜下，都可以看得清清楚楚。

"哦。"他伸手接过来，脸上却并没有什么表情。

只是淡淡地回应那样一声，仿佛是随手拿了一件什么不重要的东西,又无意间撞见了一个什么不重要的人,随口从嘴唇之间吐露出来的单音音调,没有情绪也不带有任何表情。

　　林明月静静地站在那里,一时间想不到接下去要说什么。

　　"嗯……"眼前那张面无表情的脸却突然又鲜活起来,"不忙的话,等会儿一起吃饭?"

　　还没来得及回应,旁边那个陌生的警察却开口了:"这位小妹妹是……"

　　"哦,我老家的妹妹,林明月。"夏临风说完,又指了指身边的庄狄龙,"我哥们儿庄狄龙,你叫他老庄就行。"

　　妹妹这两个字,从他嘴里吐出来的音调放得很重,为的是向自己哥们儿强调她的身份,也像是一块掷地有声的石头,"砰"的一下砸进了心里,差不多穿透出一个鲜血淋漓的洞来。

　　你看,只是老乡关系的妹妹哦。你不要误会,真的没有别的关系。

　　"庄大哥,你好。"她若无其事地朝庄狄龙笑了笑,"我们从小一起长大的,是邻居。"

　　"哈哈,你跟着临风叫我老庄就行。"

　　"你等会儿没事吧,没事等我一下。"不给旁边两个人寒暄的机会,夏临风低头看了看手腕上的时间,抬起头来,"我还有半个小时下班,下班就带你去吃饭。"

　　还没等林明月说出那句:不用了。

　　小警察拎起袋子就推开员工通道匆匆忙忙地走进去,又突然停下来转身朝还在原地站着的庄狄龙喊道:"老庄,站那儿干吗呢,过来帮我个忙。"

　　"那行。"庄狄龙老到地朝林明月笑了笑,"林妹妹我们下次再见了。"

5.

等夏临风埋头赶完文书工作，看看时间已经是一个小时以后，他提着包走出去就看到林明月原封不动地还坐在位置上等着，瘦瘦小小的她穿着黑色的T恤和蓝色的牛仔裤，显得皮肤更加黝黑了。她等了这样久，却一个电话都没有打来催他？

心底不免有一些内疚，他走过去问道："月月，你饿了没？"没等到对方回答就自顾自接着说下去，"肯定是饿了吧，走吧，带你去吃饭。"

于是，两个人不紧不慢地走去停车场。

"我喜欢你。"她却在停车场突然停下脚步，对他说道，"风哥哥，我喜欢你。"

天空像是被倒进了墨汁，浓墨一般的夜色，从天边最远处的地方缓缓蔓延过来。

最后一点落日的光是淡金色的，像金色的河流淌在她的身上，最后从右边的肩膀一点点褪下去。

于是就留下没有了光的世界。

"月月？"他转身愣在原地，一时间讲不出话来。

"我就是喜欢你，我喜欢了你那样久，至少要让你知道。"

"可是……我有女朋友的。"他嗓音放得极低，却又无比清晰地擦过耳边。

有女朋友了？

心猛然地痛了一下，像是有人朝心脏上扎了一刀，又飞快地抽出来，血淋淋的。

"啊？对不起，我不知道……"她在黑暗中停顿了一下，语气低微到能在尘埃里开出花来，"我只是，从很小的时候就开始喜欢你了。"

"我只是，想要你知道而已。"

最后一句话，声音渐渐低下去，像极了一首歌唱到最后一句的尾音，遗憾中又带着意犹未尽。

"月月……"他伸出手去拍拍她的头顶，"小姑娘老爱瞎想了。"

"我才没有瞎想。"她低头委屈地望着脚尖，"我就是从小就喜欢你，我也没有强迫你要喜欢我啊。"

夏临风笑了笑："那你说说为什么喜欢我啊？"

"反正我喜欢。"像一头倔强的、永不低头的小牛，"喜欢一个人还要有为什么吗？"

因为你是我喜欢了一辈子的人啊，像在冬日里温柔流淌的温泉，带着暖意缓慢注入了心底，随着时光的流逝，填满了胸膛下每一寸的缝隙，几乎都快要溢出来。

所以在我的心里，再没有多余的位置留给别人，哪怕针眼那么大的位置都没有。

"但我一直当你是自己的亲妹妹……"

这是最后一句话，然后就没有了下文。

如同隐藏在表情里最珍贵的、悸动的无数心事，模糊过，又清晰了，但最终都是不言不语。亦如同多年前，她写好的那封情深意重的情书，最终也丢失在漫长的时光之中下落不明。

她看到他脸上浮动的表情，是一丝尴尬的为难。这样的表情，落在林明月的眼里，似极薄而锋利的刀片，不动声色轻轻划过去，殷红的血液就从心尖涌动出来，血淋淋的。

林明月转身流着泪跑出去的时候，并没有听到身后的夏临风在喊她的名字。

有风吹过，吹起额头的发丝凌乱地拍打在脸上，黑夜将至，路边盏盏高挂的路灯却并未点燃，眼前是模糊不清的世界，脚下是未知的路程，而耳边只有风的呼啸声。

就这样不知道向前跑了多久,她年轻,轻盈,可以跑得比大多数人都快,但却还是不够将那个心里喜欢的人远远地抛在身后。

我讨厌你了,夏临风。

6.

小镇的夏季干涸得一滴雨水都没有。紫色的花在盛夏的黄昏里噼里啪啦地打开了,柏树的树梢在温热的风中唰唰地割划着天空。

十四岁的林明月推着自行车站在树下,拍了拍掉在自己身上的树叶,她在等夏临风一起回家。

"明月,等你男朋友啊?"一群同年级的人热热闹闹地走出来,有人无意间看到她了,就阴阳怪气地问了一声。旁边几个漂亮女生咯咯咯地笑起来,那个瘦得跟猴子似的男生很是得意,开始大声讨论等会儿去哪里吃饭看电影。

几乎没人听到林明月慌慌张张回答的那句:"不是啊。"

反正很多时候,没人想要听到她的答案,他们并非是真的想要问她。

这个世界是口是心非的,跟你讲话的人也许只是为了哗众取宠地引起漂亮女生的注意。而被你称为只是邻家哥哥的人,也许早就是你生命中全部的美好。

又或者,当你在校门口等了大半个小时才等到对方姗姗来迟的时候,明明已经双腿麻木也会懂事地摇摇头说:"我并没有等很久啊。"

"嗯,不好意思啊,有事被同学叫住了。"夏临风推着自行车走到面前。他穿着蓝白相间的校服,被洗得发硬的领子皱在一起。

"还以为你掉厕所里了。"林明月骑上自行车,"走吧。"

"好哦。"两个人就推着车朝着远处那片温暖的暮色走去。

没走出几步远,就听到身后有人在叫夏临风的名字,林明月捏着刹车跳下来，转头就看见一个扎着马尾的高年级女生。

"怎么了？"

"你的钱包放我这儿忘记拿回去了。"女孩子走过来，这才看清是一副低眉顺眼的样子，有点像徐静蕾。

"哎呀。"夏临风拍了拍脑子，"差点忘了。"说罢接了过来，"不过放你那儿也没事，明早再给我呀。"

"怕你回去路上要花钱。"女孩笑了笑，这才注意到夏临风身边的林明月，"这就是你说在等你一起回家的小妹妹吧？你好，我是临风的同学吴初夏。"

她笑起来就露出洁白的牙齿，皮肤也很白，白到仿佛会发光一样。

林明月朝吴初夏笑了笑，还没来得及说话，吴初夏的目光又转过去看着夏临风："你看你的衣领。"伸手过去将皱巴巴的衣领给扯平了。

"嗯，没注意到。"很自然地回应，仿佛也没觉得有哪里不妥当。

林明月站在一旁，心跳像漏掉了半拍。

"她是你女朋友吗？"回家的路上，林明月骑着车不紧不慢地跟在夏临风右边。

"啥？"男孩没有听清楚。

"刚才吴初夏，你喜欢她吗？"她又问了一遍。

"你个小孩子还懂什么喜不喜欢的。"夏临风不好意思地笑了笑，又一本正经地提醒她，"不要告诉别人。"

"哦，知道了。"

天边还剩下半个夕阳，路边一排柏树浓浓的影子倒下来，林明月就沿着这一片修长的影子慢慢往前骑。好像还有很远很远的路，远得看不到尽头。

"你要不要喝奶茶？"夏临风在前面一个路口停下来，从自行车上跳下来，"我去给你买。"

"不要。"

"早上又吵着说想喝的？"

"现在又不想了。"林明月骑着车，加快了速度从男孩身边冲过，用一种很冷漠的语气，"快走吧。"

我不用回头，就知道你一直都会在我的身后。

就在正前方，大朵大朵的云彩饱含着霞光，巨大的云朵压得很低，不小心就误以为自己触手可及。但教科书上说就算是最低的云层，也只会形成在离地面200米的地方。所以，那些聚满霞光的云朵，无论是如何的变幻莫测，也是站在地上的我永远都不可能触摸得到的。

就像你。

而现在。

突然就听到汽车鸣笛和刹车的声音，林明月跟随着声音转过头——

出租车车头那两束强烈的灯光毫无防备地刺入眼底，世界陷入一片苍白。

飞出去那一瞬间，刚好看到天空中深浅交错的云层，像是被风冻住的棉絮，纹丝不动。她也闻到空气中灰尘与汽车尾气缠绵交织的味道，经常会令人晕头转向。但她感觉不到疼痛，仿佛是被风托在空中，轻飘飘地飞了出去；她也发不出来声音，仿佛喉咙被掏空了去，所有的呐喊撕心裂肺的尖叫都混乱地撞击着胸口，找不到出处。

于是，最终世界归于黑暗。

毫无知觉，黑夜将至。

7.

夏临风在夜色中看着林明月转身跑出去。

他想追,腿却像被灌了铅一样的,最终站在了原地。

就算追到了,又能说些什么呢?

"月月乖?"还是"月月不生气?"

就像多年前那样,像对待自己的亲妹妹在她生气的时候低声地哄着。

可现在已不是从前。

隔着矮墙,路边的灯很轻微"啪"的一声,在头顶点亮了照出橘黄色的光来。风吹过,拥抱着枯黄的树叶在空中温柔地翻滚,最后吹落在肩头。

有下班的同事提着包从他身边经过打招呼,他也没有反应过来,像是在一个时光静止的世界,只听得到自己心口下扑通扑通的心跳声,要在胸口轰出一个豁口来。

可是,她一直都在喜欢我?

自从自己高中毕业后,他们就很少再见面,一年能见一两次,隔得远远地打招呼。父母下岗之后他大部分的假期都是在外地打工赚取生活费,每次回老家都非常匆忙。后来父母陆续去世,亲近的有血缘关系的人都不在了,他就再没有回过四川老家。

但他们真的亲近过,像是有血亲关系的兄妹那样。

因为在你生活中,你无法去忽视这样一个小小的女孩,她总是黏在你身后,对着你哭,对着你笑,陪伴着你波澜不惊地度过青春时的岁月。她信任你亦是依赖,像是你的小尾巴,更多的像是一份责任。

所以还是追出去?

身后突然响起刺耳的鸣笛声,夏临风被吓了一跳,转过头,是一辆鲜红色的福特,车头几乎要贴着自己的双腿。老庄从车窗里伸出一个头来,嘴里叼着烟痞痞的样子:"你站这儿发什么呆?"又左右看了一圈,"不是要带小妹妹吃饭吗,人呢?"

"人走了啊。她有事。"夏临风突然就改变了主意,走到副驾旁边,把车门拉开。

座位上放着一个异常显眼的蓝色保温桶。

夏临风微微愣了一下,伸手把保温桶拎起来,麻利地坐进庄狄龙的车里,提在手里沉甸甸的,还能感受到热气。

他笑嘻嘻地打开一看,是一桶热气腾腾的乌鸡汤。

"你叫外卖啦?"他笑着问老庄。

"你上来干吗?你自己没开车啊?"老庄侧身吓了一跳。

"开了,一辆车省油啊,走吧。""啪"的一声拉上车门,夏临风头靠在椅背上半眯着眼睛,气定神闲,"走啊,你不是要去医院?"

是一种我就是知道你想干吗的语气。

庄狄龙转过头来,专注地看着他,也许只有一两秒的时间,然后又回过头去踩下油门飞快地打着方向盘驶出停车场。

此时正是这座城市交通的高峰期,他依然开得很快很快,头顶的天窗外,树梢、建筑、魅惑人心的霓虹灯牌都变成影子,在头顶一瞬就过去了。

许久以后,他们谁都没有先开口说话。

两条街之后,车速却渐渐慢下来,夏临风朝前面看了看,隐约看到救护车顶蓝红色闪烁的警示灯灯光,远远传来救护车尖锐的鸣笛声。

所有车辆都被堵在一条车道里。

夏临风回过头:"好像是撞到人了,交警和救护车都在,前面路口绕一下吧。"

庄狄龙抓抓头皮:"啥时候能不出点事故。"

红色的福特转向右边的时候,夏临风抬头看了远处一眼,红蓝闪烁的灯光变成两道笔直的光束,飞快地旋转着,投向浓浓黑夜,最后融化在深不见底的夜空中。前面路段闹哄哄的,四条车道密密麻麻挤成了一团,这样严重的堵车,真不知道什么时候才能疏通。

向右转是一条单行道的小路,转进去就有些僻静了。

路的一边划出停车格,只剩下一车宽的位置让人慢慢地将车开过去,路边的小店开着,透出的日光灯惨白的光线照在坐在门口的服务生身上,留着爆炸头的小青年正在无所事事地玩着手机。

夏临风看着窗外的景色,像是随口说出来一般:"我过几天就去交房子定金。"

有辆电单车突然从车前横穿过去,庄狄龙猛地踩住刹车,夏临风手中的保温桶差点飞出去。

"还要不要命啊。"老庄恶狠狠地骂了一句,又沉默下去。

夏临风抱着装着鸡汤的保温桶坐在副驾位上,半晌过后才听到耳边若无其事的声音:"准备买房结婚了?办酒的时候麻烦提前说声,我要存钱的。"

"嗯,至少得买我五桌酒席。"

"狗屁,哥哥我像这么小气的人吗?至少包你十桌酒席。"

"少吹牛了你。"

"没吹牛啊。"老庄一本正经地说,"以前还在警校的时候就说过,谁先结婚,对方包婚礼。兄弟我没什么大本事,十桌子菜还是能包得下来。"

夏临风笑了笑又沉默下来没有接话。汽车开出去,安静过后又到了一片热闹的地方。

接近秋天的天气,嘈杂的街道,渐黄的树梢,穿越过大半个太平洋吹来的风,都从旁边飞快地掠过。

面包店里弥漫出的香味经过鼻尖也一下子就稀薄了,从戴着红色帽子的KFC外卖男孩旁边经过,路旁是一棵一棵枝叶茂盛的芒果树。

"至少包你十桌酒席。"

有时候,夏临风也会出现刹那的错觉。

从前待你的那颗单纯而稚嫩的心,一直如初。

是的,都还在,我们的友谊,和与她的爱情都还在。

8.

天都要黑透了的时候,才一路堵车到了医院。老庄把车开到住院大楼的门口,突然就停下来说:"下去啊。"

"啊?"夏临风愣了一下,差点没反应过来,"来都来了,你不上去吗?"

老庄朝他摆了摆手。

跟在后面的小车被堵在了医院的单行道上,可能是着急要过去,车里的司机不停地切换着远光灯。那刺瞎人眼的灯光飞快地闪烁着像一把把利剑从身后笔直地插向眼底。

"让你下车啊,堵着人家了。"老庄挥挥手,"汤你自己带上去,记得用微波炉热一下。"

"你真的不去吗?"还带着有一些疑虑的语气。

"你都来了我还去干啥,你是她男朋友还是我是她男朋友?净瞎扯!"

车后的远光灯终于停止闪烁,在夜色中凝固成两道剧烈的光束,将红色的福特车后尾照得发白,消停了片刻后又换成急促刺耳的鸣笛声。

夏临风拎着保温桶从老庄的车上下来,在原地站了一会儿。之前被堵在后面的银色小车缓缓经过身边,车窗滑下来,开车的年轻人眼神鄙视："喂！即停即走懂不懂？做人有没有点素质的！"

并没有搭话。

风一吹，地面上枯黄的落叶在四下里翻滚着飞开了，铺得满地都是。抱着孩子来看急诊的妇人，坐在轮椅上被家属推着行动的老人，浅蓝色制服的护工下班后端着饭盒成群结伴地走过去。

夏临风拿着保温桶朝住院部走，没看清楚路，被路边的台阶绊得趔趄了几步，扭到了脚踝，像刀割一样疼。

天一黑，仿佛一切都能混淆在霭霭的雾霾之中，看都看不清——

凹凸不平的路面，掩盖在口罩下的面容，熟悉的表情，我以为了解却从未了解过的人心，全都看也看不清。

"你真的考虑清楚了？"就要退休的老局长从抽屉里掏出老花镜架在鼻子上，仔细看手里那份申请。

"我决定了。"庄狄龙深吸一口气，从位置上站起来，背挺得笔直，"我绝不后悔，请领导批准。"

声音大到几乎能听到回音。

"那行。"老局长手里的水笔唰唰唰地在文件上签下大名，"横竖不过一年时间。不过别人都求着喊着想过来，你却想着要往外头跑。"

"机会难得，我也想出去锻炼下。"

"年轻人愿意吃苦是好事。"

庄狄龙拿着借调申请表从局长办公室走出来，兜里的手机刚好响了，是蓝初雪。

他对她设置了特殊的来电铃声，于是就听到安静狭长的过道上一声接着一声的："你姑奶奶找你，你姑奶奶找你，你姑奶奶找你……"

老庄拿着手机站在原地等了一会儿，直到路过的文秘小妹听到铃声捂着嘴笑出声来，才不好意思地按下挂机键。

"干吗不接电话，我昨天出院怎么也不来？"她很快发来了微信，透着一股子骄纵的味道。

走廊尽头灰色防火门的背后是吸烟区，推门进去是没有亮灯的楼道。

他背靠在冰冷的墙壁上点了支烟，感应灯"啪"的一下熄了，四周陷入一片黑暗，有风在楼道之间迂回盘旋，穿过门缝发出呼呼的声音。

"你姑奶奶找你，你姑奶奶找你……"电话再次打进来。

手指尖的那橘黄色的烟头，闪烁了一下，最终熄灭了。老庄丢掉手里没点燃的烟，头往后仰，重重地朝脑后的墙壁上撞去。

一想到我们最终是要分开的，心里总是有一种徒然的悲伤。

9.

庄狄龙给蓝初雪电话的时候，她正在公司楼下的美容院做水疗。开在写字楼区的美容院有午休套餐，午饭过后来做都可以八折，现在做生意的人真是机灵得要死。

手机放在旁边的挎包里，蓝初雪闭着眼睛，瞎摸了好久才摸到。按下通话键，仿佛是从很远的地方，长途跋涉而来的声音："你吃饭没有？"

"没吃呢，在减肥。"

"不要胃了？"他每次打电话来都会先关心自己的胃，就好像没有别的什么好关心的。

"我现在不饿，等会儿公司有下午茶。"

"嗯。"淡淡的一声，又一本正经的语气，"那个，我跟你说件事情。"

蓝初雪闭上眼睛，等美容师将一整张面膜盖到脸上，这才接过话来:"干吗,你要出柜啊?"

"不是,你正经点啊。"电话那边的声音顿了顿,深吸了一口气,"我要外调去湖北一年。"

"嗯?"闭上眼睛好像没听懂的样子。站在床头的美容师的手在脸上啪啪啪地轻拍着,有时候也觉得做美容是一件挺奇怪的事,花钱找人打自己的脸。

"我要外调,一年,在湖北。"

电话那头的人又调换语序重复了一遍,仿佛要把句子分开成一个一个的词组,才能解释得明白一般。

心像是一团软绵绵的泡沫,被什么轻轻戳了一下就噼里啪啦地爆开了。

蓝初雪突然推开在脸上胡乱拍打的手,从美容床上弹起来,身体挺得笔直:"能不去吗?一年太夸张了吧!"

"不能。"很坚硬的语调,硬得都在墙壁上砸出一个坑来。

"那,我怎么办?"

"那他怎么办?"

"我不管啊,我不想你走。"有点无耻的要求。

"没办法,你和他好好过。"像极了渣男的那种无所谓的语气。

好像又经过了几个瞬间的沉默。

蓝初雪突然想起在病床前,老庄俯下身来轻轻落在她额头上的那个吻,他的眼神宠溺得差不多要漏出水来,那表情分明写着"我喜欢你"。

然后他就再没有出现过。

"你去死吧!孬种!"她听到自己的声音,抬得很高的音调,像被不小心碰到发出声音来的琴弦,在宁静的空间里显得特别突兀。

然后她挂掉了电话。

懂事的美容师走出去的时候顺手点起了蒸汽香薰。昏暗的房间里，乳白的水汽附带着薰衣草的味道在有限的空间里弥漫，浓得几乎看不到光线。视力的模糊连带着听觉也有些退化，隐约只听到刚走出去的美容师和两三个小妹站在门口用她听不懂的方言，嬉笑了几句，又走开了。

电话沉默下去，就再也没有响起来。

蓝初雪就这样躺在一片昏沉之中，闭上眼，将脸慢慢地贴向另一边，枕头下是松软的荞麦皮，透着淡淡清洁剂的味道。

拉过被子，黑暗沉甸甸地压过来，盖住了全世界。

她想哭，却用尽全力也哭不出声来。

那句话，堵在了胸口，怎么说也说不出来——"可是，我不想你离开我。"

10.

好像只是昨天才发生的事。

年少的庄狄龙用自行车托着蓝初雪，在放学时间一路向前飞驰。

天空悬挂着巨大的夕阳，风将她的发丝都吹了起来，凌乱地扑打在脸上，女孩用手臂环绕住他的腰，视线越过他宽广的后背看着无数的飞鸟跃过云层，耳边有他一路高声歌唱的《红日》。

就这样一路飞驰过去，穿过闪烁交替的红绿灯，穿过葱郁的芒果树，穿过繁忙的十字路口，穿过霏雨霏霏的整个夏天。

我们曾经那样快乐。

但时间却像一把锋利的匕首，将后来我遇见的每一个你，都割划得面目全非。

庄狄龙被蓝初雪挂断电话的时候，正以时速70km的速度在路上飞驰。

点了支烟,直到烟头燃尽,指尖传来刺痛的烧灼感才猛地将手收回车窗里来。还未熄灭的烟头,在灰烬中透着红光飞弹到身上,又着急低头去吹开。

于是就在浅色的衬衫上烫出一个形状不规则的洞。

再抬起头,就看见之前在右边直行道上的一辆货柜车竟然违规转左掉头,仿佛是一眨眼的事,肮脏而巨大的车体就横在了眼前,占住了仅有的两个车道。

在这座高速发展的城市里,永远都不会缺少这样随意乱窜的货柜车司机,就好像是玩一款热门的跑酷游戏,在沿途会出现类似的移动障碍物,一不小心碰上去就会粉身碎骨。

而当你用力将脚下的刹车踩死的时候,会听见底盘咔咔咔的声音,是锋利的齿轮和齿轮严丝合缝地卡在一起的那种声音。

紧接着一声巨响过后,白色的安全气囊在你面前弹出来,尼龙布料带着车体的温度重重地打在了脸上,再如同一只漏气的气球软绵绵地塌了下去。安全带和冲击力在一瞬间博弈,被死死勒住的肩膀像碎掉一样疼。

肇事的货车司机叼着烟骂骂咧咧地走下车,见到庄狄龙掏出的警官证就老老实实地收声了,打电话叫来了交警和保险公司。

冬日的正午,一条车流量并不大的街道。

载着大量工地垃圾的货车并没有熄火,排气管突突突地朝外冒着黑烟。空气中,尘土和柴油发动机的尾气混合着一种令人作呕的臭味。

庄狄龙揉着被安全气囊撞肿的鼻子靠在车尾等待拖车,掏出手机来拍照。他下意识地就想将照片发给蓝初雪,刚点开微信突然又记起来十分钟前她在电话里的那句:"你去死吧!孬种!"

即使看不到面容,也能想象到表情。

像是在心脏上缠绕一圈圈铁链,然后从两端用力地拉扯,将整颗心都缩得紧紧的。无穷无尽的情绪都被挤压成一个微小的点,像极其锋利的针尖将所及之处都戳到千疮百孔。

她叫他去死,他就真的差点出事。

这也许是一种无法用科学解释的咒语,我觉得我的生命总是与你息息相关的。

但是——

保险公司白色的捷达车比交警和拖车都更快赶到现场,庄狄龙给出证件和银行卡号,又在保险单上签好字。

"哥们儿真的不好意思啊,我车太大不好掉头,刚才又没注意到你。"货柜车司机走过来递给他一支口味辛辣的香烟。

"没事。"他并没伸手去接过烟,只摆摆手不想再多言半句。

——但是,我们的关系就像这种在城市里莽撞驾驶的货柜车,越来越肆意妄为地流窜,目中无人,更无所谓会伤害到谁。

我真的很爱你,爱到无法被人阻止。

所以当我选择要死死踩下刹车的那一刻,我能感受到你语气中饱含的那种巨大的无望感。就像汽车轮胎在最后几分钟的时候摩擦过粗糙的路面,努力在猛烈的惯性力和阻力之间挣扎。

我们的关系,上一秒还在全速前进,下一秒就不得不戛然而止。

我们都一样,都有一样的悲伤。

11.

蓝初雪在路边转悠了很久很久。

看着明蓝色的天空由亮转暗,重叠错乱的云层最终都盖不住日落,漏出金色的光来。微风缓缓,吹散了身上的香水味。脚下的高跟鞋因穿的时间太长,从脚掌蔓延出一阵阵酸疼感,累得要死。

眼前这个小区算是城市中心里最早期的建筑之一，没有花园绿化，也没什么小区设施，简陋的围墙也是后期才修上去的，布满灰尘的爬山虎将墙壁挡住了一大半。有时候打车过来，司机不知道怎么走，是个打开百度地图都搜索不到的地方。

夏临风就租住在这里，房子老了一些，但租金很合理。

脚下的人行道还是很多年前铺上去的灰红色石砖，已经被日子碾压得坑坑洼洼，石砖和石砖的缝隙中冒出杂乱灰绿的草来。就这样来回走了老半天，却始终鼓不起勇气走上去敲门。

就像是要登上一个更广阔的舞台去表演，那些台词翻来覆去地在心中默念了很多遍——带着各式各样的语气，轻松的，沉重的，哀伤的，或者是无所谓的。

却始终找不到最合适的表情来说出那句："我觉得我们并不适合在一起。"又或者能更直接地说出："我想我爱上了别人。"

就这样磨蹭着，突然就听到身后传来夏临风的声音："蓝蓝，你是在等我吗？"

回过头，小警察手里拎着的购物袋露出几枝葱绿的芹菜尾，一副刚买好菜回来的样子。还没等蓝初雪回答，他就朝着她笑起来："你有钥匙怎么不上去等我？"

"嗯，我忘记带钥匙了。"

"走吧，回家我给你做好吃的。"

"哦。"

走进小区之前，蓝初雪回头看了一眼天空，霞光在天边慢慢收拢，沉淀成一种鲜红的色调，云层交错层叠，散开又聚拢，在光影之间——

和那些堵在喉咙里始终讲不出口的话语一样，混乱成一团。

"临风，我想……"

"小心！"蓝初雪突然被旁边的夏临风猛地拽了一把，揽进怀里。

没有任何预料地，从拐角突然冲出来一辆红色摩托车，呼啸着飞快地从身边擦过，带起一阵温热的风。

"你没事吧。"他急忙拉住她的手仔细地看。

"嗯，没事。你胳膊……"蓝初雪抓过他的手臂，一条渗出浅浅血迹的刮痕，不知道在哪里刮到的。

"小伤，不打紧的。"他笑笑，又突然想起来什么，"对了，你刚才说你想干吗？"

最后一丝霞光在云层后渐渐退去，将落在他脸上的温热霞光替换成路灯的昏黄，那些先前在视线里遥远地交织错乱的光影统统都漆黑成一片——

"没什么。"她摇摇头，"走吧。"

——更像一只巨大的黑洞，将就要脱口而出的话语和阴晴不定的那颗心脏都抽离得干干净净。

也包括那句"我想要分手"。

南方的冬天也是天寒地冻的，窗外虽然艳阳刺眼却感觉不到什么温度。中年秃顶的项目经理站在投影幕墙前已经讲了快一个小时，无聊死了。

蓝初雪低下头看着地毯上金色的阳光一点一点移过去，最后被窗帘挡在了脚边，明亮的光斑却固执地盘踞在那里，不肯离开。

手机突然振动了一下，一条新的微信提示。

低头瞄了一眼，是很简单的三个字："我走了。"

鼻子里又是一酸。

很多时候，在某些场景下会不由自主地想起老庄，像是无数的电影胶片在电光石火之间交错地在眼前闪现着。

在清晨开往市中心的地铁上，在熙熙攘攘的人群中会突然瞥见面目相似的人，而当你努力地从人群中挤过去再看仔细了才发现不是他。

也会在阳光透过繁茂的树木，将剩余一点颜色涂抹到窗沿上的那一瞬间。

在夜晚的洗手间，卸完妆，独自对着雾气弥漫的镜子刷牙的时候。

也会在每一个醉酒后蹲在昏暗的路灯下，无数遍打开通讯录却从没有按出拨号键的夜晚。

就是这样，感觉到一个人在慢慢地离开，像是在空气中一道淡去的影子，他会在任何不经意之间浅浅地浮动出来，当你想伸手去抓住的时候，掌心却落空了。

蓝初雪拿着手机，看到一分钟前老庄在朋友圈里更新的照片，一个巨大的行李箱和一张登机牌。

一种巨大的酸楚从心底慢慢膨胀起来，几乎要冲破眼眶，她忍了半天终于还是不死心地发了过去："你爱过我吗？"

手机沉默了一下，半响过后很快又振动起来。

"可是晚了他一步。"

台上的秃顶男还在慷慨激昂地演讲，即使隔着几米远的距离都感觉唾沫要飞到脸上了。蓝初雪突然从凳子上跳起来，将周围的人都吓了一大跳，被打断的男人几乎是震惊地看着她，随后不满地抗议："蓝初雪，你干吗呢？"

"我请假啊，急事。"大衣就搭在座椅的靠背上，她拿起来就往电梯的方向跑。

踩着9cm高的高跟鞋，跑到一半发现没有带包，又急急忙忙地折回办公室，将桌子上的手机钱包化妆镜一股脑儿地扫进包里。

中心区写字楼下始终会停着一群拉客的黑车，她随便找了一辆熟识的坐上去，"啪"的一声关上车门："师傅，去机场。快一点我赶时间。"

　　是的，那道已经淡去的影子还一直藏在心里最深的地方，顽固地活着。有阳光照进来，灰色的影子又变得鲜活起来，是怎么抹都抹不掉的。

　　老庄拿着登机牌过安检的时候，好像听到有人喊了一声自己的名字。

　　他猛然回头张望，来来回回的人群中却并没有见到什么熟悉的面孔。就这样看了片刻，直到排在身后将黄色头发高高盘在头顶的中年妇女轻轻推了他一下，操着很浓重的方言："你走不走撒？你不走我走了哟。"

　　这才又推着箱子往前走了几步路。

　　突然就听到了高跟鞋跑步的声音，噔噔噔噔地由远而近地传来。像是听过了无数次熟悉的打击乐，鼓点敲打在耳膜上慢慢放大，鼓手的风格也越来越清晰。老庄的心跳像漏了一拍，嘴里念着："我的小祖宗啊。"回过头果然就见到了蓝初雪。

　　蓝色的大衣和挎包一起挂在手上，可能是跑得太快，扎好的马尾，几缕发丝散落在额头，白皙的脸也泛出一片透亮的红光来。

　　红色的隔离带和安检区外围的保安都没能拦住她，她几乎是冲到面前就抓住老庄的胳膊，喘着粗气："不准你走。"

　　"蓝蓝……"

　　像座冰山，轰然地倒塌下来融化成一片汪洋在内心汹涌着。

　　"老娘就是不准你走。"

　　穿着制服的保安围了过来："小姐，你没有登机牌不可以进来的。"

　　"哎呀，你别拉着我啦。他要走了，我嫁不出去你负责啊？"蓝初雪转过身对着保安懊恼地说。

好奇的眼神像飞出来的箭，从四面八方窥视过来。

"拍戏啊？"隐约听到旁边大妈小声地问另外一个人。

"别闹啊！"老庄拉住她的胳膊，死死皱起眉头，低头在她耳边低声说，"这里是机场，不要任性了！"

"反正我不让你走！"

蓝初雪低头看着鞋尖，露出委屈的表情来。

"我真的该走了。"

"我只是想再见你一面。"她低下头，"我舍不得你。"

"那你现在见到了。"他伸手揉揉她的头顶，"等我回来。"

"什么？"她抬起头诧异地看着老庄。

"等我回来啊，笨猪。"他向前一步，轻轻地用手臂环抱住她。

那个瞬间，在脚下死死踩住的刹车突然又完全放开了。

因为当你出现在我面前的时候，我好像什么都顾不上。

我看到了你的奋不顾身，也看到了你在无望中倔强的脸，于是就只想这样与你勇往直前。哪怕尽头是万丈的悬崖，或孤鸟飞绝的深渊。

我知道，我们这样好自私，我们会伤害到另外一个重要的人；但我也知道，我们不会后悔。

12.

夏临风送走庄狄龙之后，在机场二楼的咖啡厅喝了半杯咖啡才离开。明明已经走到停车场了，他摸了一下裤兜才想起车钥匙好像是落在咖啡店的桌子上了，又折回去找了半天。

就这样兜兜转转小半个小时过去，再走出咖啡店就见到老庄和蓝初雪。

从自己二楼的位置，是居高临下的视觉。

在人来人往的机场，巨大的落地窗外时刻都有飞机轰鸣着冲上云霄，天光透过透明的玻璃屋顶洒落了一地的莹白光晕，他们就在这一团光晕中拥抱。

四周响起了喝彩声，有人吹响了口哨，更多的是起哄的声音："亲一个啊你们！"

夏临风面无表情地走回咖啡店，隔着玻璃窗坐下来，麻木地看着这动人的场面。他心烦意乱地点了一支烟，很快有服务生走过来："先生，不好意思整个机场都是禁烟的。"

"不好意思。"

他又随手一扔，烟头半死不活地漂浮在上位顾客留下的半杯咖啡里。

视线中，正在拥抱的他们显得那样遥远，像是被拉长了焦距的镜头，他站在镜头后面，而他们在光线的另外一端。

那光线笼罩着他们，是那种肥皂剧里最美好的大结局，真心相爱的人终于在一起了。

旁边有人拖着行李箱经过，轮子无意地从脚面上压过去，那陌生人感觉到手里箱子的颠簸，漠不关心地回头看了一眼，并没有道歉。

脚面传来的巨大痛楚让夏临风突然一下站起来，他朝后退了半步，低下头双手死死撑住桌子的边缘。

仿佛就是一瞬间的事，不小心吞下了一口滚烫的炭火，肋骨像手风琴一样剧烈地扩张着。

每一个因焚烧而挣扎的细胞，最后都浮动在面目扭曲的脸上。

痛到要死。

×他妈的！庄狄龙！

夏临风从咖啡店冲出去的时候，速度比谁都快。

像一颗迅速发射出去的子弹，保持着极高的速度直到抵达目的地，在中途很粗鲁地撞到了几个行人，也没有要停下来道歉的意思。

他双手在外套兜里死死地握住，走到跟前，还没等那两个深情款款的人反应过来，拳头带着风就招呼到老庄的脸上。

"×你妈，庄狄龙！"

世界顿时混乱成一团。耳边能听到路人被吓到发出的诧异声，蓝初雪哭着抱住夏临风不让他再动手，却被男人狠狠地推到了一边。

紫红色的红肿在老庄脸上迅速地浮现出来，夏临风打他的时候完全没有心慈手软。

"你就这样和我做兄弟？"又一个勾拳凶猛地打过来，带着风声结结实实地落到老庄脸上。

老庄并没有说话，被揍得跟跄着倒退了几步，又很快走过来站稳了，嘴角和鼻孔都渗出了血迹，一直都在沉默。

被推到一边的蓝初雪又哭着跑过来挡在两个人中间："是我的错，你不要再打了，你要生气要打就打我吧。"

夏临风面无表情地伸出手去，又要将她推到一边。

突然肩膀感到一阵剧痛，来不及有所反应整个人被按倒在地上。下一秒，脑袋就被人死死按住，右脸颊贴着冰凉的地面，寒冷的温度几乎浸透牙髓。他挣扎了一下，反而被制伏得更死了。

夏临风用眼角的余光隐约看到两个维持治安的机场武警。

"闹什么闹，走走走，跟我们去旁边闹个够。"

感觉到双手在身后被反铐上冰凉的手铐，这才被人从地上粗暴地拖起来。

警务室里，好像是永远都不会再温暖的冬天，落进瞳孔里的每一张面容都带着苍白无力的悲哀。夏临风坐在椅子上，像是被人取走了骨骼，只剩下一摊毫无知觉的血肉。

麻木的感觉。

"对不起。"在旁边道歉的人是蓝初雪,手却扶着满脸鲜血的庄狄龙落泪。

"是我对不起你,不能怪她。"庄狄龙捏着还在流血的鼻子,闷闷地说,"没出够气?"他用另一只手指了指自己的胸脯,"你接着来。"

"你TMD还想挨揍?!"胸口下那块吞下的炭火还在翻滚着就要冒出鲜红的岩浆。

"滚!"夏临风站起来,狠狠地踢了一脚椅子,"都他妈的给我滚得远远的。"

一声巨响过后,木质的椅子在墙壁上撞得四分五裂,残破成好几块。被折断的一支椅脚,斜斜的豁口锋利得像一把匕首,笔直地指向了胸口。

四下陡然静了。

2013年,永远不会过去的那个冬天,世界冷到没有一点知觉。

夏临风只穿了一件薄毛衣,迎风走在街上。寒风将脸上每一个毛孔都吹开了,呼呼地朝身体里灌着冷气。

就是这样的冷,像是在大冬天的时候咬下了一大块老冰棒,一路从嘴唇冻彻肺腑,连带着心跳也变得缓慢了,随时都会停住跳动的样子。

头顶是灰色的天空,也不见飞鸟踪迹,每一朵云层都压得极低极低,死气沉沉地砸上心头,压得人喘不过气来。

这分明是早就在心底预演过无数次的结局,于是就变得多么理所当然。

结束了?

第五章

我祈祷永恒在你身上先发生

　　所以，当初的你是怎样找到我的？
　　当年幼的我坐在广阔的苍穹之下，遥望着每一辆闪着光的火车从我眼前飞过，却无处可去的时候。
　　我们会是那两颗纠缠的粒子吗？
　　无论一个人去到哪里，另一个人总能找到对方。
　　就像从前的你找到了我，也像现在的我就要找到你。

The moon does
not know
where to go

1.

2014年的春天,林明月报读的夜校隐藏在村屋旁边一栋陈旧的楼宇里。

老师都是操着浓重口音的兼职老师,教数学的老师白天在小学教三年级,英语老师是附近辅导学校的兼职老师。有几节课,教会计学原理的老师是穿着新东方老师的工作服走进来的。

除了简要的学习大纲会指导之外,其他的内容几乎全部靠自学。

但到底是国家会承认的自考学历,而且学费也相当便宜——最合适她这种穷打工的外地人。

她报的是会计学专业,是那种到处都能混口饭吃的工种,但却已心生满足。

下课的时候,一场大雨将整个路面都浇得透亮透亮的。

树木的影子在地面上凌乱地抖动,像张牙舞爪的怪物。穿着巡防马甲的临时工愉快地吹着口哨,骑着单车从身边飞快地经过,带起白色的塑料袋哗啦啦地从眼前飞过。路边有推三轮车的老人借着路灯的光亮卖炸豆腐,空气中蔓延着一种臭臭的油烟味。做小生意的夫妻批发来各种成色可疑的女式包,放在地上堆积如山地倒卖,小山的旁边蜷缩着困倦的小孩,等着父母收工后可以带自己回家睡觉。娃娃才四五岁的模样,看到就有些心疼。

"还在下雨,你走那么快干吗?"听到这个声音,林明月回头看到身后也刚刚下课的吴思洋。

后者费劲地从包里掏出一把皱巴巴的伞,快步走上前来替她撑开:"小心感冒啦!"

于是就并肩走着,一段路之后才发现吴思洋的半个肩膀都露在伞外面。

"你的肩膀淋到雨了。"她提醒他。

"嗯,你没淋到就好。"头顶蓝色的雨伞又往林明月这边倾斜了一点,"你饿了吧,想吃什么我去买。"

"我不饿,差不多要去上班了。今天我夜班。"

"我去打包点蒸饺,你带去吃。"

"不用了。"她赶忙叫住他,"我真的不饿。"

"那你等会儿就会饿的。"

不容反驳,雨伞手柄还带着温度就塞进了掌心。在视线里,吴思洋把手掌放在头顶,一路小跑朝着沙县小吃的方向冲过去了。他穿着那种很没有品位的细小菱格花纹的紧身T恤,黝黑的皮肤显得更加粗糙。

这个时候的雨小了一些,但还在零星地飘着,一有风过,雨雾就饱含凉意扑面而来。

林明月站在原地,不知道是跟过去还是就这样傻傻地等着。

因为她跑得不够吴思洋快,准确地讲,是有可能再也无法真正奔跑起来。

右边膝盖关节与关节之间,被打进一颗崭新的螺丝钉。每当下雨的时候都像是有人在疯狂地转动着那颗钉子,剧烈的痛楚连筋带皮地在骨头里搅和着,还不如真的让腿断掉好了。

可笑的是,作为退役的职业小偷,她曾经跑得比大部分人都要快。

2.

那次车祸之后,林明月在医院整整住了两个月。出租车公司赔了一些钱,连带保险公司报销的医药费,总不至于山穷水尽。

吴思洋每日都来探望她,貌似完全不记得先前自己表白失败的事情。

他提着从外面的各种小饭店带来的快餐盒来到病房。白色的一次性餐盒里通常是盐下得太多的咸鱼茄子、软绵绵的鸭肉，味道一般且成色可疑。然后他会坐在病床旁边的椅子上，一副很有耐心的样子，督促林明月一定要吃下去。

　　负责她这个病区的单身小护士羡慕得紧："你男朋友对你太好啦，自己要上班还每天都跑来看你。"

　　"没办法呀，我不在她不肯好好吃饭呀。"吴思洋提着新打好的热水瓶推门走进来，满脸光彩。

　　林明月并没有接话，只低头吃自己的饭。病房里的电视机在循环播放减肥药广告，各式各样白花花的肚子，老人的，妇女的，壮年男人的……有时候真的会有一种怀疑，这些广告真的会有人买吗？毕竟自己多看一眼都嫌恶心。

　　"那说明你女朋友离不开你呀，要你在才肯吃饭。"带着有点奉承的语气。

　　有一块肉片堵在了嗓子眼，怎么也吞不下去，却又吐不出来。

　　是不是所有的关系都会是这样，在最莫名其妙的时候就被人认定了。

　　而你懒得去反驳的沉默也被理解成为默许。

　　吴思洋意味深长地望着林明月微笑。

　　林明月坐立不安地转过身去重新垫了下后背的枕头。那种老式的病床，就算有枕头垫着，一整条钢管抵在背上也会令人极其难受。

　　但是真的无法喜欢上吴思洋啊。

　　死脑筋一样的男生，说话直接不会拐弯，所以导致人缘不好。经常被单位里其他牛高马大的男人欺负，然后粗着脖子跟人理论到底，像只被激怒的公鸡。

　　对她却是好到不行，几乎有求必应。

"没什么理由啊,想对你好。"他是这样说的,"我是第一次这样喜欢一个人呢。"

却依然觉得有点难受,像闷热的天气,低气压严严实实地将人包裹起来,不透气的衣衫布料下会浮出一层黏糊糊的汗液,烦到想抓狂。

但貌似也没有什么选择的余地。

发过来的微信如果没有及时回复,电话就会紧紧逼来。

放假的时候,所有的时间总是被他安排得满满的。

仿佛是被囚禁在一个狭小的空间里,当空气的含氧量抵达一个极限时就会感受到突如其来的窒息。

就像是蒸汽弥漫的公共浴室,排气扇突然就停止旋转。

就像在僻静的小路,被陌生人从身后死死捂住了口鼻。

就像去郊游的途中不会水的人失足跌落深深的水潭里。

也就像当你打开手机时张牙舞爪扑向自己的信息和未接来电,每一个字都像透着粗暴的利箭,发疯一样地从黑暗向着你飞驰而来。

躲都躲不开。

"他对你真的很好啊。"

"我感觉如果你不接受他,他一定会疯的。"

总有人在耳边这样感叹,而且大多都是吴思洋的熟人。

像是不经意的话语,浮动的语调之间总是潜藏着各种下半句没有说完的话。

他对你好,所以你也要对他很好。

他那么喜欢你,所以你也要喜欢他。

他离不开你,所以你也不要离开他。

莫名其妙的,但凡感情的事情一到了不相干的人嘴里,就变成一道等价的计算题。如果你按照自己的想法,不小心做错了,就会落得个不知好歹的下场。

有病吧？

3.

"我们去拍结婚照吧。"

"啊？"林明月吓得站不稳，差点从电梯上滚下去。

"有团购啊，你看婚纱照才3000块。"身后的吴思洋低头看着传单。

周末在商业中心散步，附近有摄影公司在开张做活动，大红色的传单被人随手丢了一路，被吴思洋从地上捡起来看。

"你说什么啊？"林明月有点反应不过来。

"结婚啊，我们年龄都不小了。"一副理所当然的样子。

"有病啊？我们才认识多久？"

"你这什么话？"吴思洋眉头皱起来，"我们家那边都是春节回家见一面就定下来了。"

"那是你们农村老家的习惯吧？"林明月头也不回地说，"我可没想过要和你结婚。"

我甚至都没觉得咱们是在一起啊。女孩心里默默地想着。

走出去几步之后，没听到身后有什么动静，她回过头看见站在好几米开外的，面红耳赤朝着自己透出绝望的眼神的吴思洋。

"我农村人又怎么了？我农村人丢你脸了吗？"吴思洋几乎是咆哮着冲过来，口水差点喷到她脸上。

"我都跟我妈说了，春节要带媳妇儿回去见她！"他冲过来伸手夺过她的手腕，死死地掐住，"我一家子亲戚都知道我在这边谈朋友了，你说不结就不结？"

感觉像是一把火钳纹丝不动地夹在手腕上，挣脱不得，手指尖渐渐感觉到一丝酥麻，林明月低头一看被握住的手腕慢慢地通红起来。

即使通过简单的常识，也知道是他掐住了她的静脉血管。

"放手！我手好疼！"林明月叫喊道，"你发什么疯！"

"你答应我结婚，我就放手！"一种无赖的语气。

四处慢慢有人围拢过来，有几个打扮时髦的年轻男生走近了，看了吴思洋一眼，又转头问林明月："你们没事吧？"

钳在手腕上的力道这才慢慢减弱下来，随之减弱的还有之前强硬的语气："有什么事都好商量，别动不动就说不结婚啊。"

他又转过身对着那几个年轻人，开玩笑的语气说："没事呢，我女朋友在闹别扭了。"

"你是他女朋友吗？"其中一个戴棒球帽的男生转过头来跟她确认。

"不是。"

吴思洋面色一变，眼见又要发作，被眼前几个牛高马大的人唬住了，表情又收敛了回去。

林明月慢慢地将被拉住的手收回来，又飞快地退后几步，每一个动作都小心翼翼地生怕再激怒吴思洋。

她见识过这样的人，喜怒无常，像一只已经充气到极限的气球，随时都可能"砰"的一声炸成碎片——就像从前的苏荷。

所以心里隐藏着巨大的害怕。

溺过水的人会失去游泳的能力，从此连再靠近水的勇气都没有。

这种重复的错误，她不想一犯再犯。

4.

单位食堂的暖气开得不够，恰逢倒春寒的天气，排队打饭的人从屋里面排到了屋外，每个人都缩着脖子，冻得直哆嗦。

林明月端着饭盒一边低头玩手机，一边排在队伍中间往前挪。

她打了土豆丝和炒莲藕，刚找好地方要坐下去就见到吴思洋在更远的位置上朝她使劲地挥手。她假装没有看到就低头坐下来吃饭，没一会儿就听到头顶令人厌恶的声音："我找了你老半天，怎么吃这么素，身体哪里好得起来。"

没等人反对，一大块油腻的鸡排被筷子拨到饭盒里。

食堂装了崭新的电视机，高高地挂在墙壁上。

林明月没有说话，把鸡排拨开到一边，抬起头专心地看正在播放的本地新闻：有男人因为婚姻问题，挟持着自家的孩子站在屋顶要跳楼，僵持10个小时最后被警察救了下来，却有一个救孩子的警察从高空失足摔了下来。

现在内分泌失调的男人怎么这么多？

"他也是太爱他老婆啊。"吴思洋在一边评论，"他老婆也太过分了，现在的女人到底怎么想的啊。"

林明月皱皱眉头，觉得有点恶心，终于忍不住反驳："做人偏激成这样，谁都受不了的吧。"

"那也是被女人给逼的，不提离婚谁会想去跳楼？"

典型直男癌，简直聊不下去了，只好又闭嘴不说话。

摔下来的警察没有准确地落到充气垫上，而是先摔到了三楼的住户搭的凉棚上，然后再弹了出去，现在已经送去医院急救。

电视画面反复播放着警察摔下来那一瞬间的视频，很快在画面左上角浮现出一张大头贴和受伤警察的详细信息。

是那种两寸的证件照，穿着警察制服。

黑得发亮的皮肤，轮廓很深，嘴唇薄薄的衬托出更坚挺的鼻梁来。

林明月突然一下从位子上跳起来，吴思洋原本还在絮絮叨叨什么，也被她吓了一跳："你干吗？"

电视机里有直播团队在医院跟踪采访，女孩死死盯住电视屏幕，企图找到医院的信息，或者是标志，一定会有的。

他一定不会有事。

新闻里只说他受伤送医，并没有说其他。

林明月仰着头盯着电视画面，没有再听到旁边人在讲什么。

电视机却"啪"的一声关掉，屏幕黑成一片。

回过神来，她看见吴思洋手里拿着不知道从哪里找到的遥控器。

"我在跟你说话呢？"吴思洋很不满地说，"你最近怎么老是这样不理人？"

"拿来。"林明月伸出手，一字一句地说，"遥控器给我。"

"你到底是怎么了？说什么都不理人。"

"因为我不想理你，把遥控器给我。"

"就不给，你先告诉我你想干吗。"很固执地，他把手里的遥控器举得高高的。

四周突然就静了，原本无比嘈杂的空间，有无数只嘴巴在一瞬间停止了说话，又有无数双眼睛齐刷刷地朝这边看过来。

有人不小心碰掉了不锈钢的餐盘，"啪"的一声跌落到地面上，发出特有的带有金属质感的响声在空旷的空间里回响。

他们在视线的中心站着，就这样安静地僵持了几秒。

林明月感觉自己像一只正在充气的气球，慢慢地膨胀起来，不知道临界点在哪里，也许只差最后一小口气，然后整个人都会爆炸掉——

"靠！"手里还剩下半盒米饭，她拿起来，就这样朝着吴思洋的头顶狠狠扣下去，"我叫你把遥控器给我！你听不懂吗？！"

炸成再也无法复原的碎片。

还记得夏临风分明是怕高的。

那年小城里的江滨公园新修了摩天轮，私人承包，五块钱可以坐一次。

在林明月的强烈要求下，他们放学的时候抽空去了，被油漆漆成各种颜色小小的包厢，坐在并不舒服的位置上看着地面离自己越来越远。看远处闪耀着灯火的房子都变成一个个透着暖光的火柴盒。

林明月趴在小小的窗口，让微风舒服地拂过脸颊，再回过头就见到夏临风，几乎是僵直着整个背坐在那里，一张紧张兮兮的脸。

"你怕高？"

"胡说！这是小孩子玩的我不爱看而已。"

"你就是怕高。"

"你胡说。"

月光透过他身后的窗口，银色的光涂抹在他的肩上，染出一层淡淡的光晕来。少年朝她狡黠地笑，食指竖在嘴边做出一个不要说的手势："我才不怕高。"

而现在，那个陪着自己坐上摩天轮就紧张兮兮的少年，居然爬上五楼的窗户去救孩子？

你是不是疯了？

5.
林明月几乎是跑回宿舍的，用手机连上Wifi，打开百度搜索关键词，深圳，警察，坠楼。

出来了几篇才更新的新闻，重点却是在描述赌博欠下巨债精神失常的男人，和打工人员生活压力大的问题上。

她翻来覆去看了好几遍也没有自己想要的内容。

想了想，她拿着衣服就要出门。

迎面却撞见同宿舍的珊姐了，珊姐远远看到她就笑："听说你今天在食堂很威风啊。"

　　旁边有人接茬:"原来真是你呀,把饭盒扣人家头上了。刚刚回来还看到他在外面洗发店坐着洗头呢。"

　　那个他,自然是指的吴思洋。

　　"嗯,他活该。帮我请个假吧。"

　　林明月拿着衣服就飞快地跑出去,将那句"要请多久啊"远远地抛在了身后。

　　原本是计划好的,屋子里会有同事吸引男人的注意力,然后夏临风从隔壁窗户爬过去将小孩推向屋里的同事。也就是说,在整个计划中最差的情况也是他抱着男人往外用力一跳,然后就能一起跌到铺好的充气垫上去。

　　但却失手了。

　　孩子被男人用绳子死死地拴在了身上,再穿上外套谁都看不出来。拉扯了一阵之后,只能将两人往窗户里推,让自己掉了下去。

　　只是一瞬间的事。

　　四下陡然寂静下来,除了风在耳边呼啸而过,再也听不到什么声音。

　　仰头坠落的时候,就看到了霜灰色的天空,浮着几片淡淡的云,那颜色像极了老家外婆房屋外的墙壁。爬山虎的藤蔓在眼角被风吹得摇摇晃晃的,几片叶子盘旋纠缠着追随而来,还有同事们从窗户里伸出来却落空的手掌。

　　脑海里并没有下一张画面。

　　突然就陷入无边无际的黑暗。

　　不知道过了多久,仿佛听到有人在喊他的名字,也感觉到身体在颠簸,努力睁开眼睛看见刺眼的白光下晃动着几张戴着口罩的脸。

然后他再次闭上眼睛，坠入那个没有光的世界。

当这座城市的天空黑下来的时候，林明月正步行前往下一家医院的急诊室。

她想给夏临风打电话，通讯录翻了半天才想起自己车祸过后换了新的手机，通讯录没有保存下来，连带着之前的电话号码也换掉了。于是他又上网查了一下新闻里所讲的事故地点，在地图里搜了一圈，除开私人诊所妇幼保健之类的，另外还有好几家规模不小的综合医院。但是地图里登记的联系电话大多都没有人接或者是空号，她心里着急，没来得及细想就一家接着一家地找过去。

前面两家医院确认没有收治危重病人，她又去了第三家。

急诊室挤满了各种各样的人，跑来跑去撞到头的小孩子被母亲用毛巾按住出血点，肠胃炎的患者手里提着塑料袋嗷嗷地呕吐。她几乎是前胸贴后背地挤到急诊科的分流站，找到护士："请问今天是不是有个坠楼的病人送过来？"

"跳楼啊。"忙得头也抬不起的小护士答道，"下午送过来的，还在做手术。"抬手给林明月指了指急诊外科的方向，又风风火火去忙别的事了。

一个人朝着外科急诊室的方向走过去，一路经过哭闹不止的幼儿，经过面如死灰的中年男人，经过穿着超短裙醉酒爬在墙边的少女，还有不少躺在走廊简便床上打点滴的病人。

经过这个千疮百孔的世界。

一把推开蓝色的门，白色的光哗啦啦地从头顶倾泻下来。

灯火明亮的外科抢救室，角落某一处被拉上了厚厚的帷幔，即使看不到画面也能听得出来帷幔里已经乱成一团。

"快点来血啊，撑不住了。"

"还有隐蔽的出血点，再找找。"

"上0.5mL肾上腺素。"

"赶紧上血啊,怎么现在还不来……"

隔着淡黄色的帷幔,各种交谈夹杂着焦急的语气传出来,即使隔着好几米的距离,他们所讲的每一个字都清晰地落进耳朵。林明月低下头,看见蓝色的地面上,一路都是深红的血迹,像是一条漏水的水管被人拖着走了一路,淅淅沥沥地漏了一地的痕迹。

送血的人拎着保温箱,一阵风似的从林明月身边跑过。

鼻尖仿佛缠绕着血腥的味道,旁边再说什么也听不太清楚了。只听见自己的心跳声还有呼吸无比清晰地擦过耳边,空气也越发地稀薄……

"小姐?你没事吧,小姐?"

林明月回过神来,才看见眼前站着一个护士,拿着文件夹像是文员的样子。

"请问你有什么事吗?"

"那个警察。"林明月指指帷幔后面,眼睛通红,几乎快讲不出话,"那个警察是我朋友。"

"警察?"对方露出一脸诧异的表情来,"那是个建筑工人啊,修房子的时候掉下来的。刚才他老乡还在这儿,现在出去凑钱去了。"

悬得高高的心才稍微放低了一点。

"那你们今天还收治过其他什么从高处坠楼的或者是警察的病人吗?"

"没有了,就这一个。"

"姓夏的病人,真没有吗?"她不死心地又问了一句。

"我从早上开始就在这里上班了。坠楼的除了这个病人就没有收过其他的。"

"好的,麻烦您了。"

已经三个小时过去，林明月依然没有夏临风的消息。闭上眼，像鬼魅一般，就看到那个反复播放的电视画面。

画面里，那个模糊不清的小小人影，从很高的位置摔下去，先是掉到三楼的凉棚上紧接着又弹了出去，然后视线就被更多的障碍物挡住了，是死是活都再看不到一眼。

这样子摔下去，一定很痛吧。

你能感觉到痛吗？那种几乎能撕裂你身体的痛感——

像是被人拿枪指着，毫不犹豫地在腿上轰出一个血淋淋的洞来。而那种痛楚是突如其来的，没有警告，没有预演，连循序渐进的机会都不会留给你。

所以，真的并没有在担心你是否能活下来，而是在担心你活下来以后是否要承受更多的，巨大的痛楚。

就像现在的我一样。

有时候，我也会疼得连话都讲不出来。

就像现在的我一样。

你在哪里？

6.

乌云在漆黑的天穹之下翻滚，将月光遮挡得严严实实，像是又要下雨的样子。医院大门，有护士路过以为林明月是腿受伤的病人，连忙推过空闲的轮椅要她坐上去，被她谢绝了。

路边暖暖的灯，因电压的不稳定而闪烁跳跃的灯光，照着她一瘸一拐地朝最近的公交车站走去。

一分钟过后，雨水就这样突然从天而降，势如破竹，带着凉意抵达温热的皮肤，最终将湿意风霜都烙进了身体里，于是肌肤下的每一块骨头，每一寸关节，仿佛都被浇得生生作痛。

据说这是今年最大的一次暴雨，早几天的新闻里一直在轮流播放这样的预警，全市学校停课，要市民尽量待在家里。

她知道的，但依然抱着一丝侥幸，风尘仆仆地从一家医院赶去另一家医院。

她要找到他，就好像很久以前，他找到了她一样。

十分钟过去，已经被雨水淋成落汤鸡的林明月终于站在公交车站台下，窄窄的车站顶棚挡不住洪荒一样的暴雨。她坐在窄窄的长凳上，抬起头，借着几乎被暴雨淹没的灯光望向天空。

视线里，仿佛每一滴雨都是一粒坚硬的小石子，闪着光，朝着自己所在的位置，笔直地砸下来。

像是一只因太小飞不起来，所以被遗弃在冬天的候鸟，终日在严寒的天气里练习着拍打翅膀，指望着能有远走高飞的那天。

十三岁的时候，林明月因为"你是个女娃，下学期的学费还要花掉老子这么多钱"的罪状被父亲暴揍一顿之后，选择了离家出走。

平时没什么准备，她收拾了几件衣服放进书包里，在差不多确认父母已经熟睡的黑夜悄悄地开门离开。

其实也并没有什么是可以带走的——拣了几件从表姐家里拿回来的旧衣服。鞋子是母亲淘汰下来的紫红色雨靴，有着细长的高跟。

林明月在那一整个冬天都在穿这样愚蠢的一双鞋子，以至于鞋底都脱胶漏出大半个豁口来。有时候走路太快，细细的鞋跟噔噔噔地踩在学校的走廊上，半个脚掌会突然冲出鞋底光秃秃地露在了外面。

这样的装扮，在学校会变成一个十足的怪胎。

"哪里有钱给你买鞋子啦，小孩子不需要打扮的，将就穿着吧。"黄红梅的原话是这样说的。

夏临风不是时刻都能在学校照看着她,初中部一些男生会在做完上午早操的时候将她堵在回教室的路上,一路围着她喊:"丑女,丑女,林丑女。"

林明月低着头,踩着怪异的紫红色高跟雨靴,一路哭着跑回教室。

这个死气沉沉又越发恶毒的世界,早就不想多待一秒钟了。

她郑重其事地留了字条,要离开这座城市,让人不要再找她。

人烟稀少的小镇火车站——与其说是火车站,倒不如说是一个简陋到没有遮雨棚的火车站台。林明月背着书包站在寒星萧索的夜空下,口袋里装有自己平时从早餐费里抠下来的所有积蓄。

长夜漫漫,年轻的少女企图等待着一班鸣着汽笛呼啸而来的列车,将她带去远方。

列车轰隆隆地开过来了,带着扑面而来的热气却丝毫没有减慢速度,呼啸着从少女面前经过。空气中所有的灰尘带着煤炭的烟味,呛到人流泪。

视线里,每一个透着暖黄色光的小窗口从眼前飞逝而去,在深深的夜色中拉出一条狭长的光带。

她裹紧了身上的大衣坐在坑坑洼洼的水泥地面上,看着一条接着一条的光带,像是无数条小火龙一样飞驰而过。

她无所适从,也无处可去。

前方的天空慢慢地亮了起来,起先是深蓝的天空,慢慢转变成灰蓝,云层显露出大朵大朵的轮廓来,拖拽着天光在天空飘浮,直到天地的尽头透出一片红色的光,太阳才慢慢露出小半个头。

突然就听到有人喊她的名字,回过头就见到了夏临风。

隔着几米远的距离,少年独自站在天空之下,在他的头顶,之前灰蓝色的天空渐渐变得透明起来,像一片清澈的浅海。

太阳彻底从地平线升起，几乎所有的光都覆盖在他的身上，将他整个人的轮廓都晒出一层淡淡的金色来。

他脸色却是很难看的，几乎是冲过来抱住她："人还在就好，你爸妈都快要报警了。"转眼又显得很愤怒，"你多大了！你不知道外面有多危险？你不知道我会担心你？"

快要报警的意思不就是还没报警吗？

林明月低下头半晌不说话，突然"哇"的一声哭了出来。

就这样昏天暗地的不知道哭了多久，后脑袋突然被人使劲地按向了前方，下一秒脸颊就贴住他温热广阔的胸膛。

"不哭了啊，不凶你了。"听到他轻声地安慰，"月月乖，不哭了。"

耳边，有他沉稳坚实的心跳，一下接着一下，每一下都敲打在胸口，也落进了她的心里。

后来林明月问他："你是怎么找到我的？"

"靠感觉啊。"

"我说真的啊。"

"你是要离家出走啊，不是汽车站就是火车站咯。难道还能划船走吗？"

在这个世界上，林明月觉得自己像个小丑一样活着。唯独夏临风在的时候，她才是正常的小女生。

听说，有很多人在隔着很远的时候会产生心灵的感应，这种现象被物理学家们称为量子纠缠。也就是说，当一颗粒子发生改变时，隔着无数空间的另一颗粒子也会随之发生相应的改变。

所以，当初的你是怎样找到我的？

当年幼的我坐在广阔的苍穹之下，遥望着每一辆闪着光的火车从我眼前飞过，却无处可去的时候。

我们会是那两颗纠缠的粒子吗？

无论一个人去到哪里，另一个人总能找到对方。

就像从前的你找到了我，也像现在的我就要找到你。

7.

橘黄色的巴士在暴雨中缓缓靠近了，巨大的雾灯穿透雨帘照亮了视野，眼前世界又能看得清楚了一些。

林明月走上去，公交卡划过刷卡机，灰色的盒子发出极轻的一声"滴"。大巴司机漠不关心地看了她一眼，没等人坐稳就踩下了油门，于是她踉跄了几步慌忙抓住黄色扶杆。

宽阔的车厢内零零星星地散坐着几个人，头顶昏黄的车厢灯将每张沉默的脸都映照得疲倦不堪。

只有巴士上的电视是响着的，轮流播放着新闻。忽明忽暗的光从小小的屏幕上投射出来，扫过每一个人的眼睛。

林明月瘫倒在蓝色的椅子上，突然一下又竖直了背，很紧张地坐起来盯着电视屏幕。

电视里在播放晚间新闻，警察为救小孩失足坠楼，现在在某区医院抢救，血库却没有充足的AB型血液，电视台呼吁大家去医院现场献血拯救英雄。

呼吸在一瞬间凝固了，像是被一只手拖拽着进入一个彻底混乱的世界，电视机的声音在耳边越来越模糊，随之在耳边放大的是胸口下越来越快的心跳声。

她去了相反的方向！

当林明月站在车门前，疯狂拍打车门要下车的时候，巴士司机愤怒地刹车了。

"哗"的一声折叠门拉开，伴随身后那句"你痴线了呀"的骂声，她又跳进那个冰冷又潮湿的夜里。

雨依然像开闸的水库一般，哗啦啦地下着，浇得人睁不开眼睛。没有雨伞，林明月几乎是拖着残废的右腿在雨中奔跑，球鞋早已浸透了雨水，变得异常沉重，以至于到最后每一步鞋底与鞋面的缝隙都有水挤压出来。

雨水淹没过街道，盖住了地面，也掩盖住因为疲惫而略显沉重的呼吸声。

不知道脚下踢到了什么障碍物，一个趔趄就摔了下去，带着恶臭的积水，就这样铺天盖地地淹没过来，汹涌着灌进嗓子，令人作呕。

林明月慌张地从地上爬起来的时候，肩膀像脱臼一样火辣辣地疼着。雨水的恶臭还在口腔中迂回，她几乎是无法克制地弯下腰大口大口地呕吐起来。

可是前进的步伐不能停下，因为不知道还有多少时间可以见到他。

在这个伸手不见五指的夜里，她要用自己最快的速度穿过黑暗，穿过暴雨，朝着有他的那个地方飞奔而去。

我以为冬天还要很久，但转眼就春天了，冷漠却依然固执地滞留在空气中。

一场来势汹汹的雨水，夹带着凉意从天而降，落在石头与石头的缝隙之间，落在每一片飘摇不定的树叶上，也落在温热却空荡荡的掌心。

然而，也就是这些雨水，穿过了天空与尘埃，穿过不见光亮的黎明和深睡不醒的梦境，盘旋在你梦境世界的上方，无论如何也久久不肯离去。

像你也一直根深蒂固地盘踞在我的心里，你不离开，谁也进不来。

直到林明月赶到医院才发现，自己想尽快见到夏临风的想法有多天真，因为几乎所有的人都想要见到他。

整个医院处于一种忙乱的状态。

医院大堂挤满了拿着话筒的记者，扛着长枪大炮的摄影师，还有一群穿制服的领导模样的男人——每次有突发新闻的时候，这类人总是第一个跳出来的。

看了新闻自发赶来为英雄献血的人排着队，一路从抽血室排到了楼梯口。

空气里弥漫着一种浓郁的消毒药水味道，人太多，中央空调就开得很足，一阵冷气吹过来，冻得浑身湿透的林明月直哆嗦。

有记者领着摄像机过来采访，和颜悦色地问："小姑娘，请问你也是来给夏临风献血的吗？"

想了想，她很老实地讲："不是啊。"

年轻美丽的女记者在镜头外翻了个白眼，耸耸肩转身就走了，像一只骄傲无比的孔雀。

等了好一会儿，还是没等到什么消息。林明月心里着急于是跑去手术中心打探，却被守在门口的保安拦了下来："不好意思小姐，里面只对在做手术的病人家属开放。"

"我想问问，夏临风他……"

话还没说完就被打断了，显然保安把她也当成了什么媒体的记者："他现在也还在手术，有消息会第一时间通知你们的。请放心吧。"

她连忙解释道："我不是记者，我是他老家的朋友。"

"是吗？你有什么是可以证明的吗？"

林明月呆在了原地，别说她现在没有夏临风的电话号码，她手机里连夏临风的照片都没有一张。于是她又瘸着腿往回走。

渐深的夜，世界渐渐静了。一路走过去，走廊上蹲坐着各式各样的媒体从业人员，有年轻的摄影师实在太困，就把贵重的机器抱在手里，坐在地上，一片惨白的光线下靠着墙壁仰头睡去。

林明月站在灯火明亮的走廊朝外看，窗户外，天翻地覆的暴雨吞噬了所有的光，躲在黑暗中哗啦啦地冲洗着这个世界。

玻璃窗上倒映出自己的影子，湿透了的刘海贴在额头上，手里抱着湿漉漉的大衣，踩着黑色的球鞋，裤腿一只脚卷得很高，另一只脚的裤腿滑落下来，一副狼狈的模样。

林明月在走廊上站了一会儿，看到不远处通往手术中心大门的那个保安离开了执勤的位置，走向旁边的洗手间。

她想了一下，飞快地走过去，无声无息。

几乎没有人注意到她，林明月试着推了推门，沉重但却没有上锁。于是，她就小心翼翼地将手术中心的大门推开一条缝隙，侧身钻了进去。

8.

手术在进行中的时候，高高挂在门口的灯是红色的，一直旋转着，在附近的天花板上映射出一团眼花缭乱的光晕。

不知道多少个小时就这样过去了，期间有几个病人推进来，做手术之后又被裹着白色的被子推着离开。

蓝初雪坐在等候室最后一排的椅子上，前面还坐着一对在等着自己孩子做完心脏手术的夫妻，大概是疲倦了，女人的头发胡乱扎在脑后，抓住丈夫的手，将头轻轻地靠在男人肩膀上睡过去了。

她一直坐在手术中心冰凉的椅子上发呆。夏临风在这里没有亲戚，父母几年前也陆续过世。单位紧急联系人的号码没有来得及改掉，所以派出所的同事直接就找到了正在公司上班的蓝初雪。

蓝初雪接到电话就赶过来了，顺便也通知了远在湖北的老庄。

分手过后，蓝初雪就再没有夏临风的消息。他从不找她，哪怕是一条短信都没有。放在他公寓里那些七零八碎的东西统统都被放进一个打包箱，在某个寂寥的清晨被快递小哥送到了公司。用裁纸刀割开黄色的胶带，里面有她用得边缘发黄的宜家水杯、牙刷、袜子，甚至放在他家的小小的梳妆镜都统统被装进了纸箱。

　　他的意思那样明确，是想请她离开他的世界，要彻彻底底的那种离开。

　　而现在，她却讽刺地坐在这里，作为他唯一能联络到的亲友，接受从手术室传出来的病危通知书。那张白底黑子的A4纸，几个关键的地方用黑色的水笔龙飞凤舞地填满了，不仔细看也看不出来写的什么。

　　拿到手里轻飘飘的。

　　微信的声音响了一下，蓝初雪打开一看是老庄的信息："我刚请到假，现在去高铁站。"时间太晚机场早已经没有航班，高铁是目前唯一能最快回来的交通工具。

　　蓝初雪想了想，连带这医院地址一起发送过去："我等你。"

　　发完这条信息，她抬起头就刚好看到右侧通往走廊的大门被人推开，一个浑身湿漉漉的女孩子从门缝间钻了进来。

　　有点眼熟，却想不起来对方是谁。

　　女孩的腿好像是受伤了，一瘸一拐地走着，速度却丝毫没减慢，几乎是跑到护士站的位置大声问："请问，夏临风现在还在手术吗？"

　　"请问你是？"护士站的护士一脸吃惊地看着眼前这个湿透了的女孩。

　　"我是他在老家的朋友。"

　　"他还在手术，什么时候结束还不好说。他的女朋友也在后面等着呢。"护士指指坐在最后一排位置上的蓝初雪。

林明月的心跳像是跳漏了一拍，随着护士手指的方向，转身望向了蓝初雪。

天花板装着那种极亮的白炽灯，将每个在门外等待的人的脸色都照得面无血色。

即使隔着几米的距离，她们照样能一览无余地相互看到彼此。

坐着的那个女人，养尊处优，即使面露倦容也能看得出是认真打扮过的，整个人都显得很精致。

站着的那个女孩，失魂落魄，发丝一缕一缕贴在额头上，像刚刚掉进河里才爬上来的样子，如果使劲的话衣服都还能拧出水来。

蓝初雪突然想了起来，还是去年夏天的时候，她站在KTV的门口，在夜色中看着夏临风载着一个女生从自己面前路过——就是她啊？

后来无意间提起，夏临风说是在自己老家的很好的邻居妹妹。但从来没机会认识，所以好像也没有什么话可以聊。

林明月朝她点点头，心里又一阵酸楚——

她真的好漂亮，我是不是个白痴，风哥哥怎么会看得上我，他应该和这样漂亮的人在一起才对。

手术室门口悬挂的红色警报灯还在旋转着，陆续有护士一阵小跑地拎着保温箱进进出出。林明月掏出手机，有89个未接来电全都来自于吴思洋一个人。附带了几十条满满的短信，内容一开始是诚恳地祈求，求和示好，到最后每一个字都变成饱含威胁的恶言相向，例如不让我好过我也不会放过你之类的。

她麻利地将号码拉到了黑名单，又删除了通讯录。

再次遇到一个疯子的时候，她已经不再像之前那样软弱无力。如果还有机会再重新遇见一次，她也许会一拳将他揍翻在地上。

但是感觉很冷，那种寒冷仿佛是武侠小说中浸透四肢百骸的毒液，在血管里缓慢流动，让每一个微小的关节都在隐隐胀痛。

整个人都难受到发抖。

手术室的门突然被推开，蓝初雪突然从座位上站起来望过去。

顺利做完手术的孩子被护士推了出来，年轻的父母急急忙忙地跑上前去，一路低声唤着孩子的名字，跟随着推车去了病房。

后来，偌大的房间就剩下林明月和蓝初雪两个人坐着，并排在洁白干净的空间里，陌生而又靠近，祈祷着同一个结果。

投向手术室的目光是复杂的，带着悲伤、祈祷，最后随着时间一分一秒地过去，最终变成麻木地等待。

蓝初雪突然在惨白的灯光下伸出手来拍拍林明月的肩膀："别担心，他一向福大命大不会有事的。"

林明月转头看向她，露出一个勉强的微笑："你也一样。"

我尝试要去想象，如果这个世界上再没有你的样子——

我到底是会歇斯底里地痛哭流涕，还是撕心裂肺地让世界毁灭。

可是人的精神和肉体却从来不是一致的。

就好像我心里爱你已经良久，却在多年之后才旧事重提。

就好像那么多年的岁月过去，我在中途遇到过其他的人，也许以后也会遇到另一个。

我可以清醒，理智，冷静地思考；我似乎明白所有人生的道理；我懂得没有人会因为失去谁而活不下去；但我依然不能想象那个没有了你的世界。

所以，你可以不理我，不接受我的表白，也可以不再和我说话。

但请你一定要存在于这个世界里——

作为一个熟悉的陌生人，让我在每次想起你的时候都能有迹可循。

9.

夏临风被裹在白色的床单里推出来的时候,是进入手术室二十多个小时之后的事。全身多处骨折和颅内损伤,但总算是活了下来被送进ICU观察。

医院召开了新闻发布会,临时改成发布会现场的门诊大厅,相机的咔嚓声伴随着闪光灯响成了一片。派出所的直属领导在早上赶到医院,匆匆出现在媒体现场讲了几句话之后就被警察护送离开。

一整夜的等待,大家几乎都滴水未进,林明月从ICU走出来买早餐。

清晨医院的食堂里,各种食材的味道混杂在一起,酸的、辣的、腥的,热气腾腾地弥漫在偌大的空间上方。女孩挤在一群穿病号服的人中间,慢慢地走过去,粥、包子、面条,也不知道能吃得下什么,就每样打了一点。

林明月拎着沉甸甸的外卖袋子走回去的时候,记者们依然挤在那块小小的地方,缠住已经连续手术二十来个小时的主刀医生,尽问些莫名其妙的问题。

"受伤这么严重会不会变植物人?"

"网上捐款到账的到底有多少,这些捐款能花完吗?"

"医院账户里的钱如果花不了怎么办?明明属于工伤,为什么还要接受外界捐助?"

烦死了。

有个记者大概是没站稳,踉跄了几步撞到林明月的身上,外卖袋子里滚烫的粥水飞溅了出来,手背上皮肤顿时泛出一片红来,火辣辣地疼。

那年轻斯文的男人转头看了林明月一眼,也没有要道歉的意思,转身像不要命一样冲上前去了。

要不要这么敬业？

揉着被烫伤的手走回去的时候，就遇见了刚从火车站赶过来的老庄，还有蓝初雪。

他们就站在冷清的ICU大厅门口拥抱，清晨的天光是淡淡的金色，阳光像一支用到最后的水彩笔，将残余的色彩都涂抹到他们的身上。

蓝初雪抬起头来，刚好就将光洁的额头顶住老庄胡子拉碴的下巴。

远处走廊尽头，有护工推着急救的病人匆匆拐了进来，橡胶轮胎摩擦在大理石地板上发出吱吱的声响。

"麻烦让一让。"护工阿姨很大的嗓门。

面前的老庄和蓝初雪跟随着声音转过来，第一眼就见到拎着早餐的林明月。

"嗯，我们不是……"蓝初雪想了想又觉得没什么好解释的，改口说，"这位是临风的朋友，得到消息就从湖北赶回来了。"

林明月朝老庄点点头："嗯，我们以前见过。"外卖袋子提到两个人面前，"买了早餐，都先填填肚子吧。我进去看看他。"

于是就擦肩而过，林明月朝着光线更幽暗的ICU大厅走去。

重症监护室里的灯光很暗，仿佛是刻意要映照出一种沉睡的氛围，隐约能看到在隔离区穿着白色防护服的医护人员在半透明的玻璃后穿梭。

林明月在这样的背景前突然停下来，转身朝向门外，面对着还站在阳光下的两个人问道："难道，你不是夏临风的女友吗？"

是一种生硬的，充满了质问的语气。

"不是的。"蓝初雪愣了一下，摇摇头，紧接着又补充一句，"已经不是了。"

林明月站在暗处，笑了笑，面容上浮动出一丝不被轻易察觉的酸楚感来。但有一种温热感自始至终都在眼眶里浮动着,就快要满出来。

你怎么和我一样,倒霉得仿佛什么都失去了。

没有了健康,也没有了爱人,不过好在你还有我——

而这样的感情却是单向,就好像是涓涓溪流最终去向了宽广的大河,而宽广的大河最终汇入了浩瀚的大海,很少会有逆流的一天。

所以有时候,我也无法理解自己对你的那种执着。

是因为太过深爱,或是不甘心。又或是——

我从未真正得到过你的爱情。

10.

周五下午的最后一节课,林明月被班主任点名去打扫篮球场。好学生的时间都要用来学习,而坏学生天天逃课老师也管不了,于是就有了"表现不那么好"或者是"看着很老实"的学生可以承担起大扫除的任务。

初冬的雾浓得化不开。

一群体校生打着赤膊喊着口号从身边跑步经过。

林明月抹了一把额头的汗水,把扫帚丢到一边找了个偏僻的地方蹲下来休息。二十分钟过去也才清扫了篮球场一半不到的面积,这样下去别说赶上后面半节课,起码要放学以后才能结束打扫。

放学过后,夏临风果然过来找她。把书包丢到一边,他接过她手里的扫帚有一下没一下地扫着,皱着眉:"怎么这么大个操场让你一个人来做卫生?"

"你又不是不知道。"林明月一脸无所谓的样子,"我家没钱塞红包,学习成绩也就那样。上次我们教师节,猴子他们家送了老师一个Prada,我妈就从小卖部提了两瓶醋过去。"

夏临风的眉头皱得更深了，原本还想说什么，却一下愣在了原地。

顺着他的目光，林明月就看到了那个吴初夏。就是夏临风喜欢的那个吴初夏，她穿着白色的裙子，还是白得发光的样子。一只手捧着课本，和一个高年级男生并肩路过。

那男生凑到吴初夏耳边也不知在说些什么，惹得她咯咯咯咯地发笑。

"初夏！"夏临风跑过去叫住了两个人。

吴初夏这才回过头来，愣了一下："你怎么在这里？"

"你不是说赶着去上钢琴课吗？怎么还在学校？"夏临风并没有回答吴初夏的话，反而看了旁边那个男生一眼，"这是谁啊？"

"我是初夏男朋友，你又是谁啊？"那男生上前走了一步，头发留得很长遮住了一只眼睛，校服也不好好穿在身上反而绑在腰上打了一个死结，一看就是那种老师"管不住"的类型。

吴初夏脸色唰地变得惨白，赶紧上前拉住对方："临风我有事我先走了，以后再跟你说。"她站在男生身边，使劲地扯了扯那男生的衣袖，生拉活拽地把人给带走了。

留下在原地发愣的夏临风。

更远的地方，学校旁边的山丘上残留着半个赤红的落日，将乳白的雾色渲染出一种昏黄的色调来。他就在这样昏黄的色调里站了很久，久到仿佛整个人都静止了，连呼吸和表情都静止了，唯一在动的只有风擦过耳边带起的发丝。

林明月上前怯生生地拉了拉他的衣角："风哥哥？"

"嗯？"他回头看了她一眼，面无表情的样子，"没事，收拾一下回家吧。"说罢转身朝着自己书包的方向走去。

"风哥哥。"林明月再次叫住他。

"干吗？"

"我也可以做你的女朋友。"林明月朝他喊了一句,"她不要你,我要你。"

夏临风愣了一下,转眼哈哈地大笑起来,走过来重重地拍了一下她的脑袋:"小孩子不准早恋。"

"可是我真的可以做你女朋友啊。"

"等你长大点再说。"

"我已经长大了……"

夏临风听到这一句,突然停下来扳过林明月的肩膀,很认真地看着她:"月月,你不会是真的喜欢我吧?"

"我哪有!"听到这句话,被戳破心事的小姑娘差点跳起来,"你别乱说,我是可怜你失恋好不好!"

"没有就好。"他拍拍她的脑袋,"我带你去吃面。"

"你怎么会觉得我喜欢你,怎么可能嘛。"林明月语无伦次地辩解道。

"我开玩笑的啦,别生气!"他温和地拍拍她的脑袋。

"永远不可能的事!"林明月再强调了一次。

她感觉两边脸颊在剧烈地燃烧,从脸颊一直蔓延到耳根。于是就低下头,先要把表情藏起来,藏得很深很深。

藏起来,一切都可以藏起来。

想你的心,藏起来了,于是就假装已经不再那么执着于你了。

被流血的伤口,藏起来了,于是就从来没被伤害过。

身体像是被谁扣上了一只巨大的玻璃杯,隔着透明的玻璃,看着外面的世界天崩地裂,

风起云涌。

反正你会不会爱我都没关系。

反正我也从来没有得到过你。

11.

据说通往ICU病房的每一条通道都是安装了杀菌过滤系统的。

所以进去之前,每个人都会被要求先在大厅的洗手池清洁双手。医院怕探视的人看不明白,还特地用明显的字体打印出来贴在正前方:"恒温水流,请用洗手液反复冲洗至手肘的位置,每只手各三遍。"

工作人员拿来的隔离服很宽大,即使是自己快接近一米九的个子了,套上去也不会显得很局促。

护士说从洗手池放出来的水是恒温的40度,庄狄龙仔仔细细地将手翻来覆去地洗了三遍,还嫌弃不干净又挤了点洗手液在掌心再反复地搓揉,感觉要搓下一层皮来。

这是个完全隔离的空间,没有窗户,头顶的灯光也不是特别的光亮。老庄走进去的时候,就见到林明月坐在病床跟前,默默地握住夏临风的手。

而病床上躺着的那个人,从头到脚包裹得严严实实的,头上戴着氧气罩,仿佛无数条各种颜色的管子从身上延伸到病床旁的机器上。眼前的景象像是在电影里才能看到的场面,他甚至已经看不出来躺在床上的到底是谁。

直到庄狄龙走到了病床面前,林明月也没回过头来。

鼻子酸酸的,有一种温热的液体在眼眶里疯狂地涌动,男人仰起头对着天花板上的灯光看了一会儿,终于又将眼泪逼了回去。

这才拍拍林明月的肩膀。"他没事的。"又停顿了一下,也像是在安慰自己一般,"他一定不会有事。"

良久之后,林明月才转过头来,已经是泪流满面的样子。

"可是,他会很疼。"她坐在暗淡的光影下,头顶那并不强烈的灯光照下来打在脸上,于是表情就显得那样模糊——

沉默、绝望、悲痛却又混杂着不解的愤怒,就是这些表情全都浮动在年轻的面容上,阴云密布。

一想到他会感觉到那种撕心裂肺的疼痛——

我就恨不能躺在床上的那个人是我。

林明月走出ICU,抬头就看见黑洞洞的镜头,几乎要贴到脸前。

"请问你就是夏警官的家属吗?"

"夏警官目前情况怎样?"

"听说肇事方家境贫寒,你们是否打算对跳楼者进行索赔?"

"基金会组织的社会捐助已经超额了,你们打算如何使用这笔钱?他本来就算工伤。"

……

就是这样,毫无防备地暴露在镜头下,没有表情,只有因一整晚上没有睡眠而彻底熬红了的双眼。

冰冷的镜头,越凑得近就越是不知道要说些什么才好。有好几次话筒差点就杵到了脸上,有摄像记者挤到了人群前面,开始对着她拍照。

林明月低下头去,躲开晃到眼睛的闪光灯,企图在一群堵得水泄不通的记者中间找到个出口。

"小姑娘说话啊,你不说话我们怎么完成工作?"隐约有人发出了抱怨的声音。

"就是啊,我们是在帮你们知道吗?"另一个不满的声音。

"哎呀,别走呀,你就是夏警官的女朋友吗?你们打算结婚吗?"

可是眼前像是蒙着一层什么东西,看不清楚,林明月觉得浑身都在发冷,脚下软绵绵的,所有的声音都像是从很远很远的地方传来,模糊不清地回荡在耳边。

混乱中有人伸手扯了她一把。

"能不能说几句啊?"

摔下去的时候是额头先着地,坚硬的大理石地面并没有带来想象中的痛感。但感觉到的寒冷却是稠密的刺,无情地摁进温暖的身体,一阵阵地在骨头与骨头的缝隙之间发作。

四周突然安静下来,隐约不知谁说了句:"她怎么摔了?"紧接着响起的是更加疯狂的相机快门的声音。

是的,黑暗是无法抵御黑暗的,正如同你无法用悲伤去抵御悲伤一样。但头顶的苍穹就像是突然被戳破了一个口子,寒冷悲伤无助都统统漏了进来,让人再也无所期待。

她来不及反抗,甚至都来不及准备好闪闪发亮的盔甲和锋利的剑。

"你们是不是脑子有问题,人都摔了不会扶一下吗?一个个都是念过书的,爹妈没教过你们怎么做人吗?"很近的地方传来的声音。

林明月头昏脑涨地从地上坐起来,抬头首先看到的是一双黄色的球鞋。

"你怎么样?没事吧?"扶起她的是一个平头中年男人,手里拿着病历本看样子也是来医院就诊的路人。

"没事,头有点晕而已,谢谢。"林明月艰难地从地上爬起来,旁边的闪光灯咔嚓地闪了一下。

"还拍啊?"男人转过头去,盯着拍照的记者,一字一句地说,"你脑子是不是进水了还没风干?"

那个子矮小的记者翻了几个白眼,手里的相机却再也没有举起来。

ICU外面有一个小小的隔间安装了几排座椅,是专门提供给探望的家属等待和休息的地方。

"真是麻烦你了。"林明月接过中年男人递过来的一次性水杯,"我也没想到这些人能堵到门口来,还以为他们都回去了呢。"

"不麻烦。"男人挥挥手,"就是看不惯一群人这样欺负一个小姑娘。"

"嗯,我该怎么称呼你?"

"我姓秦,秦有力。"这个一脸老成的男人站在面前伸出一只手来,"很高兴认识你。"

"你好,我姓林,叫林明月。"

12.

庄狄龙从夏临风的公寓拿了些必要的证件和材料出来,拐个弯车子就停在路口等红灯,有穿着邋遢的老人,躬着背走过来用鸡毛掸子帮他清扫车窗玻璃。虽然知道他们是有组织的乞讨者,但还是第一次打开车窗递了些零钱过去。马路边两只脏到看不出毛色的小狗沿着路边一阵小跑,不时回头看看车流,好几次想穿过马路都被飞驰的车流给逼回了绿化带里。

连动物都明白要注意自己的安全,你怎么那么傻?

是正午时分,烈日毫不留情地在天空爆发着自己的光芒,即使透过贴膜的挡风玻璃,老庄也能感觉到阳光直射到脸上的灼热感。这样的光,是能将世上的一切都照穿的能量,时间久了感觉在身体里烤出一个洞来。

开着车在附近转了几圈,他找了个僻静的地下停车场开了下去,沿着绿色的荧光路标开到地下室最深处的地方,麻利地停车熄火。

世界是没有光的,于是整个人就感觉到昏沉沉。从头天晚上,一路从湖北奔赴到深圳,路上几乎没有休息过。

人的身体总是对自己所处的世界异常敏感。

就好像关上灯睡觉比开着灯容易；而看电影时遇见分离的场面，眼泪也更容易掉下来；当你遇见所爱的人时心跳会快；而失去的时候会感到悲伤。

但现在这个黑暗的世界，空气中散发着一种潮湿冷清的味道，即使将座椅调到最低，把衣服蒙在脸上，也依然无法真正沉睡过去。

脑海一幕又一幕，闪现的都是早上蓝初雪对他说的话——

"是我害了他。"

时间更早一些的清晨，蓝初雪站在老庄面前默默地说："如果不是因为我，他也不会为了避开我申请调去别的区上班，也就不会出事。"

天光在身后渐渐亮了起来，透过玻璃窗，一格一格方方正正地将金色的晨曦打在另一侧白色的墙壁上。

"别傻，警察本来就是高危职业。"

"可是你必须承认——"蓝初雪突然加重了语气，眼眶也慢慢红起来，"是我，是我们害了他。"

"他调去别的区不是为了避开你！"他重重按住她的肩膀，加重了语气，"警察因为工作需要调来调去很正常，不是因为你的。"再次强调。

"你去湖北之后那些天我每天都去找他，想坐下来和他谈谈。可是他就是不见我。"蓝初雪慢慢地蹲在地上，抱着膝盖哭了起来，"别人都以为我们只是吵架，可是后来有一天我再去，就听人说他申请调离了。"

她的声音，夹杂着浓浓的哽咽声。那声音从低处飘上来，像模糊不清的鼓点，一个字一个字地敲到心上。

是我害了他。

是我们。

窗外的天光突然又淡了下去,墙壁上金色的格子颜色变得浅了一些,光影分明的界限混合在清晨的雾气里,也混合在白色的墙壁上,慢慢就分不出边缘来。

模糊掉了。

是我们害了他。

黑暗的停车场,老庄从座位上坐起来将车窗开得更低了一些,然后摸索着点了一支烟。这里是一个没有人会来的地方,自始至终,连巡逻的保安都没有进来过。

没有人会来这里,也没有人会看到。

他在几乎没有光线的世界里坐了一会儿,终于趴在方向盘上失声痛哭起来。

第六章

反正我还有一生为你浪费

记忆里，那个会在你面前自卑到无以复加的女小偷已经不存在。就像随手丢弃在窗台上，每天都被日晒雨淋的老照片，日子过久了原本低眉顺眼的面目都渐渐地模糊成一片。

只剩下了一种清晰的感觉——你是我命中注定的那个人，而我正在努力地想要配得上你。

我就是这样一个笨拙的追爱者，跌跌撞撞追随着你的步伐，但也是心甘情愿。

The moon does
not know
where to go

1.

2014年的夏天,林明月终日在医院和学校之间奔波往返。

和这个世界运行的规则相符合:那些八卦的记者早已散去,肇事的男人被判了一年,被救孩子的母亲却始终没有在医院出现过,甚至连一封感谢信都没有。

之前站在闪光灯下口口声声将受伤的同志视为至亲的领导已经不常来探望,老庄有任务在身,临走之前拿出笔费用安排好全日制的护工很快就回去了湖北;蓝初雪虽然每周都会出现很多次,但平时都是要工作的。

再加上自从林明月和吴思洋翻脸之后,人事部以打架闹事的缘由给了两个人处分,所以林明月就干脆辞职也换掉了手机号码。

之前自己车祸的保险赔款还剩了一些,虽然不多但也勉强能够支撑生活。林明月就在医院旁边租下一套小小的民房安心复习功课。

每日准备会计学专业自考,和去医院照顾夏临风变成林明月生活里最重要的两件事。

他依然没有醒来,却已脱离了危险期,从ICU转去了普通的病房。医生说每次复检脑部MRI,血块都是在明显缩小的,于是心里每天都充满了希望。

他总有一天会醒来,和她说话。

那天林明月路过医院的便利店,看到玻璃门前贴着白色的A4纸,上面打印着两个大大的黑体字:招聘。停下来仔细研究了下,是医院的便利店招聘夜班的店员。

几乎没有怎么想过,她就推门进去应聘。便利店的要求并不高,会用电脑收银算账就可以了,而且现在的年轻人很少愿意一直去熬夜上班，于是就顺利地找到了份工作。一个小时二十块，从晚上十二点到早上六点。

算了算，也是份不错的兼职，生活能宽裕不少还能存点第二年的学费。似乎也就忘记了自己也是需要睡眠的，好几次都在上班的时候，在柜台上摊开课本写作业，也不知道什么时候就沉沉地睡过去。

天快要亮的时候，上白班的同事会过来交班，然后她就穿着便利店的绿色制服去住院部看夏临风。

护工会隔日帮他洗澡，但她也会打来温水替他洗脸，按摩他身体上某些部分已经有萎缩迹象的肌肉。每周都遵从医嘱从蓝初雪那里拿来他平时爱听的CD给他听。

她也经常跟他说话，讲一些年少时的事。

老家小区里不知道从何处流浪而来的大黄狗，他们各自从家里偷偷带出了食物喂养它，却不小心被父母发现了狠狠教训了一顿。

上学路上必须要路过的菜市，有次两个人莫名其妙地被猪肉佬的弱智儿子追着跑了整整三条街，至今不解缘由。

夏天的时候，他带她去少年宫的游泳池学习游泳，她坚持要用游泳圈，他将小小的她抱起来狠狠地丢进深水区，几秒钟之后她浮在泳池中央一边尖叫着："夏临风我要杀了你！"一边用自己少得可怜的游泳技巧朝着岸边挣扎，于是就学会了狗刨式。

她在每一个清晨坐在病床边，握住他的手，喃喃自语。

好像是在孤单地复习，当初是如何慢慢爱上一个人的过程。

从最初的悸动到最后的深刻，像是年少的林明月每次经过自家楼道，都要顺手画下的一道印子，日日月月经久不息，到最后从一条极浅的印子变成一条深深的沟壑，无论如何也抹不去了。

林夕在《暗涌》中写过的经典的那句："其实我再去爱惜你又有何用，难道这次我抱紧你未必落空。"他是个卓越的文人，但却是个失败的追爱者。终其一生追逐一个爱人，对方却是永远只能用来仰望的黄耀明。

失败的追爱者——这种形容用到自己身上也算是贴切的。林明月嘲弄地想。

2.

自动感应门突然打开了，冷冰冰的一声"欢迎光临"，将林明月的注意力从黄耀明的音乐拉扯回现实。视线里，一个戴着棒球帽，帽檐压得很低的中年男子坐在轮椅上，穿着大号的病号服自己推着轮子滑进来，看样子是住院的病人。

男人轻车熟路地去到饮料区，又侧着身子去冰柜拿了一瓶冰冻的雅哈，林明月抬起眼，看到他的轮椅一侧用红漆写着小小的三个字：消化外科。

"都住院了还喝咖啡？"买单的时候，她抬起头来问他，也终于看清了他的脸，"哎呀，怎么又见到你了，你住院了？"是上次在ICU门口帮自己从记者群里解围出来的男人秦有力。

"小姑娘在这里上班啊？不喝咖啡顶不住啊，要做事的。"秦有力指指放在膝盖上的东西，林明月这才看到原来他还随身带着笔记本电脑。

再没有其他的对话，男人在便利店的简易餐桌旁边坐下来，打开了电脑飞快地敲打着键盘。

林明月打开课本趴在柜台上低声背诵新课的英语单词，她用最笨拙的那种学习方法，反复地分拆和朗读。但记忆力像是循环录制的磁带，容量有限，记得了一点就必须擦掉另外一点。

效率极低。

然后就停电了。

没有任何预兆的，耳边擦过极其轻微"啪"的一声，整个便利店从光明落入了黑暗。

"啊?"林明月轻轻地惊呼了一声。

便利店外的走廊上点着暗暗的暖色灯泡,稀薄的灯光透过玻璃大门流淌进黑暗,将视线所及之处都照出一层浅浅的轮廓。

"跳闸了。"秦有力隔着一段距离回应道。

他转过头来,唯一亮着的是简易餐桌上的笔记本屏幕,白色的光将他一边侧脸照得极为清晰。林明月这才注意去看对方,是很斯文的读书人的样子。

秦有力将轮椅转了个方向,将先前暴露在光线下的面容淹没在那若隐若现的昏暗里,对林明月问道:"你知道电闸在哪里吗?"

她将电闸的位置指给他看,又转身摸到应急手电筒。

男人推着轮椅移动过去,扶着墙站起来,借着林明月从身后照来的手电光研究了一下,啪啪啪地按下几个开关。

世界重新归于明亮。

"谢谢啊。"

她站在光明的世界里向他道谢,扶着他坐回轮椅上。

离得很近的距离,再重新打量面前人,之前竟然没发现他大号的病服下面弯弯曲曲地露出一条导流管来。

那种细细长长半透明的硅胶质地,从纽扣和纽扣之间宽大的缝隙伸出来,连接到挂在轮椅外侧的尿袋上。

才做完手术挂着导尿管就过来蹭Wifi加班?要不要这么拼。

"不客气,你们姑娘家也搞不来这个。"他看了她一眼,"你在学英语?"

"是的,要考试了。"

"什么程度的课程?"

"四级考试。"林明月指指柜台上的课本。

"我大学是英语专业。"他突然介绍自己,"你的学习方法有问题啊。如果不介意我可以教你更快记住单词的办法。"

"真的吗？"林明月好奇地问。

"真的，你知道什么叫词根吗？"

然后就这样真正地认识了。

医院的病区不设Wifi，也不允许病人离开病房太长的时间。每日凌晨，他在护士查房之后就偷偷溜出来加班，为了蹭网加班，也会和林明月随意地聊几句，慢慢地就变成朋友了。

"我女儿也就小你十岁。"秦有力说，"我创业的时候实在太忙，她小学开始都是在国外念的，没什么机会辅导她功课。"

他早年留学归来，离异，奋斗多年现在有一家自己的网络游戏公司。据说每天都累得像狗一样，日夜颠倒饮食不规律，结果就从年轻的胃溃疡发展到陪客户喝酒过度胃出血。

结果做完手术，能挤时间管理公司的业务，却依然没什么时间去陪自己家人。

"工作有这么重要吗？"有一次林明月问他。

"嗯，不是很重要。"秦有力想了想，又回答道，"但是我女儿父母都不在身边，不工作难道要我谈恋爱吗？"

真是个奇怪的人类。

3.

第一次考试的时间是十月，发挥还不错，林明月一共报了六个科目的考试，几乎只用了一半的时间就把卷子做完了。并没有提前交卷，而是仔细检查过好几遍，挨到了考试时间结束才交卷走人。

不提前交卷是中年学霸秦有力传授的应试方法，很管用，多检查几遍果然能发现不少错误。

"等你专业基础课考过了，我给你安排地方实习，我们财务室常年空缺一个行政助理。"他是这样说的，"工资可能不比便利店做兼职高多少,但女孩子老上夜班对身体也不好啊。"

"谢谢老板照顾。"

"嗯,感激我吧。"

更多的像是惺惺相惜的忘年交,机缘巧合下能够夜夜相伴。

你顶着一颗伤痕累累的胃来加班看报表,我熬着黑眼圈自学会计学原理和英语。人与人相交,能够朝夕相处,总会是有一些共同之处才能成为朋友。

跟随着自考大军走出考场的时候,晚夏的雨像大颗大颗的珠子一样往下砸,林明月没带伞,就和其他人挤在门口一棵大树下等雨停。僻静的街道,沿路停着比往常多好几倍的车辆,应该都是来接考生散场的——几乎要把路都堵死了。

就这样不知道在雨雾中站了多久,掏出手机来看时间,刚好就看到好几个未接来电,都是从医院打来的。林明月这才想起来考试之前自己关掉了手机声音,也没有开振动。

再打回去是医院的总机,转去了科室的护士站,忙音响了半天也没有人来接电话。

登记在医院的紧急联系人的电话已经从蓝初雪的号码改为了自己的。于是心里就着急起来,生怕他在医院会出现什么意外。

但是考场在关外一所偏僻的中学,隔着好几十公里的距离又是周末,即便要赶到医院恐怕也要一个多小时的时间。于是,她又冒着雨一路小跑到路口,打算拦一辆的士去医院。

隔着朦胧的雨雾,一辆出租车慢慢地驶过来,林明月刚要走过去拉开车门,却被身后不知道从哪里冲出来的人抢了先。

那瘦弱的男人从右边突然冲过来,插到女孩的前面,飞快地拉开车门窜了进去,灵活得像只老鼠。

以胜利者一般的姿态坐进了副驾位,看都没看她一眼。

记得小时候在电视里看过的《动物世界》——在非洲平原上,

豹群之间会为了赢得一只极小的兔子而恶战，甚至不惜伤害同类来获取生存的权利。

但是为什么这座城市的太多人也生存得像只极其没有廉耻感的动物。

想要得到，就无论是非地去明抢。这样做和畜生有什么区别？

在开往医院的下一辆出租车里，林明月暗自想着。

那么自己呢？对于爱情，即使清楚地知道他不爱你，自己也配不上他，你也想要一而再再而三地去追逐。这算不算是另一种令人困扰的无耻？

出租车飞快地向前奔驰，转过一个又一个被雨雾笼罩的街口。

一个急转弯，林明月的身体随着惯性倾向司机的那一侧，她举起右手抓住车窗上方的吊环，企图用手臂的力量来固定住自己。

电台FM刚好放着杨千嬅的《出埃及记》，是林夕写的词："我想知，如何用爱换取爱，如何赤足走过，茫茫深海，超乎奇迹以外……"

因雨天信号不稳定，那歌声从收音机中传出来就显得特别嘈杂。但她却竖起耳朵仔细地听着，真是爱极了林夕。

"如何用爱换取爱。"

那些经过路边的时候听到的，不经意之间就唱进了心里的歌词，在日后的某天再去查找歌曲的出处，总是出自于他的手笔。

大概是因为，大家都是失败的追爱者。他有永远修不成正果的黄耀明，而自己也有一个总是在喜欢别人的夏临风。

世间的遗憾大抵都是不尽如人意才会显得凄美，但是如果我爱你，你也能爱我，那该多好。

4.

胳膊内侧的皮肤，像被蚊虫咬了一口，带来一种极其轻微而敏感的疼痛感。

然后夏临风就从昏迷中醒了过来。

第一眼看出来总是朦朦胧胧的，仿佛是一团白色的光团，更近的地方有各种更细小的光圈在视线里交错飞舞。耳边能听到一些判断不出来源的声音，听得到却不知道所代表的含义。

最先醒来的却是嗅觉，浓郁的消毒液味道，即使看不清楚也知道自己是在医院里。

然后呢？大脑飞快地运转着。

记得自己爬窗户要去救那男人手里的小孩，然后再想不起其他事情了。

所以，那小孩脱离危险了吗？

再接着回忆下去就开始头疼，脑子里像是被人塞进了一团麻线，怎么理也理不清楚。

片刻过去后，在瞳孔里渐渐清晰的是一个正在他肘关节内侧取静脉血的小护士。

有那么一瞬间，他想说话，却发现嘴巴里被塞着粗粗的胃管，一个圆形的漏斗接在管子的上方，堵住了嘴巴，怎么都发不出声音。

那抽完血的小护士，正弯下腰用棉球压着出血点。于是他只好尝试动了动手指头，然后是腕关节。

她终于抬起头来，即使戴着口罩，也看得出来她是在用一种极其复杂的表情看着自己。小护士的脸突然又凑了过来，用手翻了翻他的眼皮，发现是真的醒着。来不及跟他说一句话，她就急急忙忙地跑出病房，一路喊着："醒了，58号醒了。"

58号？是自己的代码吗？

还来不及细想，病房的门又再次被推开，拥进来一群白大褂在病床前围成了一个圈。

最年长的那位老医生用手电照照他的眼睛，老问些莫名其妙的问题。

"你知不知道自己叫什么？"

点点头。

"知道自己在哪儿不？"

再点头。

"你看得清楚我的手吗？"五根手指头举起来在不远的地方晃动。

再点头。

得到了想要的答案之后，一大群人又风一样地离开了。

然后他才发现自己是在一个独立的病房。

条件竟然很不错，病房墙壁临街的一面，是一整面的茶色玻璃墙。即使是躺在床上，转过头也能轻易看见近处绿意盎然的树梢，在窗外连绵成一片绿海。

世界在下雨。

更远的地方，藏在雨雾中的高楼就像是沉默的群山，在遥不可及的远方透出一个模糊而暗淡的轮廓来。远处的街道传来汽车鸣笛的声音，也带着被改装过的排气管轰隆隆的声音，从遥远的地方慢慢开过来，又踩下油门呼啸着远去。

转头看另外一边，床头挂着的蓝色文件夹封面贴着白纸黑字的几个大字"巡床记录"。吃力地侧过身拿了过来翻到最近的一天，只是一些常规的血压心电图记录，突然就看到左边一列有人用黑色的水笔写下的最新日期是：2014年10月10号。

算了算时间，他昏迷了半年这么久？

病房门突然就被推开了，走进来的是先前帮他取静脉血的小护士，手里翻看着预约单："你终于醒过来了，医生帮你安排了明天上午的脑部MRI，做完没问题你就可以转康复科了。"

见到夏临风呆住的样子,她又解释道:"已经给你女朋友打过电话啦,她今天考试,等会儿应该就会过来看你。"

夏临风愣了一下,他哪儿来的什么女朋友?

"你女朋友真的好厉害,晚上打工,白天陪你,还要上学考试。以后要对人家好点啦。"小护士笑着说道,麻利地将胃管从他嘴里抽出来。

刺激起一阵恶心反胃的感觉。

"好啦,明天早上十点半有人来接你去放射科。医生说你醒了能吃东西都不用再上胃管了,这几天都可以开始吃流食了哦。"

夏临风没有回话,脑子里还在回想着小护士说的女朋友。

每天都会来的那个女孩子?

什么啊?

不知道什么时候又睡过去了,隐约听到中途有人进来过,以为是护士或者护工之类的,却困倦得懒得睁眼去看。

5.

结果醒来的时候就看到坐在床头的一个人影。

已经是夜幕降临的时分,她独自坐在没有开灯的房间,低头摆弄着自己的手机。

小小的手机屏幕在黑暗中撕出一小块的光亮,将她的鼻和嘴都显出了轮廓来,好久没见整个人都清瘦了很多。微风从落地窗之间的缝隙窜进来吹起她额头几缕凌乱的发丝。

她在这里待了多久了?她是经常会过来吗?

突然就想起了先前小护士的话:"每天都会来照顾你的那个女孩子啊。"

是她?

耳边还能听到窗外哗啦啦的雨声,算算日子,刚好也是这座城市的雨季。

可在夏临风的印象里，总觉得这是初夏的时间，就像是睡了一场极其舒服的觉，醒来的时候发现自己睡过头了，心里总会有些怅然若失。

"你醒了？"

耳边听到这样的声音，夏临风转过头看着林明月："月月，你怎么会在这里？"因太久没说话，嗓子变得极其沙哑。

"吓死我们了，你醒了就好。"仿佛没有听到他在提问，林明月从椅子上站起来，"医生说你下午的时候就醒了，我刚好在外面考试电话关机了。"

"我到底怎么了？"黑暗中，他的声音提高了一截，沙哑得像是磨过木头的砂纸。

"你从楼上摔下来了。"她低声说道。

"所以我昏迷了半年？"不确定地再问了一次。

"嗯。但是现在好了，你醒过来，我刚才找了医生，说你很快就能出院。"

林明月站起来拿着杯子去找饮水机，红色的按键压下去，气泡咕噜咕噜地升起来，直到感觉到不锈钢的保温杯壁传递出一种温热来才停下来。

"喝口水润润嗓子。"杯子递到面前。

夏临风伸手去接过杯子，低头喝了一口热水。

是一种滚烫的温暖，从口腔开始慢慢地滑过喉咙，然后是食道，最后抵达胃部，整个人都渐渐暖活了起来。

像经历过一场冬眠，最终苏醒。

他抬起手来揉揉酸痛的眼睛，再望向窗外，近处的树梢上，有几只比夜色更浓重的黑影扑棱着翅膀，在黑暗的世界中飞跃而去。

他睡了多久？又错过了什么？

"你不要想那么多。"林明月站在病床前，在没有开灯的房间，就算看不清她脸上浮动的神态，也能听得清晰语气中所带的表情，带着一种淡淡的欣慰，"大家都挺好的，只要你能醒了，就好。"

"谢谢你。"他在黑暗中低声说道，"真的谢谢你。"

她在床边坐下来，按住他的双手，他的手指像是在冷水里泡了很久一样冰凉："不用谢。"又停顿了一下，"你真的从来都不需要感谢我。"

冰凉的手握在掌心，慢慢地温热起来。

半晌过后，他将手抽出来，像小时候那样轻轻摸摸她的脑袋："真是个傻姑娘啊。"

"你饿不饿，刚才护士说你可以自己吃点东西了，我现在出去给你买点吃的。"林明月突然想起来他应该还没吃饭，说罢起身就去拿放在床尾的手提包。

"不用，我不饿，"他一把拉住她，潮湿的季风像海浪一样从窗户的缝隙间涌动进来，经过手背的每一寸皮肤都泛起一丝清爽的凉意，"坐下来陪我说说话。"

他记得自己做了一个漫长的梦，但那梦里却什么都没有。没有画面，也没有感知，没有寒冷，没有温度，见不到天空也没有飞鸟。

只剩下声音。

各式各样，在脑海里凌乱充斥着的声音，带着性别、远近、轻重、材质的属性。

所以很难明白自己梦到的到底是什么。

一片黑暗过去了，紧接着是另一片黑暗，无穷无尽。

唯一记得的，是一个女声。经常大段大段地在他耳边讲话，有时声音很大，有时候窃窃私语。

她的声音和其他能听到的声音是不同的，会带着各种表情，悲伤的，高兴的，激动的，或者淡然的。在那段漫长的梦里，他更愿意摒弃一切混乱嘈杂去寻找她的声音。

世界其实从来没有沉睡过，它就在我的耳边喋喋不休。白驹过隙，时间在眼皮子下缓缓流动，穿过流年，穿过雨季，穿过城市里大片死气沉沉的建筑，有一种旋律始终在我梦境中低声吟唱。

我知道那大段大段陪伴着我不寂寞的声音，并不是藏我睡梦中的天使，那是你。

6.
林明月在体育课上阑尾炎发作，被学校老师送来了医院动手术。

父亲出差在外，黄红梅接到电话匆匆赶来医院，对着刚做完手术的女儿，依然是怨气冲天："你怎么净给我找事呢？"

"平时让你好好吃饭，你听了吗？活该啊你。你身体不好是拖累我了你知道吗？我还指望你养老呢，你身体这样以后怎么养我啊？"

"妈……"麻药还没有过去，口干得快要裂开了一样，"妈，我想喝水。"

"喝水，喝什么喝，没听医生说刚做完手术不能喝水吗？"

黄红梅将那个背得开始掉皮的包"啪"的一声摔到床上，震得刚缝合上的伤口火辣辣地疼。

她转身出去找了个杯子，接了满满一杯水递过来："你接着啊，还要我喂啊？做了个手术手也残废了啊？"

滚烫的水杯拿在手里，像个烫手的山芋，一时间不知道放去哪里。

"妈，我伤口疼，起不来。"

"你爸不管你，我也懒得管了。"黄红梅好像没有听到女儿的话，又沉浸回自己的世界，"龟儿子，天天不知道在外面忙些什么，钱没赚到事也不管。你看你生病了，他也不回来，你是个女娃，全都得靠我一个人，爷爷奶奶根本不会来看你的。他们家那一群……"

来来去去又是吐着那些苦水，听得耳朵都生出了老茧。

林明月知道自己再说些什么旁边的那个中年妇女也都听不到了。有时候她认为，黄红梅的脑子出了问题，会自动屏蔽掉一切外界的讯息，之前有一次她尝试叫黄红梅去找心理医生看看，却换来一顿毒打："真是白养了你哦，猪狗不如的东西诅咒你亲妈有精神病。"

此时的林明月躺在床上，瞪着病房里的天花板。

这是这座小镇里唯一一家正规的公立医院，大概是因为修建多年，天花板刷上白色的漆面已经裂开了一条深深的缝来，露出藏在里面的灰黑色的水泥。

她看到一只巨大的蜘蛛在天花板上慢慢地爬过去，最后钻进了那条缝隙里。

也就像是这样的一条裂缝，不知从何时起，在她与黄红梅之间慢慢地裂开。从最初不起眼的一条小小的痕迹，日复一日地掉下一点灰尘，再裂开一点，最后形成一条深深的缝隙，横在了彼此之间，毫无顾忌地敞开里面最丑陋的那一部分。

没人想过要去修复，而最终也无法修复。

藏污纳垢，恶心至极。

黄红梅在医院唠叨了一个下午，直到她终于觉得将胸口的郁闷情绪都抒发得彻彻底底，就丢下一些买饭的钱让护士帮忙照看下女儿，回家忙别的事去了。

林明月闭着眼睡了一会儿，突然就闻到了鸡汤的香味。

睁开眼睛，年少的夏临风正端着打开的保温桶放到她鼻子附近："我就知道你闻到一定醒。饿了吧？我爸下班的时候遇到你妈了，听她啰唆了好一阵，这才知道你生病了。"

林明月苦笑了一下："你又不是不知道我妈那张嘴。"

香喷喷的鸡汤倒进保温桶的盖子里。

"我爸才熬的，我喂你啊。"他把勺子先放到嘴唇上试了试温度，再喂到她嘴边，"慢慢喝，张嘴……"

记忆里，那碗鸡汤，是林明月这辈子喝过的最好喝的鸡汤。

"风哥哥，你为什么对我这么好？"她突然问他，"我爸妈都不管我，你干吗还对我这么好？"

"因为你爸妈不管你，所以我来管你啊。"他伸手替她拉了拉被子，"没有人管你，以后我来管你。"

2014年的初秋。

"不用，我不饿，"他躺在病床上，一把拉住她，"坐下来陪我说说话。"

潮湿的风吹过来，将她的脸吹得透亮，她在黑暗中抬起头来对他微笑。

好的，那你想听我说些什么呢？

春去秋来，那些夏日里整天在天空翱翔的候鸟也已南飞，而我也已等了你良久。

但时间是个巨大的循环体，经过无数次轮回我们终将回到彼此的位置上。

只不过这一次，轮到了我来照顾你了。

但日子也不是总被浪费的。会计本科一共需要经历二十个科目的考试，每年能考两次，也就是说还有一年多最多两年我就能拿到本科学历。

记忆里，那个会在你面前自卑到无以复加的女小偷已经不存在。就像随手丢弃在窗台上，每天都被日晒雨淋的老照片，日子久了原本低眉顺眼的面目渐渐地模糊成一片。

只剩下了一种清晰的感觉——你是我命中注定的那个人，而我正在努力地想要配得上你。

我就是这样一个笨拙的追爱者，跌跌撞撞追随着你的步伐，但也是心甘情愿。

7.

安排在每一个下午的复健训练，夏临风要在热身之后去步行机上走十组，再坐下练习手臂的肌肉，如果体力好，护士会接着要求再走十组。因为躺下太久，双腿肌肉就完全萎缩，就像重新学习走路的过程，循序渐进着，却一日比一日能走得更多。

下午四五点，准时从步行机上挪上轮椅回住院部，路过走廊的时候，抬头就能见到被窗外树叶分割成小块小块的天空。雨季里的天空落下乌云，于是光线就慢慢退去，将周围的一切都埋进一种暗淡的色调里。

推门转过一个拐角，刚巧碰到来医院给他送饭的林明月。窗外的雨哗哗哗地下着，他就在这雨声里跟随着她向前，她穿着黑色的T恤，提着一个红色的购物袋走在前面，头发高高地扎在脑后，露出脖子上那块模糊的刺青来。

突然就想起在深圳见到她的第一面，阴暗狭窄的派出所走廊，她走在他的前面，时不时回过头来看着他，将脖子上那块刺青扭曲成一块更加怪异的形状。

这些回忆就在脑海里，像是隔着昨天才发生。

她突然走快了几步，夏临风想喊住她，却始终没有喊出来，就眼睁睁地看着她带着那块诡异的刺青，离开自己的视线。

雨还一直在下，整片整片的云砸下来，所有的一切都埋在一种暗淡的色调里。

而不知道什么时候开始，那个毫不起眼的小姑娘却突然在他的人生中开始发光，带着一种可靠的温暖，在自己那片黑暗的世界里耀眼到让人不敢挥霍。

第七章

所有错误从我这里落幕

你不喜欢我，我早知道。
所以就不用觉得羞于启齿，直接讲出来就好了。
暴雨顷刻而至，淹没了全世界。
可是眼眶却干干的。
像一只在海滩上拍打着尾巴挣扎的鱼，她低头哭了很久，连一滴眼泪都没有掉下来。
都干涸在了心里。

The moon does
not know
where to go

1.

2015年，林明月第一天去公司上班的时候，穿了一件并不得体的西装。

得到六科全过的成绩单后，秦有力兑现了自己的诺言，将她安排到自己公司，从财务室的助理做起。

"不要觉得是我和你关系好所以给你工作，是因为你很努力，所以你有机会得到这样一份工作。"秦有力是这么对她说的，这个四十多岁的老男人有一套自己的人生哲学。

也许是考试和日积月累地上着夜班，林明月整个人竟然清瘦了很多。

镜子里，是个脸孔只剩下巴掌大的女生，眉目清秀的样子。走在路上，偶尔也会有朝气蓬勃的男生走过来向她要电话号码了。

之前的衣服几乎都穿不了，裙子裹在身上掐出来多余的那一截再用别针扣住。

她在淘宝上搜索选择了很久，想买一件合适的衣衫去上班，最后在价格比较低的商品里选了一家好评更多的店。快递拿到手里就发现自己上当了，皱巴巴也不知道什么面料的衣服，走线也歪歪斜斜的，穿在身上更像是一件睡衣。

但是时间紧迫，也就别无选择地穿成这样去上班。

坐在财务室小小的隔间里，巨大的落地窗外面是车水马龙的街道。如果是天气好的日子，就有温暖而舒服的阳光落进来，抚摸着每一寸肌肤。茶水间有免费的咖啡和茶叶，同事们的面目总是带着笑意彬彬有礼和蔼可亲。

和之前的工作环境比，这里简直就像是天堂。

她知道自己的学历很低，这样的机会得来不易，于是就更加努力，快速地学习着各种office的应用软件，公司的财务运作流程——

像一颗在干涸的瓦罐中存放了很久的种子，终于有一天被人找到播种进肥沃的泥土里，于是就开始疯狂地吸收着养分，期待着也能有生根发芽的那天。

每日加班到深夜是例行公事，拎着包离开公司的时候，路过走廊边最大的那间老板办公室，看到从灰色的卷帘下漏出雪白灯光来。

秦有力几乎是在不要命地工作，他永远都是公司里最晚离开的那个人。但偶尔也会偷懒，在夜幕降临的时候发个微信过来："我找不到人陪我吃夜宵啦。待会儿一起走，吃完了我再送你回去。"文字后面再带上一个快要哭的表情。

像个老顽童。

于是在收工后的深夜，两个人又像老朋友一样地坐在大排档，一人一瓶啤酒，就着吃烤串。

南方的冬天很短暂，却是来得极快的，白天还能穿短袖上街，夜里就开始起了凉风。

冷风过境，但四周依然人来人往。

这是南方冬天特有的夜晚，卖完了水果的三轮车慢慢骑过去，附近的情侣牵着手在街边散步，夜跑的中年男人打着赤膊浑身是汗一路小跑经过身边。

"你这个胃就别老喝酒了。"她是这样劝他的，"日子还长，身体最重要。"

"没所谓啦，女儿都这么大了，反正我也没人管。"秦有力一脸看破红尘的样子，"这个病我心里有数的。"

于是就不知道再说什么才好。

"你呢？你那个男朋友不是已经出院了吗？"

"他不是我男朋友啊。"林明月低下头轻轻地说。

"这个不靠谱的话就换下一个。"秦有力拍拍她的脑袋，"小姑娘努力奋斗是应该的,但也别忘记自己的年纪。差不多了就谈一个吧。"

"我还早着呢,先给你自己找个老婆准备以后夕阳红吧,大叔。"

"我现在是没人管,不然你来管管我?"

"喝多了吧你?"

的确是喝多了酒,但还好离租住的村屋很近。近到足够让秦有力放弃了醉驾,步行送林明月回家。

不知道什么时候夜风停了,浓浓的迷雾缓慢地在夜色中蔓延开来,头顶的路灯一盏接着一盏,在黑暗里照出一团又一团的光晕。他们就在这样一个无法被光线彻底穿透的黑夜中行走,路过一小团的光亮,再走进一段黑暗,再路过一小团光亮。

一个明暗交错的世界。

透过浓雾,隐约能看见一辆辆停在路边打着空客灯的出租车,还亮着霓虹的小店招牌,驼背的老太太沿街翻找着垃圾桶里的塑料瓶子,有人就在路灯下牵着手旁若无人地接起吻来。

林明月一边走一边掏出手机给夏临风发微信。没看路,不小心脚下踢到个东西就一个趔趄要摔下去。

"注意看路啊你。"一双大手从身后抓住了她的肩膀,狠狠地将林明月拉了回来,"你们这些年轻人离不开手机一分钟的。"秦有力在身后噼里啪啦地教训道。

接着,他又着急蹲下去检查她的腿:"看看有没有摔到哪儿?你的脚动一下,有没有在疼?"

因为离得太近,秦有力蹲下去的时候,她就看到他的头顶,剪得极短的平头,粗粗短短地掺杂着不少白发。也闻到了他身上浓浓的酒味,带着男人身体上特有的气味一个劲地朝鼻腔里窜。

林明月的脸唰地就红了，连忙退后了两步："没问题，你看我能跑能跳的。"又指指前面的巷口，"我就住里面，你别送了早点回家休息吧。"

说罢就转身朝巷口走去。

"林明月。"秦有力却突然在身后叫住了她。

女孩停住脚步转过身，在并不遥远的视线里，那个中年男人站在一小块暖黄的光团下，他喝得醉醺醺的样子，满脸通红，身上穿着蓝色的冲锋衣和黑色的休闲裤，脚下蹬着一双红色的Nike慢跑鞋，是这座城市里随处可见的中年男人打扮。

灰白的浓雾饱含着湿润的露水在空间里弥漫开来，但头顶的那一小块光亮却足够照出他那清晰的眼神，是那种极为认真的眼神，似要将她看穿了一般，盯得人心慌意乱。

"怎么了？"她终于按捺不住，开口问他。

"你说，我现在要是选择跟一比我年轻好多的小姑娘在一起，算不算是害了人家？"

"怎么会突然问这个？"

男人沉默了半晌，最后终于开口："算了，没事，你回家早点儿睡吧。"说罢朝她挥了挥手，转身走入远处更浓的迷雾之中。

将林明月在身后向他喊的那句"你到家了发个信息给我"，远远地丢进黑夜里。

2.

林明月独自转进巷子，再摸黑向前走了十来米就是租住的村屋。

这种本地人私下修的违章建筑，一栋贴着一栋，近到两栋楼之间的人打开窗户伸出手来就能握到一起，所以也被人叫成握手楼。

楼体和楼体之间，密密麻麻地缠绕着电线电缆之类的危险物品，长年累月地暴露在阳光的风雨之下。楼上随便一个人打开窗，随手就能丢弃个什么东西下来，凌乱交错的电线上挂着已经看不出颜色的旧衣服，长条的卫生纸巾，水果皮，卫生纸，瓜子壳，遍地都是也没有人会经常打扫。

时间长了，巷子里就弥漫出一种陈腐的臭味来。

物管费是极其便宜的，也就没有物业管理之说。楼道的感应灯坏了很久没有人来修，于是就借着手机屏幕的光亮一步一步地往楼梯上爬。

二楼楼梯拐角的地方是大扇的窗户，从自己的视觉望出去，刚好能见到对面楼房的其中一个房间窗户，已经是凌晨，但也亮着灯。

黄色的灯光打在乳白色的碎花窗帘上，照出一层毛茸茸的光晕来。窗帘的背面，传来争吵的声音，因楼与楼之间贴得很近，听上去就像是在身边发生的一样。

女生先是大声地叫嚷带着哭声也听不清在说些什么。

男生低声地解释，最后忍无可忍猛地喊了一声："你有完没完，差不多得了啊。"

"你找事的时候怎么没想过有完没完呢？"女生哭喊道。

原来是小两口吵架啊。

林明月刚转身准备继续上楼，突然就听到窗户后面传来的巨大声响，和女生的惨叫声。

然后世界就安静了下来。

心跳像是漏了一拍，林明月飞快地跑到窗边，朝着对面问："喂，怎么了？"

也没有人回答。

"听到了吗？有没有什么事？"

"没事啊。"一个瘦瘦弱弱的男生拉开窗帘，露出一半贴着粉色壁纸的墙壁，若无其事地对她微笑，"没事，这么晚还打搅到你不好意思啊。"他穿着素色的衬衫，像是在附近上班的小白领。

"救我啊。"窗帘后面传来女孩哭泣的声音，"救命……"

"没事啊没事，和我女朋友吵架而已。"那瘦子的脸色一变，白色的窗帘被迅速放了下来。

黑暗中，地面上有什么生物吱吱吱地飞快从脚背上跑过去。

从前苏荷发脾气的时候也打她，后来有次林明月找了个机会跑出来蹲在楼道里不敢回去。那些隐藏在黑夜中的生物，敏捷而机警，成群结队吱吱呀呀地从视野里经过。

她不敢坐在地上，就一直站在那里。黑暗中弥漫着一种肮脏的腐臭味，是一种巨大的恐惧，似乎要将整个人都深深地埋起来。

2015年的深夜，林明月站在黑暗中沉默了一会儿，手机就拿在手里，飞快地拨出了110。

十分钟之后闪着警灯的车就抵达了现场。在林明月指认了房间之后，警察敲门没有回应就破门而入。那屋子里的女孩被急救队裹着毛毯抬出来的时候已经满脸鲜血，被揍得奄奄一息。瘦子随后被人押出来，双手被反铐在背后，嘴里却还在嚣张地叫着："我和我女朋友吵架你们管得着吗？"迎面就撞上了等在巷口的林明月，瘦子愣了一下随即就反应了过来，恶狠狠地瞪了她一眼，"你给我小心点啊，贱人。"

话还没落音，头就被后面的警察推了一下："嚣张什么，你今天的事还说不准呢，叫人家小心？"

这男生看上去挺斯文的像是读过书的人，书都读进猪脑子了啊？

3.

林明月坐在摇摇晃晃的警车上，跟着去派出所录口供。

一路上车窗都是开着的，冷风哗啦啦地灌进来，吹起发丝胡乱地拍打在脸上吹进了嘴里。她侧过脸避开冷风，不经意地朝后看了一眼，后座上被押坐在两名警察之间的瘦子正抬起头来，恶狠狠地瞪着她，那眼神极其恶毒，像是要把人生吞活剥了一般。

果然是精神不正常。

打开手机看到有两条未读的微信。

一条是二十分钟之前夏临风回复过来的："明天周六，有时间我们去爬爬山。"女孩想了想就回过去："医生交代你可以剧烈运动了吗？刚见义勇为了一把给自己找事了。现在跟人去派出所。"

另外一条是秦有力的，只有简单的两个字："到家。"原来刚才他是有听到自己在说什么啊。

还没来得及回复这条消息，夏临风的电话就打过来了，隔着电话也能听出来他的语气充满了焦虑："什么情况？怎么见义勇为了？"

"没什么。"林明月把大概的事情交代了一下，又接着说，"我真的没事，这男的真是太可恶了。"

"臭娘们，你故意找事是不是啊！我怎么得罪你了？"被押在后座的瘦子突然又开始发狂。

带着口臭的气味扑在脸侧，恶心死了。

"你老实点闭嘴！"身边的警察怒喝了一声，将他按回座位上。

"你在哪个派出所？我现在过来。"夏临风在电话里听到了吵闹声，深吸了一口气，声音又大了一点。

"不用了，又不是我犯事。"

"在哪里？"是一种不容拒绝的声音。

林明月录完口供走出派出所的时候，刚好就看到急匆匆往里面赶的夏临风。大概是出门时走得太急，睡衣外面披着外套，脚上还穿着厚厚的棉拖鞋,像个老干部。

林明月看了他一眼就笑了:"都叫你不用过来了,又没什么大事。"

"我电话里听着,怕你吃亏。"夏临风眉头皱到一起,拉住她,"没吓着吧?"

"真的没事。"

头顶的路灯发出温暖的光,他站在这温柔的光影下仔细端详了她一遍,又突然上前来贴着林明月的衣领嗅了嗅:"大晚上的,你还喝酒了?"

"刚刚跟老板去吃夜宵了,就喝了一点。这都能闻出来你狗鼻子啊。"

"你老板就是你在医院认识的那个老学霸?"

"是的。"

夏临风皱皱眉,也不知道在想什么,一把就抓住她的手:"走吧,我先送你回家。"

他的手掌很热,将她的手死死握在手里,那滚烫的温度就这样传递过来,先是皮肤,然后从细小的毛孔窜进去,沿着血液游走在四肢百骸之间,最后蔓延到脸上。

林明月感觉到耳朵滚烫滚烫的,就轻轻地挣扎了几下,握住的手很自然地变成十指交错。

他却没什么反应,拉着她头也不回地走在前面。

像是突然被打开的闸门,那些掩藏在心里的暖意哗啦啦地流动出来,都荡漾在脸上。

夏临风拉着林明月的手往停车场走,突然感觉到身后的人站住了脚步。回过头,她笑意盈盈地站在夜里:"我说,你现在还当我是妹妹吗?还是女朋友?"

夏临风满脸无奈,伸手朝她额头敲了一记:"长这么大了,人怎么还是傻傻的啊。"

"可是我还是很喜欢你啊？"

"快点走啦，别闹。"心里暖了一下，牵着的手却并没有放开，他拉着她就要朝停车的地方走。

"你也喜欢我一下，我就不闹了。"

"你明天还想去爬山吗……"

"那我是你女朋友吗？"

"你就不怕我想要找个男朋友吗？毕竟我情伤深重。"

"……"

4.

他们就真的选了一个周末去爬山。

两个人的背囊里背着水和干粮，放弃了走宽敞平缓的台阶，而是选择了路途艰险的溪流，打算踩着浅水中的石头涉溪而上。

气喘呼呼地爬了一个多小时，才走了不到一半的路。

后来经过一处岩石，与溪流形成一个九十度直角，差不多两米多高的样子。走在他们前面的是一群出来团建的年轻人，男生们磨蹭了很久才异常艰难地翻过去，再回过头来拼命将随行女生往上拉。

夏临风训练有素，背着两个人的包迅速蹿上去了，再回过头朝岩石下面的林明月伸出手来："月月，把手给我，拉你上来。"

逆着光，就看见她额头浮动出一层细细的薄汗，有几束发丝散落下来，贴在额头上湿漉漉的。

她朝着他咧嘴笑了一下，然后伸出了手死死抓住了他的手。

就在那一刻，夏临风眼前一黑，天旋地转地，突然什么都看不到了。

但手里拉住的林明月已经悬在了半空中。

耳朵里有声音："风哥哥快点拉我上去啊？"

像是在没有窗户的密室，有人突然按下了电灯的开关。

"风哥哥我要掉下去了！"

又像是眼前被人蒙上了一层漆黑厚实的布。

"夏临风！"

这个世界，怎么，什么都看不见了？

夏临风无所适从地站在原地，他感觉到林明月的手指从手掌中渐渐地滑落出去，耳边伴随着的还有她的尖叫声。他再伸手抓出去，企图想要拉住她，可触摸到的是一片虚无。

一大片虚无的世界。

几秒钟过后，世界才慢慢恢复了明亮。

视线里慢慢清晰起来的是摔倒在地上的林明月，坐在地上揉着右腿的踝关节。从头顶落下的天光，被山林绿荫撕碎成小块小块的光斑，洒在她仰望的脸上，眉目间浮动着的是极为担心的神情。

"风哥哥，你怎么了？"

"没事，刚才腰一下使不上力。"夏临风从岩石上跳下来，蹲在林明月身边去仔细查看她的扭伤，"我背你下山看医生。"

林明月摇摇头："我脚没事，倒是你的腰……"

"只是旧伤，不碍事的。"

夏临风蹲在林明月身边，帮她揉着崴到的脚踝。

低下头的时候突然就起风了，呼啸着像刀子一样划过耳边，也卷裹起山林间无数片落叶，被吹向更远的地方。细小的尘埃浮动在空气中，有几粒也飘进了眼睑，痒痒的。

夏临风抬手揉了揉眼睛，视线里一切都变得非常清晰，清晰到能看清林明月脸上因为深深的担忧所以在额头上浮动出的一丝皱褶。

5.

隔日，夏临风就请假去医院看眼睛。

"两只眼睛都有视神经萎缩的迹象。"从眼底到脑干外段CT做完了一轮检查之后，戴着框架眼镜的老医生拿着他的病例给出了结论，"你是之前受过伤的，不仅是你的颅内损伤，还有视神经的部分后来也出现了损伤。"巨大的CT片子在灯箱上举得老高，显出一个复杂的影像来。

"那会出现什么问题吗？"

"理论上来讲视神经萎缩会导致你慢慢失明。"老医生放下手中的片子，将框架眼镜从鼻梁上取下来，"不过你也不用着急，现在医学很发达，完全可以控制病情发展的时间。从现在到最后，一两年到几十年也都是有可能的。完全看你是否配合治疗……"

再说什么也都听不进去了。

视神经萎缩？打开手机查阅百度，小小的屏幕上显示出来的信息是这样写的：视神经萎缩是视神经病损的最终结果，表现为视神经纤维的变性和消失，传导功能障碍，出现视野变化，视力减退并丧失……

所以就是要瞎掉？

所以就再也看不到这个世界？

夏临风拎着医生开出的一大包西药，慢慢走回家。

正是周日的时间，大人们都带着小孩出来晒太阳，就在街边的小公园里，排着队在各种彩色的滑梯和秋千旁边上上下下地玩闹。大约三四岁的孩子，穿着羽绒服跌跌撞撞地跑过来，迎面就撞上了，夏临风赶紧弯腰接住那个圆滚滚的身体："小朋友要小心，不要摔倒了。"

远处年轻的妇人跑过来，嘴里急匆匆地说着对不起，道完谢又领着孩子离开了。

这是冬日明亮而又温暖的下午，这几日起了风雾霾便如潮水退去，天空蓝得像一汪清澈的湖泊，一点瑕疵都没有。

这样美好的世界，不知道自己还能看上多久。

也许一两年，也许四五年？

所以失明到底是怎样的一种感觉，从此再也看不到任何东西，靠听力、靠嗅觉、靠触摸在这个世界上艰难地生活吗？

夏临风回到家，放下东西就立即冲进卧室。弯腰在衣柜里翻找了半天，终于找出一条平时用不上的夜空蓝的真丝领带，双层布料缝制，很厚实。

然后，他站在自己生活了很多年的房间中心，用这条领带盖住自己的双眼，伸出手来企图要触碰到这个世界。

脑海里记得，在自己的正前方是一块空旷的区域，右手边是餐桌，而左边是壁柜，摸索着向前走，一步、两步、三步……然后大腿就撞到了餐椅上。

肌肤下的末梢神经所传达到大脑的剧痛感让他明白，在黑暗中生活是比想象中更加不易的。

夏临风一把抓下挡住眼睛的领带，环顾四周，就是这样一套简单的单身公寓，他一个人住了多年，而现在，他也许就要这样一辈子孤单地过下去。

手机放在桌子上，一直响着。

他拿起来看了一眼，手机屏幕上显示着林明月的自拍大头照，是她自己放上去的，咧着嘴没心没肺地笑着，露出八颗整整齐齐的牙齿。

眉目间，隐约还能见到她小时候的模样。从小到大，她都是这样一个没心没肺的傻姑娘，傻到让人心疼。

他告诉她今天会去医院检查，是去检查腰。

现在要怎么告诉她自己是不可逆转的视神经萎缩？

客厅的电视机开着,夏临风坐下来的时候不小心碰到了遥控器的静音开关。没有开灯,也懒得再去开了。

就这样呆呆地躺在沙发上,任凭无声的电视画面变化着各种色彩投射到自己的瞳孔里。

像是老旧的默剧表演,屏幕里那些人物的嘴巴一张一合,表情丰富,动作浮夸,但看了半天也不知在说些什么。

耳边听到手机反复地响着,却始终没有伸手去拿电话。

他在这样变幻莫测的光影下翻了个身,顺手拿起抱枕捂住耳朵,面朝着沙发的靠背沉沉睡去。

身后的茶几上,手机屏幕上展示着女孩笑容的照片,一遍又一遍地在黑暗中亮起,像转瞬即逝的烟花,剧烈地闪耀着,最终又熄灭。

6.

据说,昼潮夜汐都是有自己的规律,在每一天的清晨和傍晚,不多一分也不会少一秒,那些黑色的海水席卷着深海的海藻和贝类,都会如期而至也准时退去。

就像后来申请转做文职的夏临风,早上八点半出门,九点准时能到单位,中午十二点吃饭,每天下午六点钟再准时打卡下班,买菜做饭看书,然后洗漱睡觉。

如同挂在墙壁上的石英钟的指针,每分每秒都准确地待在自己应该在的位置上,规律而守时,永远都不会有什么变化。

临睡前总能收到林明月的信息,总是简单的两个字:"晚安。"也像是钟表一样准时,简简单单再无多言。

他从来没回复,因为不知道要再说些什么。

开始几天,她疯狂地打电话找他。他不接,她就改为了发短信。自己更新在微信朋友圈的内容,每一条都被她评论过一遍,最后干脆就屏蔽掉她的账号。

但是林明月的消息却从来没有断过，像是欠费的手机总是能收到10086的短信一样，日子长了，翻开收件箱全是一条接着一条的"晚安"。

小时候两个人因为小事吵架，他生气地走在前面，走出好一段路之后，回过头发现一直跟在他身后低头抹着眼泪的小姑娘，一脸的倔强又不懂得转弯。

他不给理由，她也不去问。

但要给一个怎样的理由呢？

我都不理你了？我不接你电话，不回你短信，拉你进了黑名单，你是不是傻？

那日他在办公室整理后勤仓库的老文档，那些打印在A4纸上密密麻麻的字对照着电脑文档看了一会儿，眼前就开始发白。

像是有人拿手电筒的光狠狠刺着自己的眼睛，过了好一会儿都看不清楚东西。

于是，他这才回家将医生开的那一大包药翻出来，那些五颜六色的各种药片，堆积在手心像一座小小的山丘。

从来没有准时服用过，都是有一次没一次地应付着吞下去。

夏临风还记得之前翻看过的一本心理学的书，得了重病的人会分别在不同时期经历五个不同的阶段，对照起来的话，自己应该还处于最初级的抗拒期，抗拒接受自己生病的事实。

所以现在的我，拒绝接受就快要失明的事实。

所以林明月，我也拒绝接受了你。

"我从没有喜欢过你。"

"我从没有喜欢过你。"

握住手机的双手一直在发抖，林明月独自坐在办公室，转过头去，落地窗外是大朵大朵的乌云，黑压压地遮住了全部的天空。

于是世界没有了光。

好的，你不喜欢我，我早知道。

所以就不用觉得羞于启齿，直接讲出来就好了。

暴雨顷刻而至，淹没了全世界。

可是眼眶却干干的。

像一只在海滩上拍打着尾巴挣扎的鱼，她低头哭了很久，连一滴眼泪都没有掉下来。

都干涸在了心里。

7.

庄狄龙从湖北调回来的第二天，就跑去夏临风工作的地方找他。

这是一座上个世纪八十年代修葺的政府楼，楼道设计得蜿蜒曲折极其不合理。跟大厅里的办事员打听了很久，他才从一个不起眼的走廊走过去。

庄狄龙来来回回找了好久，最后在一个小房间里找到了夏临风。油漆斑驳的褐色木门上挂着个小小的牌子"后勤一科"。门是半开着的，以至于庄狄龙站在门口就能一眼看到坐在里面的人。

夏临风独自一人背对着一扇田字格的窗户，鼻子上架着一副框架眼镜，伏案疾书，办公桌上堆着的褪色档案袋，像小山一般垒得老高。

正当晌午，几只不知名的灰雀在叽叽喳喳地吵着。

窗外发黄的树梢在他的身后探出一个头来，有风吹过，树叶都唰唰唰地飞向另一边，两片枯叶轻飘飘地飞过来，温柔地落在了窗台上。

冬日的阳光是金黄色的，清澈而明亮，透过茶色的玻璃，像温柔的海水弥漫过来淹没了视线中的一切。逆着光,他的面容就深埋在一片阴影里,手里拿着水笔很认真地在核对一些什么文档。

虽然早就得到夏临风已经出院复工的消息,但现在亲眼看到他还是活生生地坐在那里,庄狄龙一颗悬着的心总算放了下来。

站在门口轻轻地敲了敲门,对面的人才将快要埋到桌面上的脸抬起来。

夏临风见到他先愣了一下,紧接着又面无表情地说:"你来干什么?"

"我昨天回来报到的,今天得空来看看你。"老庄扬了扬手中的酒,是以前经常和夏临风对酌的一种养生酒。

"是吗?有公事就说,没事——"他低下头继续手里的工作,不再多看他一眼,"请出去。"

那声音极冷,像是被冻住的湖面,无论多大的风吹过都掀不起一丝涟漪。

仿佛没有听懂他的意思,老庄径直走进屋,将沙发旁边的空凳子拉到办公桌旁,是那种笨重的实木椅子,拖拽着擦过地面发出难听的吱呀声。

紧接着,很响亮的一声,手里的玻璃酒瓶重重地拍在了桌面上。

震得正贴在桌面上书写的右手掌感觉到一阵酥麻。

"他们说你的眼睛⋯⋯"老庄一屁股坐到椅子上。

"我的眼睛不关你的事!"低下的头依然没有抬起来。

他们就这样对坐在一个寂静的空间里,空气中浮动着一种淡淡的霉味,是刚刚从库房里搬出来的纸张的味道。

突然就想起多年前,两人在警校因为一点误会闹了风波被教官体罚的样子。

在空旷的室内篮球场,两个面对面匍匐在地上的平头少年。

因为还置着气,所以都不愿意和对方讲话。只彼此相对着瞪住对方,咬着牙拼命地做着俯卧撑,一副老子绝对不能输给你的样子。

十头牛都拉不回来的脾气。

结果就是连他们自己都不记得到底做了多少个俯卧撑,最后一起累瘫倒在地上。

"喂。"半晌过后,年少的夏临风躺在木质的篮球地板上,上气不接下气地叫他。

"干吗?"旁边的庄狄龙,将T恤拉起来罩在头上抹了一把汗。

"我觉得这样好蠢。"

"你也知道了啊。我好饿。"

"那走吧。"夏临风从地上站起来,拍拍裤子上的灰。

……

回忆是有质感的,有声音,有气味,有色彩。于是日子久了,存放在脑子里的那些细节都在无限地放大,像被拿在眼前的一片树叶,对照着阳光,纹理脉络看得无比分明。

——就好像发生在昨天一样。

我们都还是两个不经世事的愣头少年,跑着,闹着,哭着,笑着,活蹦乱跳地在清澈的阳光之下等待着那并不遥远的明天。心里那些快乐,或者愤怒的情绪都可以在任何时候爆发出来,用嘶吼的声音,用不服输的汗水,将这些莫名的情绪粉碎成了细细尘埃,弥漫在空气之中,风一吹就消散了。

而现在呢?

我们被固定在这狭小的空间里,那些更巨大的愤怒和失望都被压抑在成熟的心智里,也沉淀在渐渐衰老的躯体中。

也就是这样日积月累的情绪,终于在某天像井喷的泉水一样疯狂地涌动出来,冲刷出一条横在彼此之间巨大的沟壑,那是任谁都无法跨越的障碍。

回不去了。

"我和她,就要结婚了。"太阳在窗外无声地遁进了云层,庄狄龙坐在一小块阴影里,那声音轻轻的,像是从翅膀上滑落的羽毛,从心脏上扫过去。

唰唰唰飞快地在纸张上书写的黑色水笔停顿了一下,悬在半空。

一秒钟之后——

"那恭喜你了。"

锋利的笔尖落下去在白色的纸上写出一道笔直的横来。

8.

冬天的傍晚,天空黑得极快。

像被人在瞬间拉下了天空的帷幕,前一秒窗外树梢还带着阳光的影子在风中抖动,下一秒再望出去整个世界浸泡在夜色中。

茶杯里的水冷了,林明月端着杯子去茶水间打算再换一杯热水。冰箱前,一群女生正叽叽喳喳地围着看手机中的视频。

"真的是她吗?"

"真的长得很像耶。"

"不要乱讲啦,万一不是……"

是公司茶水间每天都会发生的那种八卦的对话,主题可能是任何事情。

林明月走进去的时候,最先看到她的那个女生不经意地咳嗽了几声,窃窃私语的声音戛然而止。

一种很奇怪的感觉,但并没有往心里去,林明月走过去笑道:"在看什么好玩的呢?"

拿着手机的那个女孩子突然就将手机收起来:"没什么啦,网上的小视频而已。"

林明月笑了笑，从橱柜上取了一袋茶包。

原本挤在小小房间里的女生们，陆陆续续地离开茶水间，又像被雷电惊散的鸟群，四下散去——却走得并不安静，捂着嘴低声细语："真的就是她啊……"

有人经过身边时，眼角带着一种"看好戏"的神情，肆无忌惮地飘过来，盯在她身上唯恐她不知道一般地小声讥笑："看不出来这人以前还挺厉害的。"

莫名其妙，有病啊？

林明月回到办公桌，隔壁的关系比较亲近的马姐在QQ上发来一条消息："你不要理她们。"

"怎么了？"

"还不知道吗？你都出名了。"

还没反应过来，紧接着下一条信息又显示在屏幕上："但是也别往心里去啊，谁没有个过去的。"

随着消息发来的还附带了一段地址，林明月点开一看是视频网站上一段名叫《女小偷被抓惨遭暴打》的视频。

看得出来是用手机拍的，小小的视频窗口里，画面先是剧烈地晃动着一小段杂乱模糊的影像，渐渐清晰起来的画面上出现一个被人按在地上暴打的女生。

雨雾中，她的头发被人死死地扯住，有人在混乱中踢了她两脚。湖北话口音的女事主在大声地喊："手机呢，把手机交出来……"

有人找来一段电线，将她绑得结结实实地再从地上拖起来。一片混乱中，晃动的镜头在慢慢放大，是一张面无表情却又无比清晰的脸。

阴云密布。

窗户的螺丝松了,被风吹得吱呀吱呀地响,杯子里的热水一口都没喝,渐渐地又凉了下去,也懒得再去换了,反正再冷的水也抵不过此时自己心凉的程度。

财务室里最后一个人离开的时候,随手关掉了灯,黑暗里林明月一动也不动地坐在位置上。

视频上传的时间,刚好就是自己偷窃被抓到几天后。有人将一年多前的事情拍下并发到了网络上?

是娱乐还是出于正义,都不重要了。

下班的时间,隔着一扇玻璃门,门外准点离开的人三五成群,拿着包从办公室外的走廊经过,掀起一阵阵嘈杂声,不知道是谁说了句什么,一群人都轻声地笑起来,有反射弧更长的人在大声地问:"怎么了啊?"又引起另一波的笑声,那些声音之间隐约夹杂着一些关键词,视频、小偷、看着挺斯文、看不出来啊之类的话。

黑暗中,每一个从门后传递过来撞击到耳膜上的字,都像是极响亮的耳光,一下下狠狠扇在了林明月的脸上。

但是又有什么好反驳的呢?

像是从前念书时被那些不怀好意的同学染在校服背后的蓝墨水,也永远都有块淡淡的污渍,用洗衣机洗,用手搓,用温水泡,都无法彻底洗干净。所以,无论现在的自己是有多么衣冠楚楚地坐在这里,一年半之前她却是个可耻的小偷,一个有案底的小偷。

这是永远都改变不了的事实。

所有人的人生都会有缺憾,而她的这个缺憾却像是摔破了口子的青花瓷,无法再复原。

下午的时候,HR的负责人将她叫到了办公室,拐弯抹角地聊她的学历,聊工作经验,但就是不提视频的事情。那四十出头戴着无框眼镜的男子,皱着眉翻阅她的简历:"林小姐,虽然你是老板直招的,但是看不出来你之前有过财会方面的工作经验啊。林小姐,您有深户担保吗?"

有的话不需要直接讲出来就能明白,她学的是会计学,没有一家公司会聘用一个小偷来负责财务的工作。

好在手里并没有太多东西要交接,整理好零零碎碎的文档,再写百来个字的辞职信,其实也并非难事。通常大家辞职的理由无非是身体不好,另有发展,要回老家。

也许从来没有一个是因为"不好意思,不小心暴露了我是个小偷"的理由而辞职的,林明月苦笑着,对着电脑反反复复地写了很久,又再删掉。

最后改成了一句话的邮件。

离开的时候路过秦有力的办公室,灰色的卷帘下照例漏出了光来,她在门口站了一会儿,听到他大声讲电话的声音,激动的时候用手哐当哐当地拍着桌子。最终还是没有敲门进去,在这样的事情发生之后,她也再没有勇气去面对一个曾经很信任自己的人。

又多让一个人失望了。

9.
高科技公司云集的科技园区,是这座城市著名的不夜城,路边的出租车排着一列静静等待加班的人走出那座一直亮着灯光的写字楼,拉开车门上车回家。

车顶上亮着的白色空车灯一盏连着一盏,闪着光连绵着延向黑夜的更深处。

"妹子,去哪儿?"排在第一个理着平头的司机朝她喊道。

林明月朝他摆了摆手,跺着脚紧了紧脖子上的围巾。

天空黑压压一片,连一颗星星都没有。反而显得写字楼里那些因为通宵加班而从不熄灭的灯光更加闪耀。

她就在这一片璀璨繁华的背景下慢慢离去,前方是未知的黑夜,月光被挡在了乌云里。

坐了一个多小时地铁才到家,林明月借着手机的光,一只手扶着有些旧患复发的右腿慢慢地往楼上爬。

隔壁二楼的那个房间又换了一家人租住。从窗口望出去,淡黄色的窗帘拉到了一边,露出了整个房间来。两个年近花甲的老人并排坐在沙发上看韩剧,很温馨的感觉。

终于爬到自己住的那层的时候,突然就感觉到黑暗中似乎有人在潜伏着。

她还没反应过来,黑暗中的人影就扑了上来,抓住了她的头发疯狂地踢打着她的背:"贱人,叫你多管闲事!你想不到老子会出来找你算账吧?"

头发被死死地拖住,剧痛,像要撕裂掉一整层头皮。拳头像雨点一般落到身上,胸口被打中的肋骨火辣辣地疼,像是要断掉了。

她终于大声喊出来:"抢劫了!"

楼上有人听到声音开门走出来,隔着楼梯缝向下看了一眼,"啪"的一声又关上了门。

一记响亮的耳光又扇到脸上,林明月感觉到右侧脸颊下的牙齿有些松动了。

她捂着脸,抬头看了一眼,借着昏暗的光,隐约看到是之前住在隔壁二楼把女友打到满脸鲜血的那个瘦子,好像没过多久,怎么又被放出来了?

"你以为人人都像你这样多管闲事?"瘦子死死掐住她的脖子,歇斯底里地说道,"我今天就让你知道你是怎么死的。"

手机还握在手里,她藏在身后凭着操作的记忆打开通讯录随手点下一个号码。没几秒钟就被发现了,瘦子夺了下来甩到一边:

"臭三八，现在还想打电话求救。我今天就弄死你。"

银色的手机被扔下楼梯，发出一声清脆的响声，被摔得支离破碎。

看准了一个空隙，林明月突然伸手推了那男人一把，再疯狂地朝楼下跑去。可天气是这样潮湿，右边的膝盖奔跑起来的时候仿佛能听到关节之间咔嚓咔嚓摩擦的声音，有一颗钉子在膝盖里疯狂地钻动着。靠近二楼的窗户，那对老人客厅的灯已经熄掉了，大概是进了卧室休息。瘦子穿着球鞋，橡胶的鞋底啪啪啪地拍打在水泥阶梯上，离自己越来越近了。

她终于在瘦子抓住她头发的那一瞬间，推开楼下的大门，朝着更光亮的地方疯狂地大喊："着火了！快出来，房子着火了！"

夏临风刚吃完药，睡之前再看了一眼手机，除了几条低息贷款和新开盘的房地产广告之外就没有了别的消息。

大约是洗手间的水龙头没有拧紧，于是就有水滴到白瓷脸盆里的声音，在寂静又空荡荡的夜里，一声接着一声回响在耳边。他又爬起来拧紧水龙头，回来的时候就看到手机在床头柜上疯狂地振动，房间已经关了灯，那亮起的手机屏幕是世界里唯一的光。

刚要伸手去拿手机，电话却挂断了。

看了一眼来电显示，月月？

夏临风独自躺在床上，黑暗里胸口像被压着一块石头，呼吸也变得越发沉重。黑暗中浮现的总是朝我微笑的那张脸，眼神清澈而透亮。自从自己发过了那条决绝的信息之后，她就彻底安静了下来，再没有联络过他。

侧过身去刚好就看到窗户外的一小片没有月光的苍穹，几朵巨大的乌云在视线里静止，飞鸟拍打着翅膀覆盖了天空。

又是一个阴雨的天气。

握在手心的电话没有再响起来，要打回去吗？

10.

秦有力打完电话，Foxmail的新邮件提醒浮动在电脑右下角。发件人是林明月，点开一看，只有简单的一句话：

"因为过去的原因，不适合再担任财务助理的职务，特此辞职。"

看看时间已经是深夜，他发了条微信给她："一起吃夜宵？"

她没有回复。

他又打电话过去，却提示用户不在服务区。

他沉着脸推门走出去，开放式的办公区还有许多人在加班，头顶亮着的日光灯在偌大的暗淡空间里照出一大片圆形的光亮。隔着这样一片光亮的区域，望着对面那间黑漆漆的财务室，他眉心皱成了一团。

后来才看到HR负责人发来的邮件，已经约谈了新入职的财务助理，是否辞退还是保留需要他来决定。

那条视频接连被人发到了自己信箱，视频之中那张熟悉的面容是面无表情的，一阵嘈杂的混乱之后，她的眼神中反而透出了一种无所谓的平静感。

像是自己年轻的时候和朋友去山里网鸟，那些不小心落入猎人网中的飞鸟，会在疯狂地拍打翅膀后终于安静下来，匍匐在原地一动也不动。

绝望又安静地等着未来的发生。

他想了一下，掏出手机找到她的电话号码拨打过去，一个冰冷的女声提醒着用户不在服务区。

附近楼房里的灯呼啦啦地亮了一大片，住在低处的人闻声跑出来的时候身上还裹着被子，狼狈地抬头四处张望："哪里着火了？"

那瘦子逃走的时候像是沟渠里乱窜的老鼠，一眨眼就没影了。

林明月害怕他再找上门来，就不敢再回家，手机在楼道里被摔得粉碎，也不知道该找谁求救。

于是，她就走到巷口更光亮的地方蹲下来，感觉到额头湿湿的，随手抹了一把，灯光下是满手的鲜血，先前挣扎的时候头磕在了墙壁上，也许是磕破了皮。又看到附近便利店亮着灯，她慢慢地走过去，打算先买包纸巾捂住伤口止血再说。

迎面有牵着手的情侣走过来，男生见到林明月的样子想上前问些什么，却被身后的女友一把拉住："你别管闲事啊。"很轻的声音，抓住对方胳膊就拖走了。

寂静的街道，附近的野猫弓起身子，轻巧地跳上了屋檐，在高处安静地看着她。一辆辆汽车闪烁着刺眼的车头灯呼啸而过，卷起一阵又一阵的尘土，在嗅觉里弥漫着一种难闻的汽油味。

一辆黑色的A6缓缓停在林明月面前，不经意看了一眼，那黑色的车窗玻璃映照着夜色的光，像一面变形的镜子将她的脸拉得很长。

车窗缓缓落下来露出秦有力那张有些诧异的脸。

"你怎么了？"见到她满脸鲜血的样子，秦有力慌里慌张地从车上跑下来，一把拽住她的胳膊，"你怎么摔成这样了？"

"我没事啊，你怎么在这里？"

"我过来找你的！你这还叫没事啊！"秦有力有些气急败坏地说，拉开车门将林明月塞进去，"我现在带你去医院。"

"我不去啊，只是擦破点皮而已。"话语中带有一点点抵触的情绪。

秦有力叹了口气坐回车里，随手打开车顶的阅读灯，又从副驾前面的箱子里拿出酒精、棉球和创可贴。

"你这是随时准备跟人干架啊？还带这个。"林明月有些吃惊。

"我踢球经常受伤，就随时备着了。"

还想说什么，脸就被人扳过了一边去，将额头的伤口暴露在昏黄的阅读灯下。

沾着酒精的棉球一下一下贴在皮肤上，之前还不觉得如何痛的伤口，现在倒是火辣辣地刺痛起来，像有人拿着刀片胡乱地割着。

她龇牙咧嘴地扭开的脸，又被秦有力扳回来："叫你别动。"

于是就闭上了眼睛。

很久过后，林明月感觉到半响都没有动静，再睁开眼，中年男子就在昏暗的光线下凝视着她，他半眯着眼睛，眼角的鱼尾纹就显得比平时更深一些。

"干吗？"她问。

"嗯，想你做我女朋友。"他不痛不痒地说。

那一瞬间，车里的空气都凝固了下来。

世界安静到可以听到外面的声音，环卫工在街边清扫着落叶，疏松的扫帚一下一下很有节奏地刮过坚硬的地面，有飞鸟拍打着翅膀从路边的树丛中飞起。

林明月低下头不敢看他，声音渐渐地低了下去："我今天辞职了。"

"那正好，我们公司本来就不允许办公室恋爱。"

"我说真的，我以前……"

"我也是说真的。"秦有力拉住她的手，"你看我都四十多岁，还有多少日子开玩笑，早过了没事追小姑娘玩的年纪了。"

"那你为什么喜欢我？"

"算八字的先生说你旺夫。"秦有力开玩笑地讲道。

他的手很大，手掌的那一面粗粗的，像是之前做了很多重活生出来的一层硬茧。每一个手指的骨结都向外突出，握住她的手的时候就显得特别有力量。

又一辆汽车迎面经过，光亮的世界透过车窗照耀进来。

"为什么辞职我知道，但过去的事都算是过去了，从现在开始让我照顾你，好吗？"

那光线照得人眼睛湿漉漉的，看不清东西。

11.

让我照顾你好吗？2015年，林明月觉得自己还是很年轻的，至少在这座充满了活力，哪怕年纪到了四十岁也敢自称男生女生的城市里。

但在这样蓬勃生长的年龄里，手里却捧着早已经千疮百孔的心脏，好像早已经历了狼烟遍地的战场，疲惫不堪。

所以哪怕有再多的坚持，再多的回忆还有无尽的喜欢，都抵不过这一句"让给我照顾你"简单的六个字，他说得很沉稳，在昏暗的夜里，没有犹豫也不拖泥带水。

而从前那个从七岁起会偷偷帮她写作业的人，那个会在夏天带着她去游泳请她吃冰激凌的人，那个在她手术住院时一日三餐送饭照顾的人，最后却将她狠狠推进了无尽的深渊。

一些疼痛是可以被轻视的，而另一些不能。

还在短信箱里的那句："我从来没有喜欢过你。"

——更像一把贴在心尖上的刀刃，埋伏在每一次心跳之间将自己磨得血肉模糊。

夏临风，你看吧。

这样浩大的世界，这样漫长的人生。

世界可以一瞬间就乌云遮月，再一瞬间就能晴空万里。

那些深藏在乌云后的电闪雷鸣都还来不及响起，那些涌动在喉间的旋律都还来不及歌唱，那个占据在心里的你也还来不及忘记，但转眼我就遇见了另外一个人。

而最终的你，就像电影演到最后一幕的一个剪影，安静屹立在背景的最深处向我告别，眉目清晰或者模糊，微笑或悲伤。

没人在意我爱你，也没人记得我爱你。

第八章

听说爱情回来过

在苍白的天光之下,我走出了几步后再回头看你。

有一瞬间我以为还能像多年之前那样,回头就能看到那个跟在身后沉默而倔强的小尾巴。

但最后落进视线里的却是你与他并肩离开的背影。

现在才觉得我之前回报给你的,那一点点可笑的亲近,在你漫长的付出面前显得那样微不足道。

这样也好啊,因为如此珍贵的你本就不该在我这无望的人生中浪费人生。

The moon does
not know
where to go

1.

不知不觉，又到盛夏，白天骤然变得漫长起来，阳光将视线中的一切都照得发白，南归的候鸟，和路边比去年更茁壮了一些的芒果树。女学生流行的发型也从齐眉的刘海变为整齐的中分，依然是成群结队地聚集在一起，穿着同样的蓝色白校服，连眉目都是相似的。

夏临风拿着黄色的档案夹回之前的单位，年前最后一次检查眼睛，医生说最多还有半年的时间。

"发展得太快，应该说之前的外伤是导致你病情恶化的绝对原因。"换了无数个眼科专家，保持着这样相似的说辞。

恶劣到让所有的人都束手无策。

这一刻的来临，就和让温度计突然飙高的夏天一样，比想象中来得更快。夏临风拿着伤残报告办了工伤的病退手续，老家父母留下的房子一直空着，打算回四川看个铺子什么的做点小生意。

悲伤和害怕突然都没有了意义，特别是在黑暗降临之前，内心却是出奇平静。

他刚走进派出所大院，就遇见几个之前的同事，也是刚从外面回来的样子。见到夏临风，他们面色微微有些吃惊。

"老庄今天结婚啊，你怎么都没去？"是个资历比他们浅几年的小同事在问。夏临风看到旁边有人飞快地打了下小男生的背，又瞪了一眼示意他闭嘴。

夏临风无所谓地笑了笑："最近忙病退呢。"又挥了挥手里的档案袋，"我过来盖个章。"

"你身体好点了吧？要好好保重啊。"

接下来那些，无外乎是些祝福关心的话，落进耳朵里轻轻的，像是被风吹起的浮尘，转眼就消散了。

寒暄了几句，大伙儿又各自散去忙别的。

手机里，蓝初雪后来发给他的短信还躺在收件箱，并没有删掉："5月20号，喜来登，你来吗？"

办完事走出来的时候，看看时间竟然已近黄昏，但天空依旧阳光灿烂，透着夏日里特有明亮，夏临风在马路边站了一会儿，随手招了辆出租车坐了进去。

车窗外，填满了视线的芒果树飞快地向后倒退，拉起了一条无边无际的绿色纽带。

他听到飞机在更高的天空飞过，带着风的呼啸声，抬头望去，只能看见来去自如的飞鸟在透明的浮云下划出的一道道涣散的轨迹。

酒店门口的牌子上，红纸黑字地写着"庄蓝联姻"。

那对新人喜气洋洋地站在宴会厅的门前迎客，穿着婚纱与西装。身后的背景板是设计过的，放大两个人站在海边拍的婚纱照，挂着彩色的气球和鲜花，风光无限的样子。

头顶水晶灯的光渲染出一整个光彩流离的世界。

客人风尘仆仆，来了一拨又一拨，换来无穷无尽的感谢与欢迎，大约是站的时间久了，蓝初雪身体摇晃了一下很快被庄狄龙伸过去的手揽住了腰。

夏临风站在远处看了一会儿，走出去找了家银行取钱，又在旁边的便利店买了个红包，借了支笔唰唰地写了几笔匆匆地塞了现金进去。走回酒店的时候正遇见之前站在蓝初雪身边的伴娘跑出来抽烟。

"麻烦你把这个给老庄。"

红包递过去，换来一道诧异的眼神。

"那你怎么不自己给？"胖胖的伴娘疑惑地看着他，眼神像是遇到了神经病。

"我赶时间，我红包上留了言，他们知道我是谁。麻烦你了。"

伴娘低头看了看红包上的字，又再看了看夏临风，像是突然想起来什么，恍然大悟："我以前见过你，你不是蓝蓝之前的……"

"麻烦你了。"不等对方把话说完,夏临风就挥挥手转身离开。

走出酒店的时候,天空的光线终于舍得一点点地暗下去了,宣告着又一个冗长的白昼结束。而弯弯的月牙从云层之间绽放出的白色月光,如同诗人在雨天写下的句子一样,永远都是惹人悲伤的。

但出乎意料的,却并没有感觉到有多么悲伤。

该如何去形容这样的心情,丛林深处寂静的湖泊,没有风的像明镜一般却又深不见底的湖面,平静得一丝风都没有。

没有急促的呼吸,没有慌张的心跳,也没有人拿出把匕首朝着心脏的位置反复地刺扎着。

一切都淡淡的,像是从容不迫地喝下一杯不冷不热的温水。

从深圳飞往成都的机票妥妥当当地放在背包最里层的袋子里。

当秋风带着金黄色的落叶席卷过整座城市的时候,我就放下了。

当候鸟衔着新绿沿着去年迁移的轨迹重新飞回来,于是我又要向你们告别。

你们会就此幸福下去吧。从此之后,我就是藏在你们年华中一小块不起眼的倒影,倒影着慢慢淡去的无尽的流年。

是那种便利店随时可以买到的红包,正面印着恭喜发财四个烫金的大字,背面用圆珠笔很潦草地写着——

包你十桌酒席。

没有留下名字,但塞进了厚厚的一沓现金,也没数清楚到底有多少。

红包是伴娘在婚礼结束后递过来的,说是人一早就来了又走了。再出去找人也找不到。

永远都有搞不清楚状况的人,在酒席上说:"你知道吗,听说临风今天回单位办了病退。"又指指自己的眼睛,"这里快不行了!"

老庄点点头,心就像被一个拳头拽在了一起,紧得一句话都说不出来。

晚上的节目从传统的闹洞房改成去KTV唱歌,房间里还大声放着快歌的伴奏,不停地有人端着杯子过来敬酒。蓝初雪披着衣服在旁边的沙发上眯着眼休息,庄狄龙坐在巨大的投影屏幕前,点了一支烟又使劲揉了揉眼睛。

"别养鱼啊,老庄!"有人大声地劝酒,"是哥们儿就给我干了!"

服务生送进来一瓶新开的洋酒,有人将满满一杯琥珀色的液体放在老庄面前的茶几上。

"兄弟!快点干了!"

那人喝醉了酒,就贴在耳朵跟前,那"兄弟"二字喊得极为大声,几乎要震碎了耳膜。

老庄拿起杯子仰头一饮而尽,掀起周围一阵嘈杂的叫好声。

空荡荡的玻璃杯重重地拍在茶几上,他揉了揉眼睛,像是落进了粗糙的沙砾,磨过发红的眼睑就浸出一层湿漉漉的眼泪来。

2.

2015年初夏,家乡的小城和夏临风记忆中的一样,潮湿温暖,天光明亮。

闷热的天气让每个人的日子都过得缓慢而悠闲,仿佛是乡下溪流旁的那架老水车,无论外间的世界是如何地瞬息万变,也总能按照自己的节奏不紧不慢地转动着。

小城却仿佛从来没有改变过,还是只有那一条水泥铺出来的主干道,四五条公交线路,绕着整座城市走一圈也不过半小时的路程。但街道总是干净的,两边种着一棵棵挺拔的柏树,一到夏季枝繁叶茂的特别葱郁,笔直的树梢直直地插向天空。

夏临风去城南一个能教盲文的老师家里上完课,又坐着巴士一路摇摇晃晃回城北。巨大明亮的车窗外，那些高大的柏树一棵接一棵向后倒退过去，树荫与天光，明明暗暗反复交替着晃在脸上。

就这样一路路过了小时候生病常去的医院，路过了自己喜欢吃的那家饺子馆，路过了自己和林明月念过的中学。

夏临风从背包里掏出墨镜来，不经意地朝车外瞥了一眼，窗外路边站着一个女生，穿着黑色的T恤，小麦色的皮肤，瘦瘦的样子梳着马尾。他突然直起身体，将脸贴在窗户上一直看着那个渐渐远去也模糊不清的身影，静静地站在高大的柏树下，显得特别娇小。

多像她。

黄红梅的小卖部还在开，又新开辟了麻将馆的业务。夏临风回家的时候顺便过去买了包口香糖，像是不经意地问："黄阿姨，月月还在深圳吗？"

"还在呀，前段时间打电话说交到了男朋友，要带回来看看。结果现在也没有说要回来。女生外向，不像你们儿子不管怎样都向着亲妈的……你身体好点了吗？明月之前打电话回来说你在深圳受伤了，没伤到哪儿吧……"

麻将馆里乌烟瘴气的二手烟从敞开的门口弥漫出来，一阵阵窜进鼻腔，呛得人几乎要流出眼泪来。黄红梅还在喋喋不休地说着什么，已经都听不进去了。

只剩下一句在脑海中无限放大的"交到了男朋友"。

回家的路上经过小区那堵污迹斑驳的围墙，院子里的小孩用各种工具刻画上去的字迹，层层叠叠，密密麻麻，旧的淡去了，又会有新的痕迹刻画上去。

都是类似于那种小孩子稚嫩的话语——

"××和×××要永远在一起。"

"××是猪。"

"××到此一游。"

之类的。

墙壁更高一些的地方，隐约还能找到自己念书的时候和林明月一起刻下的痕迹，画了一个猪头，旁边写着林明月的名字，然后用箭头指过去。

猪头的形象隐约还在，那个箭头和林明月的名字却已经模糊不清了。

旁边却比当时刻画上去的多了一行小字，像是用刀片刻的，墙面上深深地凹了进去，看上去也有些年头——

月月喜欢风哥哥

2003.12.24

估计是身高不够，所以踮着脚。那字体刻画得歪歪斜斜的。

算了算2003年的12月，自己已经离开老家去警校念书了。

夏临风在那行字迹下站了一会儿，胸口下又有一些疼，像是被人用手指头揪起来一块肉使劲地拧着。有提着菜篮子回家的邻居路过跟他打着招呼也没有反应过来。

两三只灰色的鸽子拍打着翅膀落在墙头，一动不动地静静俯视着他。

原来你真的喜欢了我这样久，还一副若无其事的样子。

夏临风感觉到眼眶湿湿的，像温暖的潮水蔓延过浅滩，他抬起头的时候看见那几只鸽子又抖抖翅膀，朝着明亮的天空里飞去。

你傻啊？

3.

对于林明月来说，通往香港最方便的口岸是深圳湾。

但其实并没有区别，特别是在周末的时候，几乎所有通往香港的口岸都是人山人海的。秦有力说回家见未来岳父岳母，一定要买点厚礼，于是就打算去旁边的香港扫货。

海关附近拖着各色行李箱行色匆匆的人大多是水客，团体游的客人胸前都贴着各种色彩鲜艳的不干胶方便分辨。有几家旅行社开在附近，专门为团体签证的游客办通关手续，大概是旅游市场竞争激烈，业务员们都西装革履地顶着烈日跑到了街道上举着"团队L签过关"的牌子吆喝着招揽生意。

"喂！"有个穿着深色西装的业务员拦住林明月的去路，"要不要团签，这里最便宜，再往里面走就更贵了。"

"不用不用。"林明月急忙挥挥手，低头赶路。

"L签啊，不要吗？"

"真的不用。"

"林明月，是不是你啊？！"业务员却突然叫住了她。

林明月吓了一跳，这才抬头仔细地去看对方，过了半响才反应过来。

"吴思洋啊？"有点意外，对方把架在鼻梁上的眼镜取下来了，而且还剃成了个光头，一时半会儿都没有认出来。

"你改行了？"

"是啊。"吴思洋有点不好意思地挠挠头皮，"工厂做下去没前途，所以转做业务员试试看。"

"那挺好的啊。"

"你要不要团签，我给你便宜点算？"很期待的语气。

林明月苦笑了一下："不用了。我刚把户口调到深圳来了，所以不是团体签。"

"看你现在也混得挺好的啦。"不知道从哪里学来的广东话口音，"现在在做什么生意啊。"

"我转行做了财务。"她又指指前面缓慢向出境厅行走的人流，"我赶时间，先不聊了啊。"

转头的时候，她隐约听到身后吴思洋的那句："你就好啦，发达了。"

她听到这句，也没有回头。

秦有力在身后停好车追上来，他回过头看了看蹲在街边的吴思洋一眼，又顺手把林明月肩上的挎包也拿了过去提着："刚刚那人在跟你说什么呢？表情好奇怪。"

"没什么，问我要不要团签而已。"林明月低下头淡淡地说。

也只能这样回答了。

因为时间拥有将一切都变得微不足道的力量，能将山川陷落进大海，亦能将绿洲化为沙漠。岁月消亡，当你走出了足够长的一段路再回望过去，仿佛之前所经历的一切都渺小得似尘埃中的一粒沙砾，所有的饱含恨意和厌恶的情绪都不再值得一提。

两年之前，我还是那个流窜在街头为了生计糊口的小偷，而现在的林明月却是一个已经拿到会计师资格证的会计师了。

所以夏临风，这个世界上根本就没有不能愈合的伤口吧。

唯独你。

偶尔我也会路过你从前上班的地方。有那么一次我就站在派出所的门口等了你很久，久到足够让太阳划出了一条抛物线，从我的头顶一直滑落到天边。

我只是，想再看你一眼。

4.

下午天空很干净，一片云都没有。太阳在头顶高高挂着，像一团巨大燃烧的火球炙烤着世界。夏临风洗好衣服再拿去阳台上晾干，就听到对面阳台上有人说话的声音。

他的视力退化得太厉害，由于没有戴眼镜，所以循着声音望去也看得不是特别清楚。

但阳光刚好打在她的侧脸上，一边的脸暴露在这样透亮的光线下，另一边就藏在灰色的阴影中。隐约看她是侧身对着他的，正和站在客厅里的另外一个人说着话，时不时地发出一阵笑声。

而盛夏正在天空盛开，将一切都照得透亮。

她露在光线下的一半侧脸。

对面阳台花钵里盛开的紫色蝴蝶兰。

空中不知道从哪里被风吹起，渐渐飘向更高处的白色塑料袋。

都被照得透亮的。

夏临风仿佛听见自己心脏扑通扑通的声音，一下一下捶打在胸壁上。他看不清楚她的脸，也看不清楚表情。

但他认得她的声音。

她回来了？

林明月站在阳台上，听到身后秦有力跟她说话就转身回答了几句。

再转过身来，就见到对面阳台上夏临风笔直的背影，还是留着寸头，后脑勺几乎要露出青色的头皮，手里拿着个红色的塑料桶，掀开淡绿色的窗帘窜进门里那片黑色的阴影里。

不知道哪里来的白色塑料袋，在半空中飘飘荡荡的，最后挂在了柏树的树梢上。

他怎么……

烈日带着浓烈的热度，将所有的浮云都融化在天空，将每一寸皮肤都烧灼出一种微弱的痛感来。

也回来了？

秦有力还在旁边讲着什么。

林明月眼睛里感觉到一些白茫茫的刺痛，有一些潮湿的液体从眼眶涌动出来的时候，仿佛被化为了丝丝的水蒸气，瞬间就干涸在烈日底下。

心在胸口下被挤成了一团，还是哭不出来。

The moon does not know where to go

曾经错误地以为痛哭流涕才是这个世界上最令人难受的情绪。

而直到现在，令我最难受的情绪却依然是你。

客厅里蔓延着浓浓的中药味道，是老家的朋友不知道从哪里找来的治疗眼睛的偏方。这样的气味像化不开的浓雾在有限的空间里弥漫着，将一切悲伤难过的情绪都包裹了起来。

满满一碗黑色的药汁放在茶几上渐渐凉了。夏临风皱皱眉头，把碗端起来硬着脖子一饮而尽。那味道极其酸苦，像吐着信子的毒蛇，径直就窜进了喉咙里。

喝完药，他走进卧室胡乱地收拾了几件衣服塞进旅行袋。

高中的老同学在隔壁的县城混得风生水起，城市中心地段有家里传下来的门面，做房地产生意发财以后这些门面放着也是收些闲散的租金。

"还不如租给自己认识的人靠谱点啊。"同学是这样说的。于是，夏临风就准备趁自己还能看得见的时候去考察一下市场环境。人总是要自力更生的，哪怕他还有丰厚的抚恤金和每个月虽然不多但是绝对可以活得很好的病退工资。

哪怕最后开一个盲人按摩店，他也不想做一个废人。

不稳定的视力障碍，让他早就放弃了开车。于是打开手机查列车时刻表，下一班去临县的车是在傍晚。夏临风在客厅里静静地坐一会儿，转头望向阳台的位置。

透过窗帘缝隙，对面阳台上早已经空无一人。

远远地，对面阳台上的蝴蝶兰开得特别艳丽，在模糊的视野里突兀地显出一团团浓烈的紫色来。

5.

夏临风拎着旅行袋走出小区的时候，接近傍晚。

日光却依然漫长，将世界照成白茫茫的一片。

这样的色调落进了视力日渐衰弱的双眼，是那种惨淡而模糊的白，将背景糅合成一团团深深浅浅的光晕，模糊不清地浮动在视野里。

眼前突现出林明月那张惊诧的脸的时候，他已经走得离她很近。于是就看得清楚了些。还是回忆里的样子，小麦的肤色，之前扎在脑后的马尾绾了起来扎成个丸子头，显得更加精神。身边站着一个商务人士模样的男子，两个人手牵着手，没有要松开的意思。

像是一对关系稳定的情侣。

秦有力感觉到旁边林明月突然停了下来，先是转头看到女友已经石化的一张脸，再顺着她的视线看到了对面的男子，短得露出了头皮的发型，穿着普通的T恤和牛仔裤，拎着旅行袋像是要出门的样子，戴着墨镜看不出来表情。

被握住的手放松了一下，瞬间又被握得更紧。

"你回来了？"

"你回来了？"

几乎同时脱口而出地说出这句话。

停顿了半秒，林明月脸上重新露出了微笑："我好久没见到你了，还好吗？"

"还好啊，回来休假。"一种强装起来的轻松感。

"嗯，我们也是今天才回来。"

"我们"两个字，在语气里被加重了，像是从皮肤上划过的匕首，突然重重地朝着一个方向刺进去，刺得皮开肉绽，鲜血淋漓。

"你好，我是夏临风，月月老家的邻居。"伸出的手悬在半空，黝黑的皮肤裹住鼓胀起来的肌肉，充满了力量。

下一秒，另一只也充满了力量感的手臂伸过来握到了一起。

"你好，秦有力，明月的男朋友。"

"以前听月月提起过你的名字，你还是她的老板？"
"明月到别家公司上班，我现在只是她的男朋友。"
"很高兴认识你。"
"我也是。"

回想起来，当时的场景就像是被一格一格放慢的电影镜头，嘴角扬起的每一个角度，紧紧握在一起突起的手指关节，都无比清晰地落进了眼里。

像是宣告着一个事件的终结。

双方点头告别了彼此，再背对着背分别走向一条路线的两端。

在苍白的天光之下，我走出了几步后再回头看你。

有一瞬间我以为还能像多年之前那样，回头就能看到那个跟在身后沉默而倔强的小尾巴。

但最后落进视线里的却是你与他并肩离开的背影。

现在才觉得我之前回报给你的，那一点点可笑的亲近，在你漫长的付出面前显得那样地微不足道。

这样也好啊，因为如此珍贵的你本就不该在我这无望的人生中浪费人生。

6.

秦有力说要展示下自己的厨艺，穿着围裙在乌烟瘴气的厨房里忙活了半天，林明月刚走进去就被轰了出来："你老实在客厅待着，做好了会叫你。"

于是，她就坐在客厅的沙发上，侧脸就能看到对面五楼的阳台。

记忆里夏临风家里的阳台并没有挂过什么绿色的窗帘。烈日灼心，全都烤在那层明亮的绿色上，反射出更强的光让林明月微微闭上眼，有些眩晕。

你怎么又能回来,还这样若无其事地出现在我面前?

我以为,我们这辈子都不会再见面。

鼻子有些发酸,像是在空气里滴进了一滴柠檬汁,激起一种温热的感觉被另一个自己死死摁在眼眶里。

"明月。"林明月揉揉发湿的眼眶,回过头看到秦有力推开厨房的门,"没醋了,下楼去买瓶醋回来。"辛辣的油烟味从门缝之间弥漫出来,呛得人直流泪。

"好的。"

林明月走下楼,左转走一段路去黄红梅的小卖部拿醋。

眼前是几十年的老式小区,记忆中从自己出生开始就一直生活在这里。

林明月年幼时,一群叔叔伯伯自发种在楼前的柏树苗现在已经冲上了五层楼那样高了,那些阳光下的树荫将整条路面都掩盖起来,再逐渐蔓延到灰白的围墙上,将石灰涂料的墙壁映照得更加粗糙而斑驳。

墙体上被刻画上各种涂鸦的文字,一些浅得看不出痕迹,而另一些色彩鲜艳的是最近才被写上去的。

但总能找到自己留下来的印记吧。

就像回到老家之后,无论去到哪里都总能看到过去的影子。曾经在楼下某棵柏树下挖出来的蚂蚁窝,捉迷藏曾经藏进的小木屋已经变成垃圾房,玩过乒乓球的台,搭建时候刷上去的绿色油漆现在已经完全褪成一种灰色却还结结实实地存在,而小区门口拐角处总是一起去光顾的卖小面的中年妇人也变成双鬓斑白的老婆婆了。

林明月从围墙边上慢慢地走过去。

那些在墙面上变浅的字迹有的是自己画的,但有的不是。有的名字还记得住,有的名字完全不记得了。像是无数交错的时空最后都平行显露在这一面墙上,流年缓慢,斗转星移,来来往往的人和事都在这里沉淀出倒影来。

后来她看到了那行字，像是用钥匙新刻上去的，刻得极深。就在自己曾经写下的句子旁边。

月月喜欢风哥哥

2003.12.24

风哥哥也喜欢月月

2015.6.1

她在原地站了一会儿，捂住嘴慢慢靠着墙壁蹲下来，努力想堵住喉咙间汹涌的哽咽声。

手机里你发给我的最后一条短信还在，你明明说过：我从没有喜欢过你。

你是个大骗子。

阳光渐渐淡下去了，有邻居从路边经过，面色诧异地看着她。林明月站起来，来不及擦干眼泪就转身向身后的一栋楼房跑去。

阴暗的楼道入口，脚下是那种老式的水泥石阶，建得极高爬起来相当费劲，但也一口气跑到五楼。

眼前还是记忆中那扇锈迹斑斓的绿色防盗门，门上原先贴着倒"福"的红纸已经完全褪色，变成一种陈旧的粉色。

林明月想都没想，举起手来疯狂地敲打着防盗门。

"砰砰砰！"

"夏临风你是不是个神经病。"

"夏临风你是不是玩我？"

"夏临风你给我出来！"

"你给我出来！你给我出来！"

一下一下的敲门声，在空荡的楼道中砰砰地回响。

"你明明是喜欢我的啊！你这个骗子！"

又一脚狠狠地踢到门上,坚固的铁门发出一声巨响,在门框中微微晃动了几下,又安静下来。

"夏临风,你给我出来!"林明月对着门几乎是嘶吼着。

但门后面却始终安安静静,像一个极深的洞,石头砸下去也半天都没有回音。然后她才想起来刚才在小区大门遇到他,手里拎着行李袋是要出远门的样子。

他不在这里?

好像从来没有这样的感觉,整个人像是在一瞬间被人抽走了所有的骨骼,浑身都软绵绵的,像一摊烂泥。

林明月在门前慢慢滑坐下来,将头埋在膝盖之间,眼前早已模糊成一片,什么都看不清。

你不是说过,你不喜欢我吗?

你不是说过,你从来没有喜欢过我吗?

你为什么要骗我?

就这样不知道坐了多久,头顶的感应灯却突然啪的一声亮了,模糊昏暗的视野中,出现一双卡其色的男士休闲鞋。林明月飞快地抬起头来,透过蒙眬的泪光看到一张表情略微受伤的脸。

"他就是那个让你在医院照顾了半年的男孩子对吗?"

"你的声音大到我在对面楼都能听得见了。"

"我有时候……"秦有力在她面前蹲下来,平视着她的眼睛,"我有时候觉得,你的心并不在我身边。"

他伸出手替她抹去眼角的泪痕。

"可是等你到了我这样的年纪,也许就会明白,两个人是否相爱是其次,重要的是是否合适在一起。你在一个人那里受过的伤,一定会有另一个更合适的人弥补给你。现在的我依然怀抱着一个和你好好走下去的希望。"

他拉过她的手握住:"不要伤心了,我在这里说过的话不会变。"

你可以选择和我分开,或者选择和我继续走下去。林明月,我知道我年纪大,会委屈了你。但我会一直尊重你的选择,你听见了吗?"

他的语气不拖泥带水,也不急躁,透着一种中年男人的沉稳和安全感。

他的手冰凉而干燥地包裹住自己的手掌,裹得很紧,就像如果一松手她就会跑掉一样,他舍不得让她跑掉。

他没有责备她的意思,也没有歇斯底里的挽留。像所有成熟的男人一样,喜怒不言于表,所有的悲伤和欢喜都深陷在心底。

头顶的感应灯突然暗下去,但楼道外的路灯却突然点亮了。那温柔的灯光似流水一般,安静地从远处漫延过来,漫过粗糙的墙面,漫过坚硬的水泥石阶,漫过两张同样浮动着孤单的面容。

夜风穿过一棵棵挺拔的柏树,穿过楼道窗户的缝隙,径直地钻进了心里。也就是这样一阵风,最终在心里呼啸回旋,卷起巨大的漩涡,要将一切温度和感知都吸进心底那个巨大的,深不见底的黑洞。

林明月坐在地上沉默了半晌,突然痛哭出声来:"大叔,你为什么要对我这么好。你是不是也傻啊。"

7.
而那扇绿色的防盗门后面,是一片无尽的漆黑,并没有开灯。

黑暗中夏临风默默地坐在地上,点了根烟。

赶去火车站的路上他没有打到车,所以就晚点了。而巴士已经开出了最后一班,最快去邻县的火车要明天早上,于是他就去窗口改了票又折返回家。

刚放下行李,就听到林明月在外面疯狂敲门的声音。

"夏临风你出来!"

"你给我出来!"

"你神经病啊,你明明喜欢我!"

客厅没开灯,也没有拉开窗帘,于是就在黑暗中用力地沉默。

他听着她口齿不清的哭声,一声接着一声在耳边回响,她的拳头砰砰砰地砸着门,也像巨大的钝器一下下砸在自己心上。

砸到人痛得发不出声。

夏临风坐在沙发上,死死握住拳头,有一种紧绷的僵硬感从指间传递到每块坚实的骨骼,就像多米诺骨牌,下一秒不知道从哪里开始会塌陷一小块,然后哗啦啦地就全军覆灭。

你是不是傻?

有风呼呼呼地从窗帘之间的缝隙漏进来,这样猛烈的风起于树梢,也起于心底,呼啸着将世间的一切都搅和得乌七八糟。

伴随着那一声——

"你给我开门!"

夏临风猛地从沙发上站起来,快速走到门边,准备拉开门将门外那个哭泣的女生拉进来再说,却在扭动门锁的那一刹那,听到了另一个人的声音。

"他就是那个让你在医院照顾了半年的男孩子对吗?"

隔着一道门传来的声音,让夏临风整个人突然就冷静下来,像是从天空突然坠入湖底,透彻的寒冷瞬间就将整个人冻在了原地。

握在门把上弯曲的手指又一点点地缩了回去。当你视力不那么好的时候,听力就会变得特别发达。

"我有时候觉得,你的心并不在我身边。"

他就这样站在门的另外一面,仔细听着另一个男人对她的独白,语气中带着一些安静又有很多的悲伤。

指间的烟头闪烁着微小的光,烧灼到皮肤上是一种尖锐的痛感,像一根刺直接穿进了心里。

他听到了她的哭泣,也听到他的告白,然后是两个人一起离开的脚步声,一声比一声微弱,直至消失在自己的世界。

这样都好。

我终于不用对你恶言相向。

8.

秋天的时候,秦有力的求婚仪式很正式。包下了两个人最常去的餐厅,铺上大把大把从花店运过来的玫瑰,然后把戒指藏在了香槟酒杯里,和电影里的情节一模一样,夸张得半死。

黄红梅倒是对这个女婿很满意,至少在打听过秦有力的收入、职业之后就再没有提过女婿年龄差距的问题。

林明月原本打算旅行结婚就可以了,但老家民风闭塞,婚礼一定要在老家举行一次。而秦有力在深圳有很多生意上来往的朋友,所以又需要在深圳也办一次。

办两次婚礼,唯一不着急的反而是林明月自己。一切都在不温不火地准备着,婚纱照,装修新房,订婚宴,找婚庆公司。也不顾秦有力的反对,她又找时间给一些公司做兼职,于是就攒下钱来买了一辆二手车。下班的时候开车经过自己曾经租住过的农民村,会停下来在路边买一碗炸土豆条,撒了足够的辣椒和孜然粉。原来同样的食物,用来充饥和用来回味是截然不同的两种味道。

"你真的好幸福啊。"总是有人这样说,"男朋友有钱有事业又会照顾人。"

但这样的幸福在林明月看来却是肤浅的。

因为幸福能抹去的伤痕,时间也可以。

幸福能温暖的心,回忆也可以。

我们习惯性选择了那个对自己最好的人,就像大雁选择温暖的南方,而驯鹿会找寻着一片可以栖息的冻土,习惯是一种顺势而为的本能,却未必是爱情。

只是岁月漫长,而我未必想要去回忆。

有时候多希望你只是一块无关紧要的伤疤，让我潦草地痛一下也就过去了。

庄狄龙陪着蓝初雪来产检，等待的时间漫长于是就打算走出医院去抽支烟。

2016年，过完新年就是南方的回南天。无数的水迹透过墙壁的涂料，地板的缝隙，从四处浸透出来，永远都是湿漉漉的环境，让所有人都感觉像是生活在一条河里，烦闷得很。

他走过一个拐角，就看见林明月，弯着腰等在自助打印机前捣腾半天，想要打印检查单。

于是，他就走过去打招呼："要不要帮忙？"

对面的人抬起头来看到他，一脸惊讶的样子："你怎么也在这里？"

"蓝蓝怀孕了，我过来陪她检查。"庄狄龙摸摸脑袋一脸不好意思的样子，"你陪他过来复查身体啊？"

"啊，怀孕啦！恭喜你啊。"完全没有注意到后面半句。

"他眼睛最近如何了？还有在退化吗？"

"你在讲什么？"林明月一时没有反应过来。

"我在问临风他……"

远处有小孩跌跌撞撞地跑过来，地板湿滑"啪"的一声就摔倒在地上，号啕大哭。话没讲完，两个人又赶紧跑过去把小孩扶起来。

"夏临风怎么了？"林明月将哭闹的小孩交给赶来的家长，心里隐隐约约有一种不祥的预感。

"你们没有在一起啊？"庄狄龙一脸惊讶，"我和蓝蓝一直都以为你们俩能成。"

"我们没有在一起。"林明月落寞地笑了笑，又赶紧追问道，"你刚才说他怎么了？"

241

"他因为那次受伤发现视神经受损,提前病退了。这事单位的人都知道,他居然没有告诉你?"庄狄龙一脸惊讶的语气,"他住院不都一直是你在照顾吗?你们在搞什么啊?"

"我……"

就是这样,世界总是有你看不到的被掩盖起来的部分——月季花下腐烂的枯叶,藏在水底冬眠的鱼,你经过时忘记抬头,就没看到挂在树梢银白色的月亮。

他说了一句"我从来没有喜欢过你",于是一切真相都被掩盖起来。

"我真的不知道,他没有告诉我……"

眼看泪水就要按不住,冲出眼眶。

但是总有一天,当初你没有看到的一切,通通都化为风沙,吹进你的眼眶,也窜进你的心底翻来覆去地磨砺着一切——

"明月,这是你朋友?"

秦有力站在林明月身后喊她,他是被押着过来复查胃溃疡的。

"哦,是的。"林明月飞快地抹了把眼泪,深深吸了一口气才转过身去,"这是老庄,老庄这位是秦有力。"

"你好。"老庄好像突然明白了什么,朝秦有力点点头,又回头对林明月说,"蓝蓝差不多要出来了我得进去接她,我们改天联系。"

"好的,替我向蓝蓝问好。"

——就是这样坚硬的沙砾,反复地磨砺。你不能哭喊,你不能到处倾诉,你一定要表现得若无其事,哪怕它们将整颗心脏都割划得千疮百孔。

"医生都说我恢复得不错,你还老不放心了。"医院停车场,灯光昏暗而阴冷。

秦有力坐在车里翻看着检查报告,接着揽过未婚妻的肩膀亲了一下:"像毛主席保证,我会健健康康地和你结婚。"

林明月在驾驶位上坐了一会儿,终于说出自己的第一句话:"大叔,我们可不可以不要这么快结婚?"

"嗯?"秦有力扬起一边眉毛,拉过她的手,"你想悔婚?来不及了吧。"

"不是的,我……"

林明月抬眼就看到秦有力那张温暖的面孔,几乎充斥了自己全部的视野。林明月有时觉得这样的面孔和眼神,能将整个冬天都融化过去,温暖得让人不再忍心去辜负。

"我知道你对结婚这事没经验难免会紧张。"秦有力善解人意地拍拍她的脑袋,"放心,这事我有经验,我失败过一次了,而且失败是成功他妈妈。"

"嗯。"她点点头,就转头望向窗外不再说话。

视神经受损?难怪最后一次见到的时候是戴着墨镜,大概是害怕阳光吧?

林明月开着车驶出停车场。右转上滨河大道,晌午的街道广阔,临着海,潮湿的海风从路面的另外一边吹来,没有关窗,吹起的发丝疯狂地拍打在自己脸上。

一眨眼,时间哗啦啦就从眼皮子底下过去了,好像一点痕迹都没有留下。

时间能改变未来的一切,却永远改变不了我们的过去。

但我还记得你最后的样子,一开始你说:"我当你是妹妹。"

然后你说:"我从来没有喜欢过你。"

后来你又说:"风哥哥也喜欢月月。"

我闭着眼睛都能想象出你所有的表情,带着喜怒哀乐酸甜苦辣,在记忆中凝固成了一幅画,循环在某一段无限的时光里。

9.

黄红梅在老家准备着婚礼，打来电话说老家的房子已经很久没有见夏临风回来过，她拿着喜帖去敲了好几次门都没人回应。从前留下的手机号码早已经是过期无效的状态，林明月的电子请柬从微信上发送过去下一秒就得到了已经不是微信好友的提示。

五月的时候，林明月和秦有力再次从深圳飞回四川举行婚礼。

原先自己少年时住的那个房间已经被收拾好了，铺上鲜红的床单，床头也贴上大大的囍字。

不知道是哪里的传统，婚礼前一晚新人双方是不能见面的。秦有力住在附近的酒店，林明月在房间里翻来覆去怎么都睡不着，就听到隔壁黄红梅在大声地打电话："对，是明天。谢谢谢谢，我女婿自己开公司啊，哈哈，你女儿那么漂亮分分钟找个更有钱的……"

骨子里的俗套和势利，好像永远都改不掉了吧。

又心烦意乱地从床上爬起来，她推门走出去的时候，隔壁房间还在讲电话，谁都没有听见她出门的声音。

头顶是乌黑到看不见星空的夜，耳朵里只听见自己的塑料拖鞋，啪啪啪打在地上的声音。身后突然传来汽车喇叭长鸣的声音，她猛然侧身让过去。飞驰而过的车带起一阵温热的风，拍在脸上，燃烧过的汽油从排气管弥漫出的味道令人作呕。

就这样要结婚了？嫁给那个对自己最好的人。

然后就听到有人叫她名字，回过头去是以前住在同一个小区的邻居。

"月月，是月月吗？你回来啦。"

"张阿姨你好。"林明月很有礼貌地向她点点头。

"我也搬家去别的镇上好久了，也是这几天才回来。哎呀好久都没见到你了，变漂亮啦！"

"嗯，谢谢阿姨。"

"哈哈，真有礼貌。"头发花白的张阿姨笑眯眯地和她并肩向前走，"我前几天遇到夏家那小子才提起过你，他说你去了深圳工作。"

林明月突然站在原地："夏家那小子？"

被像击飞的羽毛球一样，有什么"啪"的一下拍在胸腔内侧。

"就是夏临风，你夏伯伯的儿子啊，以前住你们家对面，你们老是一起上学的那个。"张阿姨絮絮叨叨地说道。

"张阿姨。"林明月突然伸手拉住她，很着急地问，"他在哪里？夏临风，你在哪里见到他的？"

老太太愣了一下，接着说："就在我儿子上班那附近啊。那孩子也是命苦，爸妈走得早，现在他自己也瞎了。我一开始也不敢确定是他，后来问了才知道，到底是作了什么孽哦。"

就只听到那一句"现在他自己也瞎了"，再说什么就已经听不进去了。

他瞎了？

是那种疯狂的心跳。

在无数种黑暗中，只听见胸膛下方心跳的声音。

一下、两下、三下……疯狂地在肋骨的下方击打着。像是走向倒计时的秒针，下一秒，整个人都会爆炸成无数的碎片。

你在哪里？！

10.

秦有力洗过澡就躺在酒店床上看了一会儿电视。

突然就听见疯狂拍门的声音，他拉开门就看到泪流满面的林明月。

"怎么了？明月你怎么了？"他惊慌失措地将她拉进房间，"发生了什么，没事吧？"

林明月穿着居家服，头发乱七八糟地扎在脑后，抱着他哭到说不出话来。

"大叔，我要去找他。"

"找谁？"

"夏临风。"林明月哽咽着，"我要去找他，对不起，但我一定要去。"

酒店客房灯光充足，将一切都照耀得如同在白昼下一般。

秦有力看着对面的女孩，她的脸色在光线下有些红肿，眼皮下一圈乌青的眼袋，是有多久没有休息好的样子。心脏的深处，早已经生出了无数根密密麻麻的小刺。心脏跳动一次，都会感受到翻天覆地的痛楚，像是被扎进了荆棘。

"到底怎么了？"秦有力还是努力沉下心来坐在她的对面，握住她的手不急不缓地问。

"他什么都不告诉我，他为什么都不告诉我啊。"

林明月口齿不清地哭诉着。

中途秦有力起身去洗手间洗了一把脸，镜子中的他看上去脸色发青。

回到房间，林明月还蹲在地方默默地流泪。秦有力低头给自己点了一支烟，深深地吸了一口："你去找他吧。"

"大叔……"她蹲在地上抬起头来，有些惊讶地看着他，新鲜的泪痕还挂在眼角闪光。

"没关系。"他拍拍她的脑袋，"如果你要去找他，我尊重你的决定。我说过的，我会尊重你的每一个决定。"

"对不起……"很犹豫的声音。

"傻瓜，不用的。"秦有力摆摆手，在灯光下露出一丝疲倦的笑意，"我一直有这样的预感，总有一天你还是会离开我。傻丫头你知道吗,也许再过十年,你也就会再有机会去体会一份刻骨铭心的感觉了。所以现在这样,也是挺不错的。"

他走过去拍拍她的脑袋,又拥抱了她一下:"去吧。大叔说话一向算话,其他的事情都交给我。"

秦有力将林明月送到酒店楼下,帮她叫到出租车。

夜空漆黑,连一颗星星都看不到。

林明月弯腰坐进车里,秦有力仔细地看着她的侧脸,刚好有路边橘黄的灯光倾斜下来照亮了她的样子,比从前又瘦了很多,所以就露出清秀的颧骨来。

"林明月。"他突然叫她的名字。

她在光线下转过脸来,一脸内疚地望着他。

"以后我就照顾不到你了。"

"大叔……"

"别担心我娶不到老婆,你知道有多少小姑娘哭着闹着想嫁我吗?"他朝她挥挥手,很坚定,"再见,林明月。"

"再见,大叔。"

11.

2016年盛夏,夏临风在隔壁镇子经营着一家盲人按摩店。

失明和预想中来得一样快。

有一天早晨他起床,以为是自己没有开灯,伸手按了几次开关过后突然就明白——是自己彻底失明了。

还好一切都有准备,那些提供给失明人士使用的便捷装置,可以语音控制的盲人手机,慢慢努力学习的盲文。他租下同学的商铺,又请了一个经验老到的按摩师傅做帮工。

按照计划那样活着,和小镇的步调是一致的,日子缓慢而休闲。生意稳定,赚不到什么大钱但也不至于活不下去,所以就没有更多想去操心的事。

小镇三面环江,有人在江面上搭起浮船供应水酒烤鱼和驻场歌手。偶尔闲暇的时候,老同学就来接他上船饮酒听歌。驻场的歌手是一个声音很好听的小女生,刚刚从深圳回来总爱唱粤语歌,尤其是那首李克勤的《月半小夜曲》:

"这晚以后音讯隔绝,人如天上的明月,是不可拥有。情如曲过只遗留,无可挽救再分别。为何只是失望填密我的空虚……"

他坐在靠船边的位置,一口接着一口地灌着冰啤酒。旁边有人赞美璀璨的江景不输香江,他看不到,只感受到凉凉的夜风清晰地刮过耳边。也能感觉到座位下,激荡的河水一下下击打着船体,像是有节奏的鼓点使劲地敲打着。

那小女生还在唱:"这晚夜没有吻别,仍在说永久。想不到是借口,从未意会要分手。但我的心每分每刻仍然被她占有。她似这月儿,仍然是不开口……"

只是那嗓音带着金属的撕裂感,一句接着一句,听得人泪如泉下。

但朋友说,为什么不唱国语,都听不明白她在唱什么。

12.

林明月是在结婚的前一晚去世的,就在她自己婚礼的前一天。

当时没有人发现她在深夜的时候离开了自己家,连夜打车去了邻县。在环山公路上,迎面遇到酒驾飙车的富二代,出租车司机慌不择路,最后整辆车都掉进了江里。整整用了两天才把人和车都打捞出来。

这在小镇上,是多少年不出的一个大新闻。所有人都说这个要嫁给大自己十来岁的男人的新娘明明就是想要卷钱逃婚。

只有夏临风知道不是。

他知道，她一定是想要到这个镇子上找他。就像从前，她无数次都要找到他一样。

"风哥哥！"七岁的林明月站在小区楼下喊他。

傍晚，大人们下班回家在楼下拉上了彩色的灯条，年轻体壮的男人们扛着音响放在了广场边上。时髦又文艺的年轻人拿来费翔的磁带放出音乐，这是每个周末单位社区的固定舞会。

"风哥哥，请我跳舞啊。"林明月穿着白色的连衣裙，扎着两条辫子搭在胸前，她站在十二岁的夏临风身边拉住他的衣袖。

夏临风退后几步，朝她彬彬有礼地行了个礼，又一把将她举到肩膀上，伴随着女孩的惊呼声和费翔的歌声在舞池里旋转。

那时候的夜晚，天空还是很干净的，干净得连一片云都没有，只有数不清的明暗闪烁的繁星。

——像你的眼睛。

歌手一曲唱罢，换了稀稀落落的掌声。

有看不见的面孔在耳边疯狂地聊天，劝酒。船上女孩子和女孩子坐在一起打打闹闹地嬉笑着，空气中弥漫着酒与香水的味道。

那一刻，夏临风只想就此抛下一切跳进这冰冷的江水里。

因为爱他的，与他爱的，都已经在这黑夜的另外一边。

——完——

【官方 QQ 群：555047509】
每周丰富多彩的群活动，好礼不停送！
作者编辑齐驾到，访谈八卦聊不停！

扫一扫看更多图书番外，作者专访